JN282965
水瀬葉月
Illustration さそりがため

Scene01:謎の来訪者
「おいっ、フィアどうしたっ!!?」
夜知《やち》春亮《はるあき》
フィアやこのはを預かって、彼女たちの目的の手助けをしいているじじむさ少年。
村正《むらまさ》このは
官能ボディを持つ眼鏡っ娘。とにかく肉が好き！

「ぎにゃあああああっ!?」
フィア
<ある目的>のために夜知家に居候中なおせんべ大好き少女。
「ハル、このさん、久しぶり」
人形《にんぎょう》原《はら》黒《くろ》絵《え》
長〜い黒髪でもってフィアを襲う少女。一体何者!?

アリス
黒絵を追って夜知家にやってきた、礼儀正しい侵略者。
Scene02:ビブオーリオ家族会

「苦難なく救済あらんや。
このお誘いが必要な苦難とならんことを」

RENEWAL OPEN !!
サヴェレンティ
超ドジっ娘なメイドさん。
白穂のもとに身を寄せている。

Scene03:祝福だらけの再生誕
「美容室《壇ノ浦》、新装開店でーっす!」
桜参《さくらまいり》白穂《しらほ》
無事サヴェレンティとの平穏な日々を……送れてる?

Contents

Designed by Toru Suzuki

C³
-シーキューブ-
Cube×Cursed×Curious

III

水瀬葉月

Illustration さそりがため

プロローグ

フィアは悩んでいた。心底悩んでいた。

「うむぅ……」

形のよい眉《まゆ》と印象的な目、小さな口元が困ったように歪《ゆが》んでいる。その渋面《じゅうめん》が向けられているのは、行儀悪く胡坐《あぐら》を掻《か》いた彼女の眼前、居間のテーブルに載る一枚の紙だ。

そのプリントを睨《にら》んでいたフィアが、突然に右腕をズバッと前に突き出した。左腕は頭にくっつけるようにして立て、伸ばした両腕をそのまま大きく回し始める。ぐるんぐるんぐるん。

大真面目《おおまじめ》な顔での謎行動《なぞこうどう》は数秒。

フィアは再びしかめっ面《つら》に戻り、テーブルのプリントへと目を近付ける。

「右手を前で回しながら、左腕を頭の上で左右に振る、と。ううむ、言葉にすれば簡単なのだが。釣られて両方同じ動きになってしまうのはなぜだ……?」

そう呟《つぶや》いていたフィアが、やがて疲れたように「うあー」と呻《うめ》いて背中から畳《たたみ》に倒れ込んだ。

静かな居間の天井《てんじょう》を見上げつつ、

「ふん……なにが『お前は運動神経良さそうだからダンスくらい大丈夫だろ』だ。切った張ったとは勝手が違いすぎるわ」

口を尖《とが》らせる。頭に思い浮かべていたのは、ここにはいないハレンチ小僧の間抜《まぬ》け面《づら》だ。あと「だいじょーぶですよ。カンタンですしー」などと適当に言っていたウシチチ女の何か含むところありまくりな笑顔も。

二人は今買い物に行っている。学校から帰ってきてすぐ、食材が足りないことに気付いたのだ。ジャンケンに負けて留守番《るすばん》を押し付けられたのは悔しくはあるが、まあいいだろう。おせんべの補充《ほじゅう》は口を酸《す》っぱくして言っておいたし、それに自分にはやるべきことがある――なかなか上手《うま》くはいっていないが。

もう一度溜《た》め息《いき》をつき、

「体育祭、か……どんな感じなのかのぅ」

数週間後の学校行事に思いを馳《は》せる。そのイベント自体は興味深い。ただ問題なのは――クラスの中で《ダンス発表班》と《アーチ制作班》に分かれる決まりになっていることだ。本番では、創作ダンスとアーチの出来が共に点数に加算されるらしい……ダンスはともかく、なぜアーチ作りが体育祭の点数に関与するのかは未《いま》だに理解できない。

「ああー。春亮《はるあき》と一緒にアーチのほうにいっておけば、こんな苦労はせずに済んだろうに……まったく、カナめ。考える暇《ひま》くらい与えてくれればよかったものを」

『フィアちゃんはチームにいるだけで可愛《かわい》さが戦力になるぅっ！　絶対に手放《てばな》せねぇー！』と強引に勧誘してきたダンス班リーダーのことを思い出す。承諾《しょうだく》してしまったのはその勢いに負けたからで、特にダンスがしたかったわけではない。とはいえ——

不機嫌《ふきげん》に目を細め、フィアはむくりと身を起こした。

「ウシチチが『カンタンだ』などとほざくものを、私が踊れんなどということはありえん！　見ておれ、この程度の踊り、すぐにマスターしてくれるわ！」

振り付けが描かれたプリントを睨《にら》みつつ、MPを吸《す》い取らんばかりに不思議な動きを再び繰り出し始める。相変わらず右腕と左腕は一緒に動きまくっていた。

そんなとき——カサリ、と背後で音。

「……！」

この気配は。まさか、ヤツか。節くれだった足で縦横無尽《じゅうおうむじん》に踏《ふ》みまくってくれたりねばねばの糸でこの自分と壁《かべ》の間に巣を張ってくれたりあまつさえそこに蛾《が》の死体を引っ掛けたまま非常食としてしばらく放置してくれたりした、あの——

クで始まりモで終わる名の、世界で最も憎き仇敵《きゅうてき》！

ぶるりと背筋が震《ふる》えた。そこらにあった孫の手（さっき春亮《はるあき》がジジ臭く使っていた）をワナワナと掴《つか》み取り、一気に振り返る。と、畳《たたみ》の上には案《あん》の定《じょう》、

「ぐ、ぐわっ——やっぱりおったぁ!?　し、死ぬぇぇぇい！」

慌てて手中の得物を叩《たた》きつける。ヒットはしなかったが、それに驚《おどろ》いたのか、ヤツは急に方向転換して姿を消した。残されたのは真ん中から折れた孫の手のみ。

「しまった！　武器が！」

ヤツも完全に見失ってしまった。どこだ。どこにいる。テーブルの下か。テレビの裏《うら》か。棚の上か。おお、今まさにヤツは自分に飛び掛からんとしていて、またこの自分と壁の間にネバネバの巣を作ってしまうのではないか……⁉

「ふ……ふ、フフフ……」

なぜか笑いが出てきた。いいだろう、徹底抗戦《てっていこうせん》だ。そうだ、こんな孫の手では小さすぎる。もっと大きな、もっと強力な武器で、完膚《かんぷ》なきまでにヤツを地上から殲滅《せんめつ》してやるのだ……！

プルプル震える手で、ポケットからルービックキューブを取り出す。そして、

「十四番機構・掻式獣掌態《猫の足》《“cat's paw”》――禍　動《curse / calling》！」

立方体の似姿が変形したのは、まさしく獣の掌《てのひら》じみたモノだ。太く長い柄の先には、厚く固い掌のような部分――さらにその先端からは五本の禍々《まがまが》しい鉤《かぎ》が飛び出している。

その凶悪な拷問具《ごうもんぐ》を中腰で構えつつ、フィアも凶悪な笑みでハァハァと周囲を見回した。

「さあ来い……これで叩き潰《つぶ》してくれるわ、引き裂いてくれるわ……どこ、ドコダ……」

消えたはずはない。まだカサカサと気配がする。あんな小さな昆虫が蠢《うごめ》いているにしては不気味なほどに大きな音。きっと気のせいだ。そう、恐怖のせいで錯覚《さっかく》しているだけだ……！

息を整え、全神経を耳に集中させる。数秒――数十秒――数分――

――カサッ。

「そこか！」

ばっと身を翻《ひるがえ》すと、視界の端で何か黒いものが動いた。居間の隅の柱を縦に駆け上がったような残像。もらった。天井《てんじょう》に逃げ場はないぞ。

凶悪な引っ掻《か》き棒を構えつつ、フィアは勢いよく視線を跳ね上げた。

そして見えたのは、予想通り、重力を無視して天井に張り付いている――

無表情の幼女。


「……あ。見つかった」

幼女はぼんやり眼《まなこ》でぼんやり呟《つぶや》く。さらにフィアを値《ね》踏《ぶ》みするように見つめつつ、

「とりあえず捕《ほ》獲《かく》しちょこう……モード《カオティック忠盛《ただもり》》」

すると、その身を支えていた髪の毛が、まるで蜘蛛の脚のようにワサワサと動き始める。

フィアは全《すべ》ての驚愕《きょうがく》と混乱と生理的嫌悪を一息に纏《まと》めて。

絶叫した。

「ぎにゃあああああっ⁉」

「今ごろあの子はユカイな動きをしてるんでしょうねぇ……ビデオカメラを仕掛けてこなかったことをちょっと後悔してます。のちのち強請《ゆす》れる材料になりそうなのに」

「しかし不思議だよなあ。闘《たたか》いのときはあんなに動けるのに、どうして踊りはダメなんだろ」

「音楽に合わせて手足をばらばらに、なんてのはやっぱり初体験で、勝手が違うんでしょう。まあ、慣《な》れですよ慣れ」

春亮《はるあき》とこのはは、それぞれ買い物袋片手に家路を辿《たど》っていた。どことなく幸せそうに微笑《ほほえ》んで歩くこのはに顔を向け、春亮。

「もしあいつが頼んできたら、いろいろ教えてやってくれな。アーチ班の俺じゃ力になれん」

「ふふ、あの子がきちんと頭を下げてくれれば考えますよ」

それはかなり高いハードルだな、と苦笑しながら家に辿《たど》り着いたとき――

「……あれ、なんでしょう」

「うおっ。あからさまに怪しい」

その人影は夜知《やち》家《け》を囲む塀によじ登り、敷地《しきち》の中を覗《のぞ》き込んでいた。腹を塀の縁に乗せて身を折り曲げた、まるで物干し竿《ざお》に引っ掛かったタオルのような体勢だ。プリーツスカートから覗いている足はゆらゆらと動いており、どことなく楽しげに見える。

このはと顔を見合わせてから近寄ってみると、

「あらあら。題すれば《禁じられた少女遊び》でしょうか……《緊縛乙女《きんばくおとめ》、かくあれかし》というのも捨てがたいですけれど……」

女性の声が聞こえてきた。涼やかな、耳通りのよい響《ひび》き。微《かす》かに届く小さな機械音から判断するに、どうやら写真を撮《と》っているらしい。

「あの……すいません」

「あらあら。まあ、あんなところまで。責めすぎですよ……？　うふふ」

「ちょっと、すいません！　そこの人！」

「……おや？」

二度目の呼びかけでようやく反応があった。ずるりとタオル人間が塀から滑り降《お》りてくる。春亮達《たち》と視線を合わせると、女性はひどく落ち着きのある微笑《ほほえ》みを浮かべた。

「あらあら」

「いや、あらあらじゃなくて……その、何やってるんすか？　ここ俺の家なんすけど」

見覚えのない、白い肌の女性だ。膝《ひざ》まで届きそうな長い栗色の髪に、親しみと美しさが同居した優しい顔立ちをしている。特徴的なのは右目にちょこんと載せられた片眼鏡《モノクル》と、両手首に二、三個ずつ嵌《は》まった腕時計。ふわりとしたロングスカートと品のいい上着を身に着けていて、それを見る限りでは少なくとも泥棒ではなさそうだ。

「何をやっているのかと問われますと……写真を撮《と》らせていただいていた、ということになるでしょうか。いい写真がたくさん撮れました。ありがとうございます」

持っていたデジカメを肩掛け鞄《かばん》に仕舞《しま》い込み、ふかぶかー、と頭を下げる。

「はあ、えと、写真……カメラマンさん？」

「そういうわけでもないのですが。事情がありまして」

にこにこ、と聖母のように穏《おだ》やかな笑みで女性は答える。このはが僅《わず》かに目を細め、

「事情とは何ですか？」

「そうですね。一言で言えば」

頬《ほお》に指を当て、可愛《かわい》らしく何かを考えるような仕草《しぐさ》。

「そう、一言で言えば——単なるストーカーみたいなものです」

「……は？」

春亮《はるあき》とこのはが揃《そろ》って口を開ける。その様子《ようす》がおかしかったのか、女性はくすくすと喉《のど》を鳴らして笑った。冗談、なのだろうか。

「あの、いったいどういう」

「貴方達《あなたたち》にとっては、私よりもあの方に聞いたほうが理解が早いような気がいたしますね。というわけなので、今はこれで失礼させていただきます——それではお二方《ふたかた》、御機嫌《ごきげん》よう。また

すぐにお会いできるでしょう」

「あの方？　って、ちょっと！」

優しい笑みを崩さないまま、彼女は踵《きびす》を返して歩き出す。

いよいよわからない。本当にこの人はなんなんだ、と困惑したとき――

「うあああ、あああ、ああっ⁉　ぐああ、や、め、ろぉぉぉぉおっ！」

「な、なんだっ⁉」

間違いない。塀の向こうから聞こえた声は、留守番《るすばん》を頼んだフィアの苦悶《くもん》だ。

女性はその声に構わず立ち去っていく。春亮《はるあき》はその姿を数秒だけ目で追ってから、

「ええい、いろいろわけがわからん！　とにかくフィアだ！」

全速力で家の中へ。靴を脱ぎ捨《す》て、廊下を蹴破《けやぶ》らんばかりに走り、とりあえず居間へ入る。

そこで見た光景は――

「ああ、あはぁっ……や、めろっ」

「やめない。ここは、どうかな……？」

「ん、あ、あ、あふぅっ⁉　ひ、は、くっ」

「我慢は身体《からだ》に毒。全てを吐けば楽になる……ほら、こんなところも、敏感」

「あ、そこ、そこはあっ……あ……」

春亮は買い物袋を取り落とす。なんだこれは。どうしてこうなっている。そう、なんで――

「あ……あ、ひ、あひふはひははは！　ふひゃは、こら、呪《のろ》うぞ！」

「うりうりうり」

——なんでフィアが、いきなりくすぐられてるんだ？

フィアは宙に浮いていた。拘束《こうそく》された足首は左右に軽く引かれ、両手は頭の後ろに回されている。攻撃されているのは腋《わき》に脇腹、臍《へそ》の周り、背中、首筋に太股《ふともも》。その都度フィアはおっふひょははなどというヘンな悲鳴を上げつつ身を捩《よじ》り、曲がった足をバタバタと暴れさせる。

そしてこの場で一番大事なのは、フィアを宙に浮かせている道具もくすぐっている道具も、ロープや刷毛《はけ》ではなく——一人の幼女の頭から伸びている髪の毛だということ。

幾筋《いくすじ》かの房がフィアの身体《からだ》を拘束し、また幾筋かの房は絶妙なコントロールでフィアの身体を撫《な》で回している。世間の常識からしてみれば間違いなく異常だった。

けれど、春亮《はるあき》とこのはにとっては、それはもう見慣れたものであり。

「お前。なに、してんだ……？」

頬《ほお》を引き攣《つ》らせながら春亮が言うと、幼女はフィアの拘束を解《と》かないまま振り返った。

「不審者《ふしんしゃ》を捕まえたので尋問しちょる」

「ふ、不審者は……お前だぁーっ！」

フィアが唾《つば》を飛ばして絶叫した。今回ばかりはこいつが被害者だよなぁ、と同情してやる。

このはも疲れた様子で息を吐《は》き出し、

「不審者じゃなくて残念ですけど、新しい同居人なんですよ。こないだ来たばかりの」

「そーゆーこと。で……帰ってきていきなりコレかよ。先に済ませることがあるだろ」

「それもそうか。では遅ればせながら」

ぼんやり眼《まなこ》の無表情を、よく見ればそれとわかる程度に緩《ゆる》めつつ——

彼女はひょいと手を挙げて、帰還《きかん》の挨拶《あいさつ》をした。

「ハル、このさん、久しぶり。ただいま」

そこには重みも気負いも感動もない。不思議に超然としている。それはかつてここで暮《く》らしていた通りの彼女で、だから春亮は苦笑しながら言葉を返した。

「……おかえり、黒絵《くろえ》」

第一章　「帰還者《きかんしゃ》は何処《どこ》か不思議な」/ *"Welcome home, the troubled little girl"*

†

とりあえず落ち着いた状態で話をしよう、ということで夕食を用意したのだが。

「さて……いただきますを言う前にすべきことがあるな」

春亮《はるあき》は料理の並んだ食卓を見回しながら言った。フィアは膝《ひざ》を抱えて黒絵《くろえ》を睨《にら》みつけたまま、時折うーうーと不機嫌《ふきげん》そうに唸《うな》っている。一方、黒絵のほうはフィア以下の小さな身体《からだ》をちょこんと座布団《ざぶとん》に乗せ、その童顔に具《そな》わったぼんやり眼《まなこ》でフィアの視線を平然と受け流していた。両腕は長い袖《そで》の中で組まれており、どことなく中華の王族のような泰然自若《たいぜんじじゃく》っぷりだ……ただ、テーブルの下では携帯ゲーム機がこっそり髪で操作されていたが。

春亮の言葉に、ん、と黒絵が居住《いず》まいを正した。言い換えればゲーム機を閉じた。それからいきなりフィアに三つ指を突いて頭を下げつつ、

「人形原《にんぎょうはら》黒絵です。ふつつつつかものですが、これからも末永《すえなが》くよろしくお願いします」

「それは結婚の挨拶《あいさつ》だ」

「しかも『つ』が多いです」

春亮達《たち》の同時ツッコミに、そだっけ、と頭を上げた黒絵が首を傾《かし》げる。フィアは不満げに、

「クロエか……ふん、何かの拍子《ひょうし》に聞いたような気もする。ウシチチがいた部屋の隣《となり》に住んでいるという奴《やつ》だな。名前からして、てっきり絵か何かだと思っておったが」

「名字《みょうじ》通り和人形。ちなみに名前は絵みたいに綺麗《きれい》というイメージでつけてみた」

「自分で言うことじゃないよな！」

反射的に春亮が二度目のツッコミ。相変わらず黒絵の言動は読めない。

「ったく……まぁとにかく、そんな感じの《髪が伸びる日本人形》っていうありがちな奴だよ。フィア、お前も挨拶くらいしとけ」

「ふん。フィア――フィア・キューブリック、だ。そういうことになっている」

「ふむふむ。で？」

「……」「……」

黒絵は無表情のまま春亮に向けて首を回した。

「なあハル。ひょっとして、うちは嫌《きら》われちょるのか」

「嫌われてないとでも思うのかーっ⁉」

春亮が答えるより早く、がー、と烈火の如《ごと》くフィアが怒り出す。

「お前が私にしたことを思い出してみろ！　いきなりぐるぐる巻きにされたかと思えば、あん

なところやこんなところをハレンチなくすぐり攻撃……！　し、しかもそれを春亮《はるあき》にも見られ、見られてしまって！　謝罪《しゃざい》と賠償《ばいしょう》を要求しまくる！」

「それは正直、すまんかった。しかし帰ってくるなり見知らぬ女がいて、しかも鼻息荒く奇怪な凶器を振りかざして家を闊歩《かっぽ》しているのを見つけたあの状況——とりあえず捕まえないわけにもいかんかと」

「奇怪な凶器ぃ？」

じろりと春亮がフィアに視線を向けると、彼女はうっと顔を背《そむ》け、

「その……いろいろあったのだ。クで始まる八本足悪魔がだな——ええい、そんなことはどうでもいいのだ！　とにかく今は私がこいつに辱《はずかし》めを受けたということが問題で！」

「ん。そこまで怒っているなら、こうしよう」

黒絵《くろえ》は手足を使って座布団《ざぶとん》の上から移動し、フィアの傍《そば》へ。そしてそのままごろんと横になった。フィアは突然の行動にビクリとする。

「な、なんのつもりだ」

「謝罪の気持ち。お返しに、うちの身体《からだ》を好きにしてよい」

「な……」

黒絵はそのまま目を閉じる。あまりの潔《いさぎよ》さに、フィアは逆に困惑したように動きを止めていた。それからややあって、寝転がった黒絵の片目だけがちらりと開き——

「……脱いだほうがよいか？」

「脱がんでいい！　ええい、なんだこいつは……！」

「フィアー、気にすると疲れるぞー。まあ適当に相手するのが黒絵との正しい付き合い方だ。そいつも適当な思いつきで動いてるからな」

助け舟を出してやると、フィアは口をへの字にして食卓に座り直した。

「ああ、もうよいわ！　私は腹が減っておる、春亮、飯だ！　飯をつげ！」

「無罪放免《むざいほうめん》？　ありがとお。そしてうちもお腹《なか》が空いちょるー」

さっきの巻き戻しのような動作でのたのたと黒絵が座布団に戻り、フィアの真似《まね》をするかのように空の茶碗《ちゃわん》を差し出してくる。とりあえずこのはと分担して二人の茶碗に白米をよそい始めると、炊飯器の湯気《ゆげ》で眼鏡《めがね》を曇《くも》らせたこのはが疲れた様子で呟《つぶや》いた。

「なんだか一気に騒《さわ》がしくなりましたねぇ……」

「おう……二人目の子供ができた親の気分ってこんな感じかなー」

何の気なしに言った瞬間《しゅんかん》、なぜかこのはが急にぼーっとした表情になった。

「こ、子供。親。そう、子供がいたら親もいないといけないわけで、つまりそれって……子供じゃない二人が……夫婦、みたいな⁉　う、うふ、うふふふふ……！」

怪しい含み笑いと赤い頬《ほお》を虚空《こくう》に向けたまま、曇りきった眼鏡を拭《ぬぐ》おうともせずにしゃもじをぺたぺた動かしまくる。その茶碗ではご飯がバベルの塔を作っていたが、全《まった》く気付いていなかった。

……まあ、意味はよくわからないが、たまにこのはもこういうことになるし。

黒絵《くろえ》が帰ってきたことで増えるいろんな苦労は、多分——基本的に自分が引っかぶることになるんだろうな、と春亮《はるあき》は諦《あきら》めの境地で思っていた。

「相変わらず、ハルの料理は美味《うま》い」

「そいつはどうも」

「ハレンチ小僧にも一つくらい取り得があるのだ。しかしその他は基本的に全《すべ》てハレンチ」

「そして相変わらず、このさんの料理は一目でわかる。このロールキャベツ、摘《つま》んだだけで弾《はじ》け飛びそうなほどギュウギュウに肉が詰まっちょる」

「お、美味《おい》しいからいいじゃないですか?」

「美味しくはあるけれども」

「クロエよ、あまり言ってやるな。ウシチチはウシチチであるからしてウシチチ料理しか作れん。日に日に無用なほどの肉を喰《く》らい、日に日に目も当てられんほど重くなり、寝床《ねどこ》を自重《じじゅう》で割ってしまったことに気付いて夜中にこっそり床板を張り替える。それがウシチチなのだ」

「どういう嘘《うそ》ついてるんですかっ⁉」

「……(憐《あわ》れむ目)」

「黒絵さんも信じない！」

　とりあえず騒《さわ》がしかった。食卓の上をやいのやいのと声が飛び交っている……出会いは最悪だったとはいえ、フィアもある程度は黒絵の存在に慣《な》れてきているようだった。ただし――たまにチラチラと横目で黒絵を窺《うかが》っているところを見るに、まだいろいろ気になってはいるのだろう。そう、フィアも気付いていているはずだ。以前に言ったことがあるかどうかは覚えていないが、一人で旅をしていたという事実から――当然、推測はできるはずだ。

　食事が終わり、ふと食卓の上に言葉の空白が生まれる。やはりタイミングを窺っていたのか、その隙《すき》にフィアが声を滑り込ませた。

「なあ、クロエよ。その……お前は今まで、旅をしていたのだろ？　一人で」

「そう。好きなんよ、知らないところをぶらぶら歩くの。それが？」

「いや、なんというかな。何か不安はなかったのか、というか……この家にいなくていいということは、その……」

　口籠《くちごも》るフィアを見て、黒絵は何かに気付いたようだった。ぼんやり眼《まなこ》を僅《わず》かに優しく細めて、

「ああ……大丈夫。うちの呪いはもう解けちょるから」

「や、やはりそうなのか！　それは、ウシチチのように《解《と》けかけ》ではなく――ということだな⁉」

　腰を浮かせるフィアとは対照的に、黒絵は茶を啜《すす》りつつ静かに答えた。

「うん。夜な夜な所有者の髪を少しずつ切ることも、それを媒介《ばいかい》にして精気《せいき》を奪うことも、その精気で自分の髪を伸ばすことも——そして最終的に所有者の精気を吸い尽くして殺すことも、もうない。便宜上《べんぎじょう》はまだハルがうちの所有者だけど、もし別の人間が所有者になったとしてもそういう衝動が起きることはないはず」

「そうなのか……本当に……呪《のろ》いは、解《と》けるのか……」

「前から俺が言ってるじゃねーか。まさか信じてなかったのか？」

「そ、そういうわけではない！　ただ、ようやく実感できたというか、なんというか」

もごもご言っていたフィアが、そこで何かに気付いたように顔を上げる。

「しかし……それでもやはり、身につけた能力はそのままなのだな」

「べんり」

その言葉を証明するように、黒絵《くろえ》は髪の毛で急須《きゅうす》を摑《つか》んでとぽとぽとお代わりのお茶を注《そそ》いでいた。そういうのは行儀が悪いから止めろ、と前から注意しているのだが……まあ今日くらいはうるさく言わないでおこう。

「お前らはお前らのまま、ただ呪いだけが消えるってことらしいぞ——ってこれも前に言った気がする。ていうか黒絵、フラフラ旅に出るのはもう諦《あきら》めたけど、途中で連絡の一本くらい入れろよ。心配するだろ」

「そう言えば、今回はちょっと長かったですね」

このはが首を傾《かし》げながら言うと、そうかな、と他人事《たにんごと》のように黒絵もこくりと首を曲げた。

「そうだよ。特にフィアが来てからはいろいろあって大変だったんだぞ。お前が手伝ってくれたらラクだなー、って思うことが何度あったか」

「いろいろって？」

率直《そっちょく》に聞き返してくる無表情幼女。春亮《はるあき》はちらりとフィアの顔を見てから頬《ほお》を掻《か》いた。

「まぁ、いろいろ……だよ。済んだ話を言っても仕方《しかた》ないか。今度からは気をつけるように」

「はいな。ところで一つ質問――ハル、怪我《けが》しちょる？」

黒絵の視線は春亮の左腕に向いていた。妙なところだけ目聡《めざと》いのだ。

「ああ、二週間くらい前にちょっとな。でも、もうだいたい治ってるぞ」

黒絵は僅《わず》かに目を細め「……そういう感じの《いろいろ》ね」とぼんやり呟《つぶや》いた。それが、実際に怪我をするほどに現実的な脅威だったことを理解したのだろう。

「……じゃあ、少し埋め合わせ。ちょっとした傷でもあるよりはないほうがいい。出して」

「本当にたいしたことないんだが。まあ、やってくれるってんなら頼むか」

袖《そで》から左腕を抜き、肩をはだける。このはが頬を赤くして顔を背《そむ》け、しかしチラチラとこちらを見てくるようになった。なんだろう。変な乳毛とか生えてないよな……？

「こ、こら春亮、ハレンチなものを見せるな。なにをしておるのだ」

顔が赤いのはフィアも同じだった。けれど、もう説明するよりも実際に見せたほうが早い。

てこてこと春亮《はるあき》に近付いた黒絵《くろえ》が、自分の頭から数本の髪を抜き取った。それから春亮の左腕の包帯を解《ほど》き、代わりにその髪をぐるぐると巻きつける。そして、

「モード《サティスファイド頼盛《よりもり》》」

「ん……」

傷に感じる、僅《わず》かな痛みと疼《うず》き。だがそれは一瞬《いっしゅん》で曖昧《あいまい》な温もりのようなものに取って代わる。傷口を温《ぬる》いゼリーか何かでコーティングされたかのような感覚だ。

「おお……今、一瞬だけ髪が光ったぞ」

「精気《せいき》の逆進付与《ぎゃくしんふよ》。こうすると治癒力《ちゆりょく》を高める効果がある……ちなみに、この状態で傷口を温めるとさらに効果的。懐炉《かいろ》でも当てていれば数十分で治るはず」

「余剰《よじょう》な熱エネルギーを治癒のほうに転換してるんでしょうかね。よくわかりませんけど」

「懐炉なんてないし、あっても今の時期にそんな暑苦しい真似《まね》はしたくないな……この程度なら一晩寝ただけで完全に治るレベルだろ。まあ、あんがと、黒絵」

髪の毛の上から、このはに手伝ってもらって包帯を巻き直す。この傷ができた直後にこれをやってくれれば大変に助かったのだが、それは今更言っても仕方《しかた》のないことだ。

「ところでクロエよ。さっきも思ったが、その妙な呪文みたいなのは何だ?」

フィアの素朴《そぼく》な疑問に、よくぞ聞いてくれました、というように黒絵はこくこくと頷《うなず》いて答えた。ぼんやりした無表情はそのままだが、微妙に嬉しそうだ。

「かっこいいじゃろ。無言でやるのも地味だから、自分で考えた」

フィアは凄《すさ》まじく味のある表情を浮かべただけだった。春亮は胸中で彼女を絶賛《ぜっさん》する。おお、大人《おとな》だ。偉いぞフィア。俺は正直に答えて逆さ吊《づ》りの刑を受けたことがある。

「とにかく。帰ってきたってことは、フラフラ癖《ぐせ》もとりあえず気が済んだんだろ？　親父はまだお前以上にどっかほっつき歩いてるけど、まあゆっくりしとけよ」

空になった食器を重ねながら言うと、あ、と小さく黒絵の声。

「——忘れちょった。帰ってきた理由の説明」

「ん、理由？」

「そう。二つあるけど——どっちから聞く？　わりと楽しいのとあまり楽しくないの」

春亮と同じく食器をお盆に載せながら、このは。

「映画とかだと、楽しいほうから聞くのがセオリーですね」

「確かにそうだな。よし黒絵、よくわからんが楽しいほうから」

「——あ。ごめん。拒否《きょひ》。あまり楽しくないほうから一択で」

「今選ばせようとしたのは何だったんだよ⁉　意味わかんねえ！」

「いやいやいや。そういうことでなく」

黒絵はぱたぱたとその長い袖《そで》を振った。

「あまり楽しくないほうの理由は《なんか狙われてるみたいだから》で」

「はぁ⁉」

それから、その袖《そで》が庭を指し示すように移動する。春亮《はるあき》はそこでようやく気付いた。先刻《せんこく》からずっと、黒絵《くろえ》のぼんやり眼《まなこ》はそうして示される庭の何かに向けられている――

「説明がこっちからになったのは、簡単。その相手が今そこに来ちょるから」

「あらあら。挨拶《あいさつ》をする前に見つかってしまいました……この状況はどう題すればいいでしょうかね、うふふ」

夜の闇《やみ》から届いてきたのは、思い返すまでもなく、聞き覚えのある声。

†

先刻の自称ストーカー女が塀の上に立っている。長い髪に片眼鏡《モノクル》、両手の腕時計。昼間とは違い、着ているのは闇に溶け込むような色合いのシスター服で、背中には身の丈ほどもある大きな楽器ケースを背負っている。コントラバスか何かだろうが、どう贔屓目《ひいきめ》に見てもそれで素敵な演奏を聞かせてくれるのが目的ではなさそうだ。

春亮達《たち》が立ち上がって縁側に出ると同時、彼女がすとんと庭に下りてくる。

「こんばんは、黒絵様。お分かりと思いますが、いつものお誘いです」

「それはわかる。でも今までとは違う人じゃね。担当替え？」

「ええ。私のことはアリスとお呼びください。今後ともよろしくお願いいたします」

昼間と同じように、ふかぶかー、と頭を下げる。

「おい黒絵、どういうことだ？　あいつは誰だ、勧誘って何だ？」

「正直、よくわからない。旅をしている間、ああいう服装《ふくそう》をした奴《やつ》に付きまとわれてただけ
……多分、制服だと思う。だからあいつ自体とは初対面」

「制服だと？　つまり、奴等《やつら》は個人ではなく組織だということか」

フィアが鋭《するど》い瞳《ひとみ》で庭の彼女を睨《にら》んだ。だがその圧力をまるで感じていないかのように、彼女
――アリスは後光《ごこう》が差し込みそうなほど優しい微笑を崩さない。

「《ビブオーリオ家族会《ファミリーズ》》……と呼ばれています。業界では家族会《ファミリーズ》だけでも通じますが」

「聞き覚えだけはありますね。あの騎士領《きしりょう》の人がその名前を出してました」

フィアと同じく険《けわ》しい顔で、このは。

「そう、そんな名前。一緒に来てくれとか散々勧誘がしつこくて、適当にあしらって逃げて、
しばらくしたらまた現れて、の繰り返し。面倒臭いことこの上なかった。変に礼儀《れいぎ》正しいし」

「……礼儀正しくないよりはいいんじゃないのか」

実際に礼儀《れいぎ》正しくニコニコしている女性の顔を見ながら、なんとなく呟《つぶや》いてみる。だが黒絵

はぼんやり眼《まなこ》のまま、

「そうとも言えない。奴等《やつら》は常に礼儀正しい。礼儀正しくしつこく勧誘し、礼儀正しくストーキングし、そしてときには礼儀正しく拉致しようとしてくる」

「拉致《らち》って……！」

「本当は乱暴なことはしたくないのですけれど。対話で道筋が作れないならば致し方ありません。勧誘法の一つとして物理的お招《まね》きもありますよ、ということで……実は今の目的もそのような感じなのです」

笑顔を維持しつつ、さらりと認《みと》める。そして彼女は身構《みがま》える春亮達《はるあきたち》ににこりと笑いかけてから、背負っていたコントラバスのケースを下ろした。

「待て、まだ俺には全然わからんぞ！　あんたの目的は何だ、家族会《ファミリーズ》って何なんだ⁉」

「そうですね。簡単に言ってしまえば――」

ぱちんぱちんとケースの留《と》め金《がね》を外しながら、アリスは可愛らしく小首を傾《かし》げた。

「――家族会は、貴方達と同じようなものですよ？」

「なん……だって？」

「ええ、私はただ黒絵様を家にお招きしたいだけなのです。一緒にお食事して、お茶を飲んで、語り合ったりしたいだけなのです。ほら、貴方《あなた》達が今やっていることと同じでしょう？」

あからさまに胡散臭《うさんくさ》いことを言い、さて、とアリスは身を伸ばした。

春亮は唾《つば》を飲み込む。あの巨大なケースから何が出てくるのか。剣か、斧《おの》か、槍《やり》か。黒絵を拉致しようとしているのだ、生半可《なまはんか》なものではあるまい。

そして全員が注視《ちゅうし》する中、彼女がコントラバスケースの中から取り出したのは――

コントラバスだった。

「……は？」

「あほー、気を抜くな春亮！　見た目だけではどんな能力のあるモノかわからんぞ！」

「ええまあ、見た目はどうでもいいのですけれどね。たまたまこうなっているだけで――さて、苦難《くなん》なく救済《きゅうさい》あらんや。このお誘いが必要な苦難とならんことを」

よくわからないことを言い、アリスはそのネック部分を摑《つか》んだ。瓢箪型《ひょうたんがた》の楽器をずるずると引き摺《ず》りながら一歩を踏み出す。そのとき、

「――十九番機構・抉式螺旋態《人体穿孔機《“Man-Perforator”》》、禍動《curse / calling》！」

跳ねたのは銀色の煌《きらめ》きだ。縁側から飛び降りてアリスと対峙《たいじ》するフィアの手には、既にルービックキューブを変化させた螺旋槍《ドリル》がある。

「ふん。何が何やらだが、クロエは同じ食卓を囲んだ仲だ。そいつが連れ去られるのを黙《だま》って見ているわけにもいかんだろう……仕方《しかた》ないので助太刀《すけだち》してやる」

「あら。あらあら？」

朗《ほが》らかに笑うだけだった顔に、そこで初めて驚《おどろ》きの色が浮かぶ。そしてぶつぶつと、

「まあ。そう言えばそんな話もありましたね……これは驚き、幸運です。ではどうしましょう……ううん……」

「何を言っている⁉ やるのかやらないのかはっきりしろ！ 私は準備できておるぞ！」

あのバカ別に煽《あお》らなくてもいいだろうが、と思いつつ、春亮《はるあき》はさりげなくこのはの傍《そば》に寄った。場合によっては、また自分が日本刀を振るうことになるかもしれない。

だが——次にアリスが発した言葉は、誰にとっても予想外なものだった。うん♪ と軽く頷《うなず》くような仕草《しぐさ》を見せつつ、

「わかりました。黒絵《くろえ》さんへのお招《まね》きは諦《あきら》めることにしますね」

「はぁ⁉」

「変わり身早ぇ！」

「そうしてくれたら助かると前から言っちょった。ようやく聞いてくれるか」

「信用できません。今だけとかそういうオチでは？」

思い思いの声を発する春亮達《たち》に対し、アリスは優しく首を横に振った。

「いいえ。私は本当に、もう黒絵さんへのお招き行為は止めます。威力的なお招きも対話的なお招きも」

「そ、そうなのか」

「はい。でも、その代わり……こう言わせてくださいね。《箱形の恐禍》様、我ら、、、家族会のと

ころに来ていいただけませんか？　と」

　フィアが大きく肩を揺らし、春亮は息を呑《の》む。

　思い起こせば。かつて出会った蒐集戦線騎士領《しゅうしゅうせんせんきしりょう》の人間が言っていた――『フィアの目覚めは禍具《ワース》に関わる組織全てにとっての関心事だ』と。ならばこの家族会《ファミリーズ》とかいう奴《やつ》らが知っていても不思議ではない。しかし、

「なんで、今になっていきなりこいつ狙《ねら》いに……⁉」

「風の噂《うわさ》で《見つかってどこかに運ばれたらしい》という話を聞いていただけでしたので。実際目にするまではその方がそうだとは気付きませんでした――お恥ずかしい話、家族会《ファミリーズ》の情報収集力はそう高いものではないのです」

　困りましたー、というように、頬《ほお》に手を当てて嘆息《たんそく》する。その緊迫感《きんぱくかん》のなさに逆に苛立《いらだ》ったのか、フィアが眉《まゆ》を寄せつつ一歩を踏み出した。

「ふん、クロエが駄目《だめ》なら今度は私を、というわけか。ハレンチな心意気だな……しかし残念だ。私はお前のようなストーカーと茶を飲んだり語らったりする趣味はない。他をあたれ」

「そこをなんとか、一緒に来ていただくことはできませんかね」

　返答は、持ち上げられたドリルが微《かす》かに立てる金属音だ。

　軽く溜《た》め息をついてから、このはも庭に下りて手刀を構える。そう、フィアでなくとも、黙って見ているわけにはいかない。

「……そんなわけだ。どういう目的があるのかは知らんけど、はいそうですかってあんたについていけるほどこいつらも暇《ひま》じゃないってさ。諦《あきら》めて帰ったほうがいいと思うぞ」

春亮《はるあき》が言うと、微笑のまま一同を眺めていたアリスがくすりと息を吐《は》いた。僅《わず》かに顔を俯《うつむ》かせながら目を細め、右目に載った片眼鏡《モノクル》を指先でなぞる。

「そうですね……どうやらここは分が悪いようです。顔見せは済ませた、ということで今日のところは帰らせていただきましょうか」

それから彼女は手にしていたコントラバスをケースに仕舞い込み、よいしょ、と重そうなそれを再び背負い直した。そしてまた、ふかぶかー、と一礼。

「名高き箱形の恐禍様《フィア・イン・キューブ》をお相手するとなると、単なる苦難では足りない気がいたします。またいろいろ手を考えてお誘いにあがりますので——そのときまで、しばし失礼」

春亮達《たち》が何かを言う間もなく、彼女は長い髪とシスター服を翻《ひるがえ》して走り出した。重そうな楽器ケースを背負っているにも拘《かかわ》らず、ダッシュの勢いを維持したまま塀に手を掛けて跳躍《ちょうやく》し、その上に飛び乗る。最後にこちらを振り返り、やはり聖女のような笑みをにこりと見せて——その姿は塀の向こうに消えていった。

「いいか、もう来るなよ！　こら聞いておるのか⁉」

塀の向こうに向けて発せられるフィアの怒鳴り声を聞きつつ、春亮は吐息を漏《も》らした。

最初から最後まで、わけがわからなさすぎる。フィア達を強引にでも連れていくことが目的なら、一応《敵》という分類にはなるのだろうが……殺気も全然なかったし、あのほえほえした笑顔ではとてもそうは思えない。妙に疲れる相手だった。

「ったく、なんだったんだ……？」

ぶつぶつ呟《つぶや》いていると、黒絵《くろえ》の頭が軽く項垂《うなだ》れた。

「──迷惑かけて、ごめん」

「まあ、特に被害もなかったですし。いいじゃないですか」

「ふん。私はどうやら業界では有名らしいからな、お前があいつを連れてこなくともいずれ出会っていたのかもしれん……それに、ああして逃げたということはそれほど戦いに自信があるというわけでもないのだろう」

「確かに。今までの勧誘の人も、うち程度の力で軽くあしらって逃げられる相手だった。ずっと一人ずつだから、あまり頭数もいないのかも」

「ならばやはり、特に気にすることもあるまい。また来たら追い払えばいいだけの話だ」

黒絵は二人を順番に見やり、感情の読みにくいぼんやり眼《まなこ》を微妙に細めた。

「……ありがと。このさん、ふぃっちー」

「ちょっと待て、その変な名前は私のことか？　何か間抜けな響《ひび》きだ、改善を要求するぞ！」

「やぶさかでない。たとえばどんな感じ？」

「む？　それはその……もっとこう、高貴で優雅で端麗《たんれい》な美女っぷりが伝わるような……」

「ど、どの口がそんな要求を⁉　びっくりするほど厚顔無恥《こうがんむち》！」

苦笑しながら、とりあえず春亮《はるあき》は居間に戻ろうとする――が、その途中で思い出した。

「そういや黒絵《くろえ》、もう一個の帰ってきた理由は何だったんだ？　わりと楽しいほう」

「ああ」

ぽん、と古臭く手を叩《たた》く。

「単純。お金がなくなったから帰ってきた。そういうわけで明後日《あさって》くらいにお店を再開する予定なので、諸々《もろもろ》の手伝いを全力でよろしく――ていうか手伝え」

無表情のまま、黒絵は春亮の引き攣《つ》った顔を見返し。

そしてやはり無表情のまま、可愛く首を傾《かし》げて言った。

「……わりと楽しくなってきたろ？」

†

温かいシャワーの湯が、革の上と下を滑り落ちていく。慣《な》れた感覚。何年も続けてきた、そしてこれからも寿命が尽きるまで続くであろう――上野《うえの》錐霞《きりか》の入浴法だ。

石鹸《せっけん》で泡立った手を、革《かわ》と肌の間に滑り込ませる。少し革を持ち上げるくらいなら呪《のろ》いは発現しない――《どこまでずらして大丈夫か》という限度を確かめたことはなかった。それは生命を担保《たんぽ》とした実験になる。

機械の手入れのように、無意味な儀式のように、腕を動かす。

そう、実のところ、この入浴は無意味だった。身に纏《まと》う《ギメストランテの愛》には自浄作用があり、皮膚《ひふ》の清潔《せいけつ》さも一定の状態で維持されている。それでも毎日風呂《ふろ》へ入ってしまうのは——無駄《むだ》な気休めで、また何かへの無駄な抵抗でしかない。それを錐霞は自覚している。

身体《からだ》を洗い終えてバスルームを出ると、鼻腔《びこう》には濡《ぬ》れた革の臭いが微《かす》かに届いてくる。それを不快に思うのも日課だ。自浄作用ですぐに消えるとはいえ。

ボンデージ服にシャツを羽織《はお》った姿で椅子に座り、机のノートパソコンを冷めた瞳《ひとみ》で見下ろす。気分転換で風呂に入ったため、そこには文書ファイルが開かれたままだ。タイトルにはこうある——《第41次報告書》。

一つ息を吐《は》いてから、錐霞はキータッチの音を奏《かな》で始める。これも儀式《ぎしき》のようなものだ。誰にとっての益《えき》にもならない、ひどく危《あや》ういバランスの上に成り立つ相互欺瞞《そうごぎまん》。問題なし異常なし、となしなし文が続くファイルをざっと眺《なが》めてから、メールで送信。また溜《た》め息が出た。

「ふう……馬鹿《ばか》げている、本当に、馬鹿げている……」

生乾《なまがわ》きの髪を散らし、死体のように力なくベッドに倒れ込む。ぼんやりと天井を眺めた。

「なんだか……疲れたな……」

肩がひどく重かった。精神的なものもあるのだろう、と錐霞は自己分析する。最近はとみに忙しい。クラス委員は体育祭や文化祭の実行委員も兼任するのが決まりであるため、今は数週間後に迫った体育祭の仕事が毎日山積みだ。そしてそれを済ませてへとへとになって帰ってくれば、今日のようにやりたくもない別の《仕事》が待っていることもある。

湯上りの火照《ほて》りと、身体《からだ》を包む疲労感、慣《な》れたベッドが呼び起こす眠気。それらが入り混じった茫漠《ぼうばく》な澱《よど》みの中、ぼんやりとした疑問が口をついた。

「なぜ……私は、こんなことを、しているのかな……何の、ために……」

真面目《まじめ》なクラス委員長。研究室長国の一員。願望的には後者の肩書は塵《ゴミ》のようなものなのだが、それは事実の前では無意味だ。結局のところ自分はそのどちらでもあり、そのどちらでもない。ただ状況に応じて、求められる役割に応じて、ふらふらと動いている。何がしたいのか、将来どうなりたいのか、確たるビジョンもないまま——

腕を持ち上げる。白い肌と、黒い革。機械の手入れ。そう、自分は機械的だと思う。ただ動いているだけの歯車。進行せず回るだけの部品。自分では動こうとはしない道具、死なない機械……

そこで一人の少年の顔が頭に浮かんだ。道具であろうが人であろうが関係なく、間の抜けた顔で笑いかけるお人好《ひとよ》しなクラスメイトの顔が。

ふ、と錐霞《きりか》の頬《ほお》が緩《ゆる》む——と、それを待っていたかのように、机に置いていた携帯電話が鳴った。もしかして、と慌てて起き上がり、携帯を掴《つか》む。そんな、ちょっとした奇跡のような、思い出した瞬間に電話がかかってくるようなことは——

　当然、なかった。

『やあ、愛しのお姫様。ご機嫌《きげん》うるわしゅう』

　返事をせずに切った。最悪のタイミングだ、苛立《いらだ》たしい。ややあってもう一度携帯が鳴り、

『いきなり切るとはひどいじゃないか、錐霞。マナー的には〇点だぞ』

「……何の用だ、日村《ひむら》」

『決まってるだろう？　愛する女の声が聞きた——』

「切るぞ」

『おっとと、冗談だ。一つ連絡があってな。いや、遠回しに言えばまた電話を切られそうだ。誤魔化《ごまか》しは止めよう。これは連絡でなければ報告でもなく、相談でなければ懇願《こんがん》でもなく、単なる——命令だ。聞け』

「命令だと？」

　日村は立場的には対等のパートナーだ。無論、それはこちらに室長の妹という肩書きがあるが故《ゆえ》の建前的《たてまえてき》な対等さで、本質的には研究員としての年季が長い日村のほうが上にいるのは間違いないが——それでも、一方的な命令が発せられるような間柄《あいだがら》ではない。それをあえて言うとすれば、そこにはどんな意味があるのか。

『内容は単純だ。いいか。ビブオーリオ家族会には絶対に関わるな』

「家族会《ファミリーズ》……？」

錐霞《きりか》は眉《まゆ》を顰《ひそ》めて呟《つぶや》く。名前だけは聞いたことがある……言い換えれば名前程度しか知らない。そちらの世界の事情には極力首を突っ込まないというスタンスで生きてきたのだ。

「なぜだ？」

『お前が理由を知る必要はない』

「それは今まで私に接点のない組織だ。それに関わるな、ということは……関わりそうな何かが起こる、ということか。いや、それはつまり、家族会があいつらに何かを――」

『推測は勝手だがな。もう一度言うぞ。関わるな』

一つ唾《つば》を飲み込み、錐霞は自分の心のルールを再確認する。優先事項は何か。それはすぐに見つかって、だから日村《ひむら》に伝えるべき言葉は決まっていた。

「……聞く義理があるとでも？」

『そう言うと思っていたさ。だが今回ばかりは姫様の我儘《わがまま》を認めるわけにはいかない。勿体無《もったいな》くはあるんだが、大事に取っておいた手札を切らせてもらおう』

くつくつと電話口から笑いが聞こえる。生温かい吐《と》息《いき》が耳に吹きつけられたような生理的嫌《けん》悪《お》を覚える。携帯を壁に投げつけたくなるが、それをぐっと堪《こら》え、

「……手札とは何だ」

『脅迫材料だよ。実際のところ俺も不本意なんだが、仕《し》方《かた》ないだろう？　つまり――姫様よ、

《あれ》をお前の王子サマに知られたくなければ言うことを聞け』

眩暈《めまい》がした。あれ。あれ。知られていたのか。可能性はあったが。そんな。

『勿論《もちろん》、俺の命令に従う限りはそんなことはしないさ。お前の秘密を、あんなに醜悪《しゅうあく》で気持ち悪くてドン引きするような秘密を、純朴《じゅんぼく》な青少年にお伝えしてさしあげるようなことは』

「っ、黙れ!」

全身から汗が噴《ふ》き出るのを感じながら怒鳴る。殺してやりたい。

『そういうわけだ。普通に暮《く》らしている限りはどうということもない。秘密はずっと秘密のままだ。では体育祭に向けて準備を頑張ってくれ。一教師として応援しているよ、上野《うえの》君』

電話が切れ、錐霞《きりか》はようやく訪れた機会を有効に活用した——無論、携帯を全力で壁に投げつける機会だ。

「はぁっ……はぁっ……」

怒りが回りすぎて動悸《どうき》が激しい。頑丈にも壊れずに転がった携帯電話を睨《にら》んでいると、その動悸の意味が次第に変化してきた。それは、あれを絶対に知られるわけにはいかないという明確な恐怖からの——

「……ふざける、な……!」

錐霞は拳を握り締《し》めていた。恐怖以外にも渦巻《うずま》くものがある。怒気と、羞恥《しゅうち》と、悔しさ。

畜生《ちくしょう》。あいつにあれを知られるのだけは駄目《だめ》だ。どうにもならない。だが、畜生……!

　そんな中、心に浮かび上がってきたのは一点の反骨心《はんこつしん》だった。脅迫《きょうはく》に屈せざるを得ない状況への、情けない自分への、反骨。

　もしも。そう、もしも自分にできることがあるとすれば、それは――

　掌《てのひら》に食い込んだ爪《つめ》が血を滲《にじ》ませ、そしてそれを忌まわしい呪《のろ》いが治癒《ちゆ》したとき。

　錐霞の胸中には、ただ一つの決意だけがあった。

†

　翌日の朝――私立大秋《たいしゅう》高校《こうこう》の校門前。銀髪の少女が一人の男子生徒ににじり寄っていた。

「おいお前」

「え？」

　フィアは鋭《するど》い目でその男子を見上げ、ニヤリ、と口元を悪そうに歪《ゆが》ませる。

「お前、切り刻まれたくはないか……？」

「は、はあ？」

「必要な鋭い刃物はこちらで用意する。お前の手は何も煩《わずら》わせない。だから、なぁ……？」

　妙な迫力に身を退《ひ》く男子。だがフィアは下から舐《な》め上げるようにプレッシャーを与え続ける。

「お前、切られたそうな顔をしておるではないか。スッパリとザックリと……何かから解き放たれたような気分になって、きっと、とっっってっても、気持ちいいぞぉ……」

「悲鳴などあげなくてもいいのだ。怖くない、怖くない、きっと血も出ない……なあ、いいであろう？　その首の上にある重くて邪魔なモノを、こう、根元からスッパリと切断――」

「ひ、ひぃぃぃぃっ」

「こ、こらーっ！」

そこで春亮《はるあき》が後ろからフィアの頭を拳《こぶし》で挟む。両のこめかみをぐりぐり。

「ぬはふ！　あほー、何をするのだ、呪《のろ》うぞ⁉」

「わーっ！　た、助けてくれぇぇぇっ」

その隙に、男子生徒――肩まで髪を伸ばしていた――が脱兎《だっと》の如《ごと》く校舎に逃げていく。

「ああっ、私の獲物がっ！　邪魔するな春亮！」

「誤解を招《まね》くような物言いをするなっ！」

「なにおう、どこが誤解なのだ！　私は単に美容室でその髪を切ったらどうかと勧誘を――」

「そう聞こえなかったのが問題なんだよ！　さっきのは間違いなく首狩族《くびかりぞく》の台詞《せりふ》！」

そんなことはないわい、と頬《ほお》を膨らませるフィア。とりあえず愛想《あいそ》笑いでコイツを渡すだけでいい、と自分が持っていたビラの半分を渡すと、フィアはぶちぶちと文句を言いながらもそれを生徒達に渡し始めた。

一方、後方から聞こえてくるのはこんな声。

「お願いしまーす、商店街の美容室《壇《だん》ノ浦《うら》》が明日新装開店《しんそうかいてん》です～。このビラが割引券になりますよー。あ、はい、ありがとうございますー！」

　このはが笑顔でビラを配りまくっているのだ。たまに商店街の本屋でバイトしているだけあって、さすがにこういうのも慣《な》れている。

……朝イチでコンビニのコピー機に走ってビラを作ったこと。いつもよりかなり早めに登校してそれを配り始めたこと。それは無論のこと『明日準備で明後日《あさって》開店だから。明日の間に学校のほうで宣伝をよろしく』などと軽く言ってきた黒絵《くろえ》の指令だ。

　当初、春亮としてはビラ配りまでして協力してやる義理はないというか、ぶっちゃけ「面倒臭ぇ！」という一念だったのだが……はっと気付いた。

　フィアが来て食い扶持《ぶち》が増えた＋黒絵も帰ってきた＋親父が振り込む生活費は増えてない＝極貧生活。そんな未来方程式に。

　だから、せめて自立している黒絵には自分の食い扶持くらい自分で稼《かせ》いでもらわなくてはならない。旅の途中に貯金を使い果たしたと言っていたから、今後は黒絵の店の赤字は直接的に夜知家《やちけ》の家計に飛び火することになる……！

　とまあそんなわけで、春亮達《たち》は世の理不尽を感じつつも、こうやってゲリラ的宣伝活動に勤《いそ》しんでいるのだった。

「おいフィア、どんな調子だ？」

「納得できん。黙《だま》ってビラを差し出したほうが受け取る確率が高いのはどうしてだ……?」

ぶーたれた表情でフィアがそんなことを呟《つぶや》く。答えは見た目と喋《しゃべ》りの兼ね合いに決まっていたが、とりあえず黙っておいた。

「しかし、美容室か。クロエが自分の店を持っておるとはな」

「何年か前になんやかやあってな。親父と理事長が手伝ったみたいだけどよくは知らん。ま、自称・髪のスペシャリストらしいから。腕は結構いいみたいだ」

「一人でやっておるのだろ? あの外見で客が来るのか?」

「聞いて驚け、黒絵《くろえ》は便宜《べんぎ》上《じょう》二十歳ってことになってる。スゲェ童顔で発育悪くて凄腕《すごうで》の美容師、ってことで旅に出る前はわりと評判《ひょうばん》だったんだってよ」

「評判……つまり、人のタメになっておるわけだな」

フィアはどことなく遠い目をして言った。

「そうだな。ああいう特技があったから、いいペースで呪《のろ》いが解《と》けたのかもしれない」

「特技、か」

それきり口を噤《つぐ》んだフィアの顔を見れば、何を考えているかくらいはわかる。春亮《はるあき》は苦笑して、その後頭部をビラでばふばふ叩《たた》いてやった。

「ぬ、こら、何をする」

「……お前はお前のペースでやっていけばいいんじゃねぇの。ほれ、まだまだビラは残ってるんだぞ。ちゃっちゃと配ろうぜ。ヘンなこと言わなけりゃお前は充分な戦力だ」

「ヘンなこと、というのがいまいちよくわからんが……む、ええい、なんだそのハレンチ顔は！　ふん、言われんでもやってやるわい！」

だーっと生徒達の波の中に走っていったフィアだったが、ふと片手を挙げて、

「おう、キリカ」

登校してきたのは、春亮達《たち》のクラスの委員長——上野《うえの》錐霞《きりか》だった。いつものように野暮《やぼ》ったい丈のスカートに、ピシッとした制服を着ている。彼女はどことなくぼんやりと顔を上げ、

「ん……？　ああ、フィアくんに、夜知《やち》……あっちはこのはくんか。何をしている？」

「コレだ。丁度いい、持っていけ」

錐霞がフィアから受け取ったビラにちらりと目を遣《や》る。

「美容室開店、か……なるほど」

「うむ。明日かららしい」

「……気が向けば行くよ。じゃあな」

ビラを几帳面《きちょうめん》に折り畳《たた》み、そのまま校舎に向かって歩いていく。その後ろ姿を見送りつつ、春亮とフィアは揃《そろ》って首を傾《かし》げた。

「なんかいんちょーさん、元気なかったような気がしないか？」

「する。寝不足だったのかもしれんな」

最近忙しそうにしてるからなぁ、と心配していたとき、不意に周囲が騒《さわ》がしくなった。

「は、春亮《はるあき》くん春亮くん！　まずいです！」

「おうこのは。まずいって何が……？　げ」

残り少なくなったビラを抱えて走ってくるこのは。その向こうに見えるのは——

「無許可で勧誘活動をしている者がいると聞いた。出て来い！」

校内誰も敵《かな》うものなし。スパルタで有名な体育教師（女）だった。基本装備《そうび》としていつもスコップを肩に担《かつ》いでいるという奇天烈《きてれつ》さはあの理事長に通じるものがある。

「いかん！　フィア、このは、撤退《てったい》だ！」

「にょわ、なんだなんだ、引っ張るなっ」

しかし考えるまでもなく、メンバーの中に客寄せパンダの如《ごと》く目立つフィアがいる時点で犯人はバレバレ。その場は逃げ切ったものの、教室に帰ったところですぐさま御用となり——結局、三人ともこってりと叱《しか》られることになった。

「まったく……別に悪いことはしておらんのにな！」

数時間後の休み時間。フィアは腕組みして頬《ほお》を膨《ふく》らませる、というわかりやすい姿で憤慨《ふんがい》を表現していた。

「いやまぁ、怒られて当然なんだけどな。一日だけなら大丈夫かと思ったけど、甘かったか」

「甘かったで済ませてたまるか。まだビラは残っておったのだぞ。このままでは美容室繁盛《はんじよう》計画がいきなり頓挫《とんざ》してしまうではないか」

　フィアはやけにやる気だ。黒絵《くろえ》が『お客さんが多かったらお手伝い賃《ちん》をはずむよ』と言っていたことと、おそらくは無関係ではない。

「おい春亮、他に手はないのか手は」

「手って言われてもなぁ……つーかそもそもビラ割引で明日だけ来てもらってもあんま意味ないんだよな。今後に繋《つな》がるような宣伝せんと」

　呟《つぶや》きながらなんとなく顔を上げたとき、黒板の横に掛かっているボードが目に留《と》まった。

《体育祭まであと×日》という、生徒の手製の日めくりカレンダーだ。

「体育祭か……待てよ、そう言えば？」

　ふと思い立った。席を立ち、後方の錐霞《きりか》の席へ。フィアも怪訝《けげん》そうについてきた。

「いんちょーさん、あのさ……」

　錐霞は真面目《まじめ》な委員長らしく、次の授業の教科書に目を落していた。が、どことなくぼんやりとした顔で、その視線も文字を追っているようには見えない。

「いんちょーさんってば」

　やっぱ疲れてんのかな、と思いつつ再度声をかけると、そこでようやく、

「ん……夜知《やち》か。なんだ」

「思い出したんだけどさ、こないだのHRでなんか言ってたよな？　体育祭のパンフに広告スペースがあるから、協力してくれる店や企業の心当たりがあれば誘え、とか」

プログラムの確認などで何度も開かれるパンフ。そこに広告を載せれば少なからず宣伝《せんでん》効果があるはずだった。が、

「確かに言った。しかしあれの締《し》め切りは先週だ。もう過ぎている」

げ、と春亮《はるあき》が顔を顰《しか》めると、それを哀れに思ったのか、

「ただ……スペースが余ってレイアウトを変更する、とか実行委員会で話されていた気がするな。まだ捩《ね》じ込める可能性もなくはないかもしれない。私が諸先輩方に頭を下げる必要はあるだろうが」

そこで腕組みをして目を閉じ、難《むずか》しい顔で補足。

「さらに言えば、あれは一万円の協賛金《きょうさんきん》を募《つの》って広告スペースを買い取ってもらう形だ。この遅れた状況で捩じ込む以上、金を実行委員会のほうに渡すのは頼むのと同時であるべきだろう――持ち合わせはあるか？」

「う。ない……」

「よくわからんが、私もないぞ」

と、言わずもがなのフィア。

月賦《げっぷ》とかはさすがにダメだろうなあ、と考えていたとき、錐霞《きりか》の片目がちらりと開く。

「……一応言っておくと、私の財布にはかろうじて入っている」

「いや、頭を下げてもらうだけで充分後ろめたいのに、金まで借りるのは……さすがに悪い気がするな。俺、頼むだけ頼んで何もしねぇんだし」

　そこで思いついた。

「あ、じゃあ、せめて代わりに何かさせてくれよ。そうじゃないと気が済まない……体育祭までいんちょーさんの仕事を手伝うとか」

　その発言に錐霞の眉《まゆ》がぴくりと動く。教室の天井《てんじょう》を見上げるようにして、

「そう言えば、実行委員補佐《ほさ》という役職を置いてもいい、ということになってはいたな。特に必要ないかと思っていたが……」

「でもいんちょーさん忙しそうだし、疲れてるだろ？　こっちが無理言って頼んでもらおうって話だし、お返しに手伝っていいんなら手伝うよ」

「別に……私は、疲れてなどいないが……」

　なぜかそこで、錐霞は不自然に言いよどんで視線を机に落とした。それから何かを誤魔化《ごまか》すように、

「で、どうする？　頼みに行くなら早いほうがいい。パンフが完成してからでは遅いぞ」

　選択の余地はほとんどなかった。美容室繁盛《はんじょう》計画もそうだし、今話していて、このままでは錐霞が倒れてしまうのではないかという変な想像もしてしまったのだ。

「ん……じゃあ、そういうことで頼むよ。取引成立？」

「いいだろう。協賛金もとりあえず私が払っておく」

「悪いな。できるだけ早く金下《お》ろしてきて返すから」

「えーと、つまりはどういうことなのだ？」

小首を傾《かし》げて聞いてくるフィアに、

「いんちょーさんの仕事を俺が手伝う代わりに、いんちょーさんが美容室の宣伝《せんでん》を手伝ってくれるってこと……放課後とか忙しくなりそうだな。今日からはあんまりお前のこと見てやれなくなるかもしれんけど、あんま変なことすんなよ」

春亮《はるあき》はアーチ制作班、フィアはダンス班ということで今までも放課後の行動は違っていたのだが、作業場所と練習場所が近かったため、何か変なことをしてはいまいかとそれとなく見守ることはできていたのだった。しかし錐霞《きりか》と共に実行委員的な仕事をするのならば、今後はそれも難《むずか》しくなる。

春亮の言葉に、フィアは春亮と錐霞の顔をちらちらと眺《なが》めた。それからなぜか不機嫌《ふきげん》そうに頬《ほお》を膨《ふく》らませつつ、

「べ、別にお前などいなくても私はぜんぜんまったく困らない！　本当だぞ！　せいぜいキリカを手伝ってやれというか、お、お前こそハレンチ小僧的にヘンなことをするなよ！　ふん！」

彼女はのしのしと大股《おおまた》で自分の席に帰っていった。よくわからない。

ともあれ、今後もまだいろいろと忙しいことになりそうだ。体育祭の準備。錐霞の手伝い。美容室の繁盛《はんじよう》計画。そしてふと頭をよぎるのは、昨夜のこと——ビブオーリオ家族会《ファミリーズ》。フィアを連れていくのが目的のようだが、フィアやこのは達《たち》によれば脅威レベル的にはそれほど気にしなくてもいい相手らしい。それでも《狙《ねら》われている》という事実そのものに対する気持ち悪さは拭《ぬぐ》えないが。

（やれやれ……黒絵《くろえ》が帰ってきてから一気にやるべきことが増えたぞ。つーか、黒絵のほうはちゃんと自分の仕事してんだろうな？）


美容室《壇ノ浦《だんのうら》》——それが人形原《にんぎようはら》黒絵の城だった。商店街の一角にある、小さなコンビニ程度の面積を持った店舗《てんぽ》。流麗《りゆうれい》な草書体で書かれた看板がそれなりに人目を惹《ひ》く。

シャッターが閉じた店の前に立ち、黒絵はいつものぼんやり眼《まなこ》でその看板を見上げていた。すべきことはいろいろある。掃除、消耗品の補充、器具と設備の確認……その他色々な雑事。その雑事が一番億劫《おつくう》だと思ったが、

「おおっ——く、黒絵ちゃん！　帰ってきたのかい？」

「ん。八百道《やおみち》さん。ただいま」

隣の店から走り出てきた八百屋の主人に挨拶《あいさつ》していると、さらに逆隣《ぎやくどなり》の魚屋から、

「何イッ⁉　黒絵《くろえ》ちゃんが帰ってきただって！　ほ、本当だ！　お帰り！」

「ただいま、魚正《うおまさ》さん……明日からまた店を開こうと思っちょるから、よろしくね」

おお、と恰幅《かっぷく》のいい魚屋の主人が声をあげる。それから彼は八百屋の主人と視線を合わせると、ガッ！　と二人同時に拳《こぶし》を握り締《し》めた。

「おいおい八百道《やおみち》よ、こりゃのんびりと仕事してる場合じゃねえぜ！」

「おうともよ！　我らが商店街のアイドル、黒絵ちゃんの店が再始動……！　力にならずにどうする⁉　よし来い、まずは花屋のヤツに協力させるぞ！」

そして二人はだーっと走っていく……が、その途中で黒絵が彼らを呼び止めた。

「な、なんだい⁉」

黒絵はぼんやり眼《まなこ》でゆっくりと瞬《まばた》きをしてから、無表情の顔を微《かす》かに傾《かたむ》け、

「……ありがとお」

『！　どういたしまして！』

二人はなぜかがっちりと握手を交わしながら商店街の向こうに消えていった。

……ふむ。

黒絵はその背中を見送りつつ、ぱちぱちと瞬きをする。それから、とりあえず花の用意とかの雑事は気にしないでもよさそうだな、と思いながら、シャッターを開けて店に入っていった。

†

放課後のグラウンドは喧騒《けんそう》で満ちていた。

それぞれのクラスで生徒は《創作ダンス班》と《アーチ制作班》に分かれているため、放課後の活動もその区分に沿《そ》って行われる。ちなみに学年で八クラスあるうちの二クラスずつで赤／白／青／黄の組が作られており、その学年の組ごとに本番でダンスとアーチを発表するということになっていた。

「委員長ー、ベニヤ板が足りないんだけどー。三枚くらい」

「そうか。では貰《もら》ってこよう――夜知《やち》、行くぞ」

錐霞《きりか》も春亮《はるあき》も元はアーチ班であるため、基本的にはそちらについて仕事をする。というかダンス班は渦奈《かな》が仕切っているためにあまり口出しをする必要がないのだ。

資材がまとめて積み上げられている校舎裏《こうしゃうら》で手続きを済ませ、ベニヤ板を（勿論《もちろん》春亮だけが）持ってグラウンドの片隅に戻る。

ジャージ姿のアーチ班が金槌《かなづち》や鋸《のこぎり》を振るっている少し脇に、それとは比較的身軽な体操服姿中心の一団がある。ダンス班だ。気になったのでチラリとそちらを眺《なが》めてみると、

「ぬっ……おっ。こ、こうか⁉」

「今のは……多少、進歩が見られた……かな？」

「……そだね。《釣られて両手が動く》から《片手がまったく動かない》への、進歩……？」

フィアがクラスメイト達《たち》に見守られながら、相変わらず奇怪な太極拳じみた動きを披露《ひろう》していた。あれを進歩と呼べる優しさはクラスメイト達の美徳《びとく》だと思う。

あいつ運動神経自体はいいはずなのになぁ、といつもの感想を抱いていると、それが引き金になってふと口が動いてしまった。

「いんちょーさんも運動神経いいのに、なんでダンス班に行かなかったんだ？」

前を歩く錐霞《きりか》の肩がぴくりと揺れた。だが歩調は乱さず、振り向きもせず、

「……行けると思うか？　本番はダンス用の衣装を着るのだろう」

「あ……」

迂闊《うかつ》だった。錐霞には——夏でも薄着《うすぎ》になれない理由がある。自分の無神経さを呪《のろ》いながら、小走りで彼女の横に並んで言う。

「ご、ごめん。マジに。忘れてたっていうか……いや、とにかく、ごめん！」

錐霞はちらりと春亮《はるあき》の顔を見上げ、「忘れていた、か……」と、なぜか微妙に頬《ほお》を緩《ゆる》めた。

「そんなことよりも、ぼーっとするな。そのベニヤ板を早くさっきの彼らに渡してこい！」

「り、了解っ」

そして戻ってくれば、

「あっちに人手が足りないようだ。釘打《くぎう》ちを手伝いに行くぞ……こら、金槌《かなづち》がないと意味ないだろう！　二人分持ってこい！」

「なんかいきなりスパルタになってないかっ？　しかも微妙に嬉しそうに見えますがっ」

「そんなことはない。さあ行くぞ」

アーチを作成している数人のグループに交じり、錐霞と春亮は金槌を振るい始める。そのとき視界の端でダンス班が「よっし、各自英気を養えー！」との渦奈《かな》の号令で休憩《きゅうけい》に入ったのが見えた。俺もお前も大変だが共に頑張ろうぞ、という視線をフィアに向けてやると、なぜかフィアは錐霞と二人並んでしゃがみ込んだこちらの姿を見てべーっと舌を出してきた。苦難を分かち合いたかったのに。意味がわからん。

そして隣《となり》のクラスのこのはも一緒の組色、しかもダンス班なのだった。体操服姿のこのはは舌を出してこそいなかったが、微妙に頬《ほお》を膨《ふく》らませていた。彼女も友達と一緒にぷいとどこかに行ってしまう。

「……二人に悪いことをしているのかな……」

「ん、いんちょーさん、何か言った？」

何事かを呟《つぶや》いていた錐霞に聞いてみるが、愛想笑《あいそわら》いと照れ笑いの中間のような、微妙な唇の歪《ゆが》みで返された。独り言だったのだろう。

それからしばらく金槌を動かしていると、錐霞がぽつりと口を開いた。前を向いたまま。

「今更言うのもなんだが……手伝ってくれて、助かる」

「ギブ&テイクだろ。それになんつーか、最近のいんちょーさんは疲れすぎっつーか現在進行形でそう見えるっつーか。たまには誰かを使って楽しないと倒れちまうぞ」

「疲れすぎ、か……確かに、少しだけ、そういうこともあったのかもしれない。なんでこんなことをしているのか、と思うようになっていたのも事実だな」

珍しい、それは錐霞《きりか》の弱音だった。春亮《はるあき》は僅《わず》かに驚《おどろ》いてその端正な横顔を眺《なが》める。

その視線に気付いた錐霞は、春亮を横目で見ながらくすりと息を吐《は》いた。

「だが、今日は不思議と楽だ。そう——なんとなく、楽しい。だから別に心配はいらない。素晴らしい体育祭にするため努力しようではないか」

それでも、錐霞の顔には未《いま》だ疲労感が影を落としているような気がした。けれど春亮に今すぐそれを拭《ぬぐ》い去る術《すべ》はなく、せめてもの対症療法《たいしょうりょうほう》として無意味な軽口を叩《たた》いてみる。

「楽なのは無論俺の癒《いや》しパワー。そろそろ俺の癒しマスコットがクレーンゲームの景品となる日も遠くないぞ」

「……馬鹿《ばか》げている」

いつものように、彼女はそう言った。

いつもより僅かに嬉しそうに、そして、
いつもより僅かに苦しそうに。

†

縦に、真《ま》っ直《す》ぐに、海に向かって陽が落ちていく。

海沿《うみぞ》いの倉庫の中、僅《わず》かに開いた扉の隙間《すきま》から彼女はそれを見ていた。まるで絵画の枠のように、長方形に切り取られた視界。海と落陽《らくよう》が描かれたキャンバス。この国の太陽は故郷よりも幾分《いくぶん》か暖かかったが、それを見るこの縦長の視界は故郷とほとんど同じだった。

「題すれば《異国に見る家》……と」

ふんわりとした微笑でアリスは呟《つぶや》いた。荷物に背中を預《あず》け、手にしたカップを傾《かたむ》ける。鼻腔《びこう》に届くのは蜂蜜《はちみつ》が入ったミルクの甘い香り。昔からのご馳走《ちそう》で……今でも、とても好きだ。子供っぽく思われてしまうのがたまに傷だけれど。

そう、昔はこれがご馳走だった。思い出す。

第一の故郷——名も忘れた福祉施設を。そこではこんなものを飲ませてはもらえなかった。

そして第二の故郷——現在の故郷。名もなき教会を。左右を切り立った崖《がけ》に挟まれた、まるで奈落《ならく》の底にあるかのような教会、あるいは私設孤児院。そこで初めてこの飲み物を知った。たまに飲むホットミルクが、何よりのご馳走。

だからこれを飲むと、《家》のことが自然と頭に浮かぶ。

ああ、素敵な家。愛しきおんぼろ教会。あの家で自分は全《すべ》てを与えられた。施設から神父に引き取られ、何人かの仲間と共にあそこに連れて行かれたとき、初めて番号ではない名前を貰《もら》った。アリス。そこで仕事も覚えた。出会いもあった。嫌《いや》なこともあった。いいこともあった。崖の間を海に向かって沈む夕陽の美しさを知った。そして——家族も、できた。

こくり、と甘く温かいミルクを喉に落とす。

「……一緒にあの光景を見ながら、一緒に甘いミルクを飲めたら。それはどんなに素晴《すば》らしいことでしょうね」

わかってくれればいいのですが、と考える。自分が望むのは、本当にそれだけなのだ。そして彼女に対しては単に実力でお招《まね》きしてから説得するより、できればきちんと納得してからこちらに来てもらう形にしたい。

けれど、今は言葉を尽くしてもわかってくれるとは思えなかった。だから——準備と用意をする。必要なものは、少しの時間と、少しの手間。それで彼女は理解してくれるだろう。

そう、焦ることはない。今夜はのんびりと、準備が整うのを待つとしよう……

そんなことを考えながら、アリスはいつまでも故郷の味と故郷の眺《なが》めを楽しんでいた。

†

学校から帰宅し、数時間後。

夕食を終え、フィアは一番風呂《いちばんぶろ》に入っていた。浴槽《よくそう》の縁《ふち》に背中を預《あず》けて仰《の》け反《ぞ》りつつ、

「うー……おのれ、今日も上手《うま》くいかんかった……」

放課後の風景を思い出す。頑張ったが、相変わらず一人だけ明らかにレベルが違った——というか冷静に判断するに、一人だけ踊りの体《てい》を成していなかったと思う。カナや他の奴《やつ》らは「まだまだ時間はあるよ」と慰《なぐさ》めてくれたが、同時に「いよいよとなったらフィアちゃんだけオリジナル振り付けで」という話もしていた。そんなのは悔しすぎる。

なぜ上手《うま》くいかないのだろう。人間体に慣《な》れていないからか。こうして動き出してから結構時間が経っているはずなのに。では、やはり、そもそもがヒトではないただの道具だから——

「いや、ウシチチは踊れておる、やはりこれは単なる練習量の差だ！　頑張らねばならん！」

ずばー、と浴槽《よくそう》から立ち上がり、一人ガッツポーズ。

「頑張ると言えば——クロエの店も明日開店だな。どういう手伝いをするのかはわからんが、そちらも一応頑張らねば……」

がらり。

「適当に客引きとかしてくれればよいよ」

「ぬあっ⁉　な、何だ、今は私が入っておるのだぞ⁉」

そこで当人がいきなりガラス戸を開けて入ってきた。無論一糸《いっし》纏《まと》わぬ姿で、長い髪だけがそ

の身体《からだ》を包むように流れている。フィアの非難にも、黒絵《くろえ》はいつもの無表情のまま、

「今日はずっと準備しちょって疲れた……早く風呂《ふろ》に入りたい。そして新しく知り合った相手と親睦《しんぼく》を深めるには裸の付き合いが一番じゃろ。ということで丁度いいのでどぼーん」

「狭いわ！」

「暴れると余計狭い」

正論だ。仕方ないので、できるだけ身体を縮めてフィアは再び肩まで湯に浸かる。だが飛込んできた黒絵は浴槽に背中を預《あず》けた姿勢で足をぐーんと伸ばしていた。別に蹴《け》られはしないものの、太股《ふともも》やふくらはぎに、ちょくちょく黒絵の肌の感触。

「足が疲れちょる。ちょっとだけ、ごめん……」

「私だって疲れとるわい」

「ああ、やっぱり風呂はよい。なんか眠くなる……」

「聞いてないなお前」

「すぅ……」

「そして寝るのか！」

黒絵の寝息は続く。どうやら本当に疲れているらしい。なんとなく起こすのが憚《はばか》られるような気分になり、フィアは口をへの字にしてその寝顔を眺《なが》めるしかなかった。

そうしているうちに、ふと疑問が——あるいは知的好奇心が湧《わ》いてくる。

こいつは呪《のろ》いを解《と》いている。それは自分達にとって最大の激変だ。ならば外観や姿形《すがたかたち》に何か特別な変化が起こっていても不思議ではない気がする……春亮《はるあき》は「ただ呪いが解けるだけ」とか言っていたが、さすがに黒絵の身体を調べて確かめたわけではないだろう。一見するところ自分と同じような姿にしか見えなくても、その実、呪いの解けた黒絵にはどこか自分とは決定的に変わっている部分があるのではないだろうか？

「ふむ……確かめてみる価値は、あるような……」

浴槽《よくそう》の湯をちゃぷりと揺らしながら中腰になり、すうすう寝息を立てている黒絵にそっと顔を近付ける。全身を執拗《しつよう》に眺め回した。やはり見た目はそれほど自分と変わりないように見える……剥《む》き立ての卵のような頬《ほお》、水滴を滑らせる肩、親近感を覚えるサイズの胸、湯の中で軽く上下する腹。肌はどこも真《ま》っ白《しろ》でつるつるだ。

見た目に異常な点は見当たらなかったので。

次は触ってみることにした。

まずは頬をつつく。ぷにぷに。

「ん……」

黒絵の吐息《といき》。まだ起きない。今度はぺたぺたと肩を触ってみた。肉が少ないせいか、滑らかではあるが骨の感触が微妙に掌《てのひら》に伝わってくる。そのまま腕を湯の中に差し入れ、調査対象を胸や腹や臍《へそ》回りに移行。

水中でふにふにとその柔らかい太股《ふともも》を撫《な》で擦《さす》って、やっぱりおかしなところはないのか、と諦めかけたとき——いやいや、と気付く。

「そうだな。やはり、こいつの一番大事なところを調べてみんことには……」

そして、そこに手を伸ばそうとしたとき——視線に気付いた。

「……？」

怪訝《けげん》なぼんやり眼《まなこ》で、身体《からだ》を弄《もてあそ》ばれていた少女がこくんと首を曲げている。フィアは少し考えた。考えて、自分のしていることには何も間違っている部分などないのだから、正直に言うべしという結論に達する。

「触らせろ」

数秒の間があり。

黒絵《くろえ》はちゃぽんと水音を立て、ゆっくりと口元まで湯に浸《つ》かりながら——

「……ん……いいよ……？」

恥ずかしそうな、けれども何かを期待しているような上目遣いになって、そう言った。

携帯が見当たらない。しばらく部屋を探しているうちに、そう言えばさっき脱いだ服のポケットに入れっぱなしだ、と思い出した。

出会い頭《がしら》の事故を避けるため、ノックをしてから脱衣所に入る。フィアが入浴中なのは知っていたが、籠《かご》に黒絵の服があることに気付いて春亮《はるあき》は首を傾《かし》げた。

（一緒に入ってんのか……？）

疲れた様子で帰ってきてから、黒絵の姿はすぐに見えなくなっていた。てっきり、離れにある自分の部屋で休んでいると思っていたのだが。

まあ、親睦《しんぼく》を深めるのはいいことだ。黒絵は超絶マイペースだから、フィアも断りきれなかったのだろう。納得し、洗濯籠《せんたくかご》に入っていた自分の服から携帯を回収。さて、と脱衣所を出ようとしたとき——聞こえてしまった。

「ん……気持ちいい……」

「こら、動くな。こんなことをするの、私は初めてなのだぞ」

「大丈夫、上手……もっと強くても、いい」

「こんな感じか？　そら、そら、っと」

「ん、いい感じ。そう、そんな感じで、続けて……？」

春亮《はるあき》は呼吸を止めた。なんですか。なんですかこれは。

一刻も早くこの空間から出て行けと理性が囁《ささや》いているのに、身体《からだ》がそれに全く従わない。

「うむう。弄《いじ》っておるほうも、この感触が、なかなかに気持ちよいな……」

「あ、もっとそこ、引っ掻《か》くみたいに……」

「こうか」

「うん、そう。ああ、やっぱり自分でするより気持ちぃい……ふふ、ふぃっちーの指はとても優しくて、素敵」

「べ、別に私は優しくなどしとらんぞ……ほら、そろそろどうだ。指が疲れてきた」

「ん……じゃあ、一気に、来て」

もはや身じろぎ一つできない春亮《はるあき》の耳に、そして届いてきた音は――

ざっぱーん。

「……ざっぱーん？」

それはまるで、風呂桶のお湯を一気にぶちまけたような音。

違和感に意識が混乱してすぐ、ガラス戸が滑る。

「ううむ、やはりお前の髪もそれほど妙なところはないか。動く以外はな」

「呪《のろ》いが解《と》けても外観は変わらない。洗ってくれてありがとお」

「ふん、確かめるついでだから仕方《しかた》あるまい……ん？」

水滴を這《は》わせる二人の身体。フィアの姿はその前にいる黒絵《くろえ》の未発達ボディで微妙に遮《さえぎ》られている。その黒絵は肌を隠そうとするそぶりをまったく見せずぼんやりとしており、長い髪がかろうじて身体の致命的な部分を春亮の視線から隠していた。

数秒、なんとも言えない時間が流れ――そして一瞬で、頬《ほお》を赤くしたフィアの目が怒りの色に染《そ》まる。

「な、なにを……しておるのだ、は、は、ハレンチ小僧め！　呪うぞ！」

「……見たかったの？　言ってくれればハルと一緒に入ったのに」

「ち、違う！　なんというか違う！　俺は何もしていない！」

「少しうるさいですよ。いったい何を騒い、で……」

そこでこのはが入ってきてさらに事態は混迷《こんめい》の度合いを増した。何か前もこんなことがあったような、と春亮は絶望の中に思う。

顔を強張《こわば》らせて固まるこのはの前、フィアが眉間《みけん》を突き破らんばかりの勢いで春亮に指を突きつけ、

「何を騒《さわ》いでいるかだと!?　見ればわかろう、このハレンチ小僧が私達の風呂《ふろ》を覗《のぞ》き――」

そして黒絵が春亮の手中にぼんやり眼《まなこ》を向けて後を継《つ》ぐ。

「その挙句《あげく》、携帯のカメラを使って青い衝動に満ち溢《あふ》れた犯罪行為を」

「ち、違う！　覗いてないし、携帯はただこれを取りに来たからで！」

「撮《と》りに来た。やはり……！」

「なぜか日本語が伝わらないという不思議!?　誤解だ、俺にやましいことは何一つない！」

「……」「……」「……」

冷たい視線しか返ってこないのはどういうことだろう。

「……ない、のですが……まあ、それはともかくデスね？　そ、そうだ、居間で茶でも飲みな

がら明日のことを話そう！　美容室の手伝いとか、一応役割分担をしとかなくちゃ、な！」

愛想笑《あいそわら》いをしつつ脱衣所を出ようとすると、このはにがっしり手首を掴《つか》まれた。

そして彼女は真顔で言う。

「明日のことの前に——まずは家族会議です」

……家族会議に殺気は必要ないのではないでしょうか。

第二章 「来訪者は何処《どこ》かに消える」/ *"Mama said, the culprit is me"*

†

マスコット的な扱いを受けているのは知っていたが、ここまでとは。

翌日の休日——美容室《檀ノ浦《だんのうら》》の前で、春亮達《はるあきたち》はその光景を半ば戦慄《せんりつ》しながら眺《なが》めていた。

「花輪来たぞ花輪！」

「これ、うちの総菜《そうざい》で作った弁当！　皆で昼にでも食ってくれ！」

「黒絵《くろえ》ちゃん、タオルはいくらあってもいいだろ、これ使ってな！」

そんな感じで商店街の人が入れ替わり立ち替わり現れ、次々と黒絵に祝いの言葉を伝えたり貢物を捧げたりしていく。ある種圧巻《あっかん》だった。

「ううむ。凄《すご》いものだな……まるで姫のようではないか」

「それはちょっと言いすぎですけど、まぁそんな感じかもですね」

そのとき、向かいの電器店からどたばたと一人の男が現れる。眼鏡《めがね》をかけた、痩《や》せぎすの中年男性だ。

「黒絵ちゃんが帰ってきたって!?　しまった、出遅れてしまったよ！」

「ん、中島さん。お久しぶり」

「くう、中央商店街・黒絵ちゃんファンクラブ会長がなんたる失態《しったい》……と、とりあえず電池でもプレゼントするよ！　はい、単一単二単三――ええい、リチウムもセットだ！」

「……いらないけど、ありがとお。奥さんに叱《しか》られるのではない？」

「バレなきゃいいのさ！　あ、店のカメラを黒絵ちゃんシフトにしないと！」

　と、中島さんは電器店の前にある防犯カメラをぐいと捩《ねじ》り、なぜか自分の店ではなく黒絵の美容室を向くようにする。これで黒絵ちゃんのラブリーな姿が毎日記録できるよ！　などと胸を張って言った瞬《しゅんかん》間、店の中から現れた奥さんがこちらに愛想笑《あいそわら》いを向けながらずるずると彼を連行していった。

「……おかしな奴《やつ》らだ。春亮《はるあき》も知り合いなのか？」

「顔は知ってるってレベルだよ。こっちの商店街で買い物することもあるけど、なんか親戚《しんせき》を相手にしてるみたいで妙に気を遣うんだよなぁ……ほれ、このはも」

　そこではエプロン姿のおばちゃん――本屋の女主人とこのはが会話しており、

「このちゃん、最近あまり出てくれないじゃない。どうしたの？」

「ごめんなさい、最近はちょっと忙しくて。またいけそうになったらお願いしますね」

　このはもバイト関連でここいらの人達には知り合いが多そうだ。それを教えると、ふうん、とフィアは無表情に適当な相槌《あいづち》を打った。

そんなこんなで人の集まりも一段落つき、開店時間が刻一刻《こく》と迫ってくる。一同は美容室の中に入ってミーティングをすることにした。

店内はお世辞にも広くない。レジカウンターに待ち時間用のソファ、大きな鏡に向かい合うシートが二つ。店の奥には小さな倉庫と階段があり、階段の上にある二階の部屋は黒絵《くろえ》の第二の居室のようになっている。既に呪《のろ》いが解《と》けている黒絵は常に夜知家《やちけ》にいる必要がなく、月の半分ほどはこちらで生活しているのだ。

「作戦を説明する。うちは店内でひたすらお客を回す。ハル達《たち》は外でビラ配りと客引き……客が溜《た》まり始めたらハルはレジ打ちとか接客をお願い。そんな感じでどうじゃろ」

「私は別にそれでいいですけど」

「うむ。昨日と同じようにビラを配ればよいのだな?」

「今日はそれに加えて、興味を示したお客さんを直《じか》に引っ張ってくるのもよろしく」

「……直に引っ張るっつっても物理的な腕力を使うのとは違うぞ」

「違いますよ」

「な、なにおう！　それくらいわかっておるわい！」

「最初が大事だから、欲を言えばもっと人手や装備——そう、可愛い着ぐるみとか用意したかったんじゃけど。まあ時間がなかったし、それは今更言っても仕方ない」

そんなことを話していたとき。ぼへぼへぼへ、と気の抜けた排気音を響《ひび》かせつつ、店の前に妙に丸っこいフォルムの原付が停まる。運転していたのは、可愛《かわい》らしいピンクのヘルメットを被った——一分の隙《すき》もないクールビューティ。理事長の秘書たる北条《ほうじょう》漸音《ぜのん》だった。さらにその原付の後部荷台にはひどく整った顔立ちの少女がノーヘルのまま不機嫌そうに横座りしており、超然と道路交通法に喧嘩《けんか》を売っている。

「漸音さんはともかく、なんで白穂《しらほ》が……?」

二人を繋《つな》ぐ接点に思い当たると同時、大きな箱を抱えたメイド服の少女が原付にやや遅れて爆走してくるのが見える。いろいろツッコミどころの多い光景だ。

「よーし、到着ぅ……って、うわわわ!」

そのメイド——サヴェレンティは爆走の勢いを殺しきれずに箱を落としてしまいそうになり、スカートを際どく翻《ひるがえ》しながらわたわたとバランスを取ってようやく停止する。それから三人は連れ立って美容室に入ってきた。

「どうしたんですか、漸音さん?」

「休日出勤だといきなり理事長に呼び出されました。が、仕事はただのおつかいのようなもので——理事長からの祝い品をお持ちしましたのでお受け取りください」

漸音が渡してきたのは大きな花束だった。なぜ理事長が今日のことを知っているのかと春亮《はるあき》は疑問に思ったが、聞くと黒絵が営業再開の連絡をしていたのだという。もともと理事長の協力があった店であるし、また何か力を借りたのかもしれない。

「私はただの付き添いよ。まったく、あの男は人を苛立《いらだ》たせることしかしないわね」

「こんにちはーっ。えーっと、ボクが預《あず》かってきたのは、コレ……なんか『祝い事にはやはり必要だろう』とか言ってたよ」

白穂《しらほ》がぶっきらぼうに呟《つぶや》き、サヴェレンティは持っていた重い箱を春亮《はるあき》に渡してくる。中には酒瓶《さかびん》が一杯に詰まっていた……理事長はこの場にいるほとんどが未成年だと理解していないのだろうか。それからサヴェレンティは初対面の黒絵に気付き、

「ええと、はじめましてっ。ボクはサヴェレンティ。理事長の秘書補佐見習い、で……？」

「はじめまして。うちは、人形原《にんぎょうはら》、黒絵《くろえ》……？」

なぜか自己紹介の途中で言葉が止まる。それから二人は真顔《まがお》で見つめ合ったりこくこくと頷《うなず》きあったりお互いの動作を真似《まね》したり昔の映画のように指先を触れ合わせたりした挙句《あげく》、

『……親友になろう！』

とがっしり抱き合った。人形同士、何か感じ合うものでもあったのだろうか。

漸音《ぜのん》はそれらの全《すべ》てを真顔でスルーし、

「もう一つ預かりものがあります。『客引きの力になるものだ』とのことですが」

「あ。ありがとうございます。着ぐるみとかないかなぁ、って丁度話してたとこだったんで。どれどれ……？」

漸音から受け取った袋を開いてみる。

中身は深いスリットの入ったチャイナドレスだった。

「あの人は何を考えてんだ……？」

「よくわからんが、わりとハレンチなものということだけはわかるぞ」

「さすがに、これは……着るのに勇気が……」

このはがそう言うのを待っていたかのように、漸音がどこからか別の袋を取り出した。

「忘れておりました。理事長が支援するのに秘書である私が何も出さないのはどうかと思いまして、一応個人的な支援物資を用意しました。元は部下の予備制服ですが、何かに使えるかもしれないと。全然全く微塵《みじん》も興味がないというのであれば黙殺《もくさつ》していただいても結構です」

開いてみる。

中身はメイド服だった。

「あ、これはいいかも。実は前からちょっと可愛《かわい》いかもって思ってたり」

「……！　では着ましょう。お手伝いします」

このはが呟いた瞬間、きゅぴーん、と目を光らせて、漸音。それから「奥に着替えられるスペースがありますか？　お借りします」とこのはの手を取ってぐいぐい進み始める。

「え？　え？　あの、まだ着ると決まったわけではっ……それに一人で着られますし⁉」

漸音は止まらずにこのはを引き摺《ず》っていった。このはの声が聞こえなかったのか、それとも聞く気がなかったのかは定かではない。

そして十分後——美容室の中には一分の隙《すき》もない眼鏡《めがね》メイドが一人。

「あのう……おかしく、ないですか？」

「お、おかしくないぞ。ぜんぜん。その——似合《にあ》ってて、とてもいいと、思う」

もじもじと言ってくるこのはに、春亮《はるあき》は僅《わず》かにうろたえながら答える。いろいろ予想外だったのだ。このはがフリルのついた服を着ることなど滅多にないし、真《ま》っ白《しろ》なエプロンはいつも台所で見るような柄物とは違って清純度《せいじゅんど》が倍増《ばいぞう》しているし、おさげと眼鏡とカチューシャの組み合わせは新鮮《しんせん》だし、それに——サイズが微妙に合っていないのか、胸の膨《ふく》らみがいつもよりことさらに強調されている、ような。

「そうですか……なら、よかったです。えへへ」

満足げに頷《うなず》いている漸音《ぜのん》に背後から見守られながら、このはが妙に嬉しそうにはにかむ。白《しら》穂《ほ》はとことんどうでもよさそうな態度で、サヴェレンティはお揃《そろ》いだねっと能天気に笑っていた。が、残る二人——美容室の隅ではいつのまにかフィアと黒絵《くろえ》が膝《ひざ》を抱えて座《すわ》り込んでおり、凄《すさ》まじいジト目をその急造《きゅうぞう》メイドに向けている。そしてぼそぼそと、

「正直、このさんのアレは反則だと思う」

「反則というか異常なのだ。思うに、あれはテレビで見た巨大カボチャや人の形をしたダイコンの同類なのではないか。ただのビックリ異形《いぎょう》というか——一時《いっとき》は目《め》新《あたら》しさで驚《おどろ》かれ持て囃《はや》

されもするが、いずれは飽きられて忘れ去られていくだけのものに違いない」

「うちらこそが普通。決して《足りない》のではなく、慎みと奥ゆかしさを持った……そう、淑女の証明ということじゃね。つまり我々のは淑乳《しゅくにゅう》とでも名付けられるべき善《よ》きもの」

「淑乳同盟を締結《ていけつ》するか。私以上の貧《ひん》――もとい、淑乳を持っておるのはお前くらいだ。共にウシチチのウシチチっぷりを糾弾していこうぞ」

二人はどことなく敗北感を漂わせる無表情のまま顔を合わせ、力ない握手を交わしていた。

そんなとき、店のガラス扉が小さく音を立てる。そこには背の高いモデル然とした女性が立っていた。装飾品《そうしょくひん》は胸元《むなもと》にあるシルバーのクロスだけで、あとはラフなジーパンにシャツという格好《かっこう》がよく似合っている。虹《にじ》のように何色にも染《そ》められた派手《はで》な髪の色からすると、本当にモデルなのかもしれない。

「あー……開いてる？　まだ早い？」

すぐに答えたのは、やはり黒絵。ちらりと壁の時計を見つつ、

「少し早いけども、大丈夫……いらっしゃいませ。ビラはお持ちですか？」

「いや、持ってないけど。急に髪切りたくなっちゃって、適当に店探して歩いてただけだし。ビラがないとなんかまずいの？」

「いいえ――新装《しんそう》開店お一人目のお客様なので、ビラがなかったら特別サービスしようかな、と。本当はビラが割引券になってるのですが、特別に同じだけの割引を」

「お、ラッキー。新装開店は縁起《えんぎ》がよさそうだってだけで入ってみたんだけど……うん、ナイス選択。この街には仕事で来てるだけだから、どの店がいいとかよくわかんなくてさ」

「ありがとおございます。この《壇ノ浦《だんのうら》》、街一番のサービス&テクニックを誇る美容室だと自負したりしなかったりしております。ではこちらへ……」

微妙におかしなセールストークで客を案内しながら、黒絵《くろえ》がちらりと目配せしてきた。さっさと客引きに行け、ということなのだろう。

そんな感じで、別に鬨《とき》の声をあげるでもなく拳《こぶし》を振り上げるでもなく。

わりとグダグダな状態で、美容室《壇ノ浦》は開店の瞬間《しゅんかん》を迎えた。


——昨日のビラ配りの成果があったのか、最初の客の後もぽんぽんと来店者が続き、スタートダッシュとしての客足はそれなりにいいようだった。

春亮達《はるあきたち》はその間も近辺を歩き回り、道行く人にビラを渡していく。無論このはメイド服のままであり、さらには面白がったサヴェレンティが「ちょっと手伝わせてっ」と協力してくれた。メイド服の珍しさか、あるいはデザインのせいでことさらに強調されているこのはの一部分のせいか、それなりに受け取ってくれる人は多かったのだが……ここに、その喜ばしいことを快《こころよ》く思わないものが一人。

「ぬう……私のは受け取らんのにウシチチのは受け取るとはどういうことだ！　おのれ、奴《やつ》のほうが格段《かくだん》にビラの減《へ》りが早いぞ……」

「よろしくお願いしまーす──おいフィア、何むくれた顔してんだ。いいじゃねえか別に」

「よくない！　これはもはや奴と私のどちらが優《すぐ》れているかの勝負だ！」

唾《つば》を飛ばして春亮に言い返し、フィアは自棄《やけ》になったかのように人の波に突進していった。

だが怒気《どき》を隠し切れていない不自然な笑顔と必要以上の受け取れオーラは逆効果。「うわっ、ガイジンだっ。超怖ぇ！」と逃げていった小学生の集団が、直後に「よかったら来てね～」というこのはの優しい笑顔とビラをあっさり受け取り──挙句《あげく》、何かを目覚めさせた顔でぼんやりとメイドの後ろ姿を見送るようになるのを、フィアはプルプルと震《ふる》えながら眺《なが》めていた。

「おのれ……！　許《ゆる》せん、許しがたい……かくなるうえは……！」

しばらくそうしていたフィアが、唐突にビラを春亮に押しつけて走り出す。

「おいフィア、どうしたっ⁉」

「クロエの店だ！　すぐ戻ってくる！」

現在地は商店街を出て数十メートルの地点だ。まあ迷子になるような距離でもないしな、とか思っていると、言葉通りにほんの五分ほどでフィアは戻ってきた。

チャイナドレスを着た状態で。

「お、お前……！」

「うう、足が全部むき出しではないか、この服……ええい、今更気にしてはおられん！」

このはのメイド服も新鮮《しんせん》だったが、チャイナドレスを着たフィアも新鮮だった。理事長のいかなる目算《もくさん》があってのことか、脇《わき》のスリットはありえないほどに深く、もはやフィアの腰骨《こしぼね》辺りまでもがチラチラと見えている。当然ながらフィアの太股《ふともも》も全くのノーガードで晒《さら》されており、その白さを全世界に向けて声高《こわだか》に主張していた。前の布部分はそれなりに長く、フィアの背が低いために地面を擦《す》りそうになっているほどだったが、不思議なことにその姿にはスカート以上の無防備さを感じる。布の面積的にはこっちのほうが多いはずなのに。

「気にしてはおられん、が——こら、そんなに見るな！　の、呪《のろ》うぞ！」

「おう⁉　見られたくないならなぜ着る⁉」

顔を真っ赤にしたフィアが、下半身の布をぎゅっと両手で押さえつける。それはスリットからさらに太股を飛び出させるだけの逆効果。

なおもしばらくもじもじとしていたフィアだったが、やがて開き直ったようにむんと胸を張る。春亮《はるあき》を睨《にら》みつけるようにして、

「で……どうなのだ春亮！」

「ど、どうって何が」

「その、ウシチチと比べて、どちらが可愛……いや違うなんというかアレだ、遜色《そんしょく》あるのかというか——ビラを受け取ってくれそうパワーがどうなっておるかというか！」

「そのパワーはよくわからんが、ま、まぁ負けてはいないんじゃないか？　頑張ればビラだっ

て受け取ってくれる、ような」

「互角《ごかく》ということか。まぁいい――ならば後は気合いだ、負けんぞ！」

「うわ待てフィア、笑顔！　自然な笑顔を忘れんなよっ！」

「わかっておる！」

スリットから太股《ふともも》を飛び出させながら、ビラを抱えたフィアがどたばたと人を探して走っていく――と、そこで春亮《はるあき》は先刻から不機嫌《ふきげん》そうな顔で立っていた白穂《しらほ》の存在にようやく気付いた。美容室で待っていたはずだが、いつの間に。

「今頃気付いたの？　チャイナ服しか目に入ってなかったようね。いやらしいわ、人間」

「そ、そんなことはないぞっ。ていうか、なんかフィアが迷惑かけたか……？」

白穂の美貌《びぼう》が冷笑の形に歪《ゆが》み、

「迷惑？　そうね、もしも友達でもない人間に着替えを手伝わせたりすることを迷惑と言うのならそうなのかもしれないけれど、まさかそんな失礼な奴《やつ》がこの世に存在しているわけがないから、きっとこれは迷惑ではないのでしょうね。ええ、幼女のような初対面の美容師に突然写真を撮《と》られることも迷惑なんてものではなく、きっと有難《ありがた》がるべき土着《どちゃく》の風習か何かだわ」

「相変わらずきっついなあ……いやまぁ、俺が代わりに謝っとくけど、悪かったよ。で、写真って何だ？」

「『この店でこんなに綺麗《きれい》になりました』とかそういう感じでポスターにして入り口に貼《は》りた

いとか言っていたわね。勿論《もちろん》データはそれ聞いた瞬間に消させたわ」

「百パー捏造《ねつぞう》宣伝じゃねぇか。まあそれも悪かった……んで、どうしてここに？」

「客引きの手伝いをしにきたとでも思うの？　愚かすぎるわね、人間」

白穂が鼻で笑う。そのときビラを配っていたサヴェレンティが「あ、白穂だー。これって結構楽しいね、受け取ってもらえると嬉しいし！」と寄ってきた。白穂はそれはよかったわねと頷《うなず》いてから、有無《うむ》を言わせぬ迫力でその手をがっしり掴《つか》む。そして彼女の持っていたビラを投げつけるようにして春亮《はるあき》に渡すと、ぐいぐいとサヴェレンティを引き摺《ず》って歩き始めた。

「もういいでしょう。行くわよ」

「え？　でも、もーちょっとお手伝いしたいなー、なんて」

「そんなのいいから。秘書だって帰ったし、あの男に言われた仕事はもう済んでる……今日の予定に、もともとこんなのは入ってない」

「えーと、どこ行くんだ？　もう帰っちゃうのか？」

メイドを引き摺っていく背中に声をかけると、白穂は静かにキレているような、下手《へた》に手を出せば間違いなくキケンだとわかるような目で振り返った。

「デートよ。邪魔すれば殺すわよ、人間」

「――行ってらっしゃい」

春亮にはそう答える以外に手はなく、そのまま白穂は「黒絵《くろえ》ちゃんによろしくね～」と明るく手を振るサヴェレンティをずるずると引き摺《ず》っていった。

そのとき、縦横無尽《じゅうおうむじん》に辺りを走り回っていたフィアが「おお、帰るのか。お前のおかげでいい感じだぞ、またな!」とその前を通り過ぎる。白穂《しらほ》はスリットから太股《ふともも》を凄《すさ》まじくはみ出させて走るフィアの姿を半眼で眺めつつ、短く呟《つぶや》いた。

「……恐れを知らないわね。まあ、私には関係ないことだけど」

どういう意味だろう。首を傾《かし》げる春亮《はるあき》の視線の先、サヴェレンティを引き摺る白穂はそれきり振り向きもせずに立ち去っていった。

気になったのでもう一度フィアの姿を確認してみる。相変わらず、真《ま》っ白《しろ》な足が右へ左へ移動中。何かハラハラする。全ては腰骨の辺りまで見えるような深さのスリットのせいだ……ん、何かおかしくないか。今更気付いたが、その下は一体どうなって――だって、どう考えても、スリットの深さ的に――では、まさか、ひょっとして――

思い出すのは、フィアが布をぎゅっと押さえつける姿。恐れを知らないという白穂の言葉。

そうして頭に浮かんできた一つの可能性を、春亮は引き攣《つ》った笑いで即座に放棄する。ない。いくらなんでもそれはない。きっと白穂が何か男子には想像もできないような秘伝《ひでん》のテクニックをフィアに伝授したのだ、そうに決まっている。

スリットの謎《なぞ》についてはそんな感じで思考停止して、春亮はビラ配りに戻る。それからはフィアの動きが気になって仕方《しかた》なかったが。

そのうちに正午を過ぎ、一旦《いったん》集合しようと決めていた時間になった。フフフ結構捌《さば》けたぞと不敵《ふてき》に笑うフィアと、その姿をチラチラ見ながら「足が、細い……いやいや子供はみんな細いものですし」とか呟くこのはと共に《壇ノ浦《だんのうら》》へ帰る。

そして店に辿《たど》り着くと、驚《おどろ》いたことに、誰もが認める超美人である白穂の顔写真がでかでかと入り口に貼《は》られていた。そのポスターに書かれている文字は《私も御用達《ごようたし》の壇ノ浦。ここで貴女《あなた》もビューティホー》——半分ウケ狙《ねら》いのような気がする。白穂があぁ言っていた以上これはデータを消された後の隠し撮《ど》りで、プリントや引き伸ばしなどは写真屋に頼《たの》んだのだろう。

黒絵《くろえ》の商魂《しょうこん》に呆《あき》れながら美容室に入ると、待っている数人の客でソファが埋まっていた。どうやら客引きの効果はそれなりにあったらしい。

「おかえり。上でごはん食べて。食べたらハルはちょっとお会計とかよろしく」

忙《せわ》しなく鋏《はさみ》を動かしていた黒絵がちらりと春亮達《たち》を見て言った。邪魔をするのも悪いので、春亮達は動作で了解を示して二階の部屋へと向かおうとする。

だがそこで——一つの事件が起こった。

それは、ある意味当然のこと。商売をする店としては当然に、新しい客が入り口から入ってきただけのこと。ただし。

「あらあら。繁盛《はんじょう》されていますね……題すれば《祝福だらけの再生誕《さいせいたん》》と。ええと、ここに名前を書いておけばいいのですか？」

その客は、おかしなストーカー女だったが。

†

「……ご希望は?」

「適当にカットを。長さや形は全部そちらにお任《まか》せします」

「ここまで伸びたのをショートにするのも勿体無《もったいな》い。腰くらいの長さにするのでよいかな」

「ではそれで」

鏡越しに、アリスがあの人当たりのいいにこにこ顔で笑っている。一つ息を吐《は》いて黒絵《くろえ》が鋏《はさみ》を動かし始めると、金属が髪を断つ小気味《こきみ》よい音が小さく聞こえてきた。

「まったく、なぜあんなことになっておるのだ……?」

「あいつがいいって言ったんだから仕方ないだろ」

不満げな顔のフィアに向けて言ってやるが、春亮《はるあき》にしても多少の疑問がないでもなかった。フィアをいきなり拘束したことからもわかるように、黒絵はあれはあれで好戦的なところがある。大人《おとな》しく受け入れたりしないのではないかと思っていたのだが、

(ま……でもやっぱり、他の客がいる前で追い出すわけにもいかんしな)

春亮達《たち》は店の奥への入口になっているドアを半開きにして、その隙間《すきま》から黒絵達の様子を窺《うかが》

っていた。先刻、身構える春亮達に向けて「今日はただのお客として来ました」と言った通り、アリスはシスター服ではない私服だ。大きな楽器ケースも持っていない。待っている間も、待ち時間用のファッション誌を物珍しそうに捲《めく》ったり、ふと顔を上げてフィア達に微笑《ほほえ》みかけたりするだけだった。


「何かを企《たくら》んでおるのだろうか」

「そうは見えませんけどね……わたし達が見張っているから何もしないのかもしれませんが」

フィアとこのはがぼそぼそ囁《ささや》く中、黒絵とアリスが会話する声も小さく聞こえてくる。

「髪を誰かに切ってもらうのは久しぶりです。なんだか楽しいですね」

「……そう。まあ、これだけ綺麗《きれい》な髪だとうちも楽しいけど」

そんな適当な会話をしながら、黒絵は手を休めず、アリスはにこにこ笑顔を消さずに、数十分。そこで初めてアリスの顔から微笑が消えた。

「すぅ……すぅ……」

「信じらんねぇ。居眠《いねむ》りしてるぞ」

「危機感《ききかん》がないというかなんというか……本当に、わけがわからない人ですね」

「まだ特に何かをされてはおらんから、今のうちに奴《やつ》をどうこうしようという気にはなれんしな。それを読みきってやっているのなら大物だ。何も考えていないならただの馬鹿《ばか》だが」

正直なところ、春亮達は困惑していた。アリスの語っていた目的は『とりあえずついてこい。

嫌なら力尽《ちからず》くでも』というただそれだけ。それは間違いなく《敵》の言葉だ。なのに——今、髪を切られながら居眠《いねむ》りしている彼女には、全《まった》くその気配がない。優しそうで、落ち着きがあり、微笑が本当によく似合《にあ》う女性がただそこにいる、というだけの話だ。

様々な疑問が春亮《はるあき》の脳裏《のうり》に浮かんでくる。彼女は本当に敵なのだろうか。かつては黒絵《くろえ》、今はフィアを拉致《らち》しようとしているのには、何か理由があるのではないだろうか。その理由があるとすれば、それは何なのか。そもそもビブオーリオ家族会《ファミリーズ》とはどういう組織なのか。『夜知《やち》家《け》と似たような組織』というアリスの説明は本当なのか——わからない。全《すべ》て。

「できたよ」

「……ん。あらあら——眠っていましたか。すみません、気持ちよくて」

「一応、どんな感じになったか確認して」

黒絵が鏡を持ち、アリスの背面を合わせ鏡で確認させる。今までより数十センチほど短くなった髪を軽く眺《なが》め、アリスは嬉しそうに首肯《しゅこう》した。

「わあ、毛先が前よりもとても綺麗になりましたね。さすがは黒絵様」

「それはどうも——ハル、お会計を頼《たの》む。ええと、次の人」

「お、おう。わかった」

アリスの後にも客は詰まっていた。忙しく次の客をシートに座らせる黒絵を横目で見ながら、春亮はレジへ向かう。さりげなくフィアとこのはもついてきてくれた。

「お釣りは結構《けっこう》ですよ。開店祝いのようなもので」

「……や、ただのお客にそんなことをしてもらうわけにはいかない。はい、お釣り」

「そうですか。それでは、また――特に、フィア様」

もう来るなよ、とフィアは口を開きかけたようだったが、他の客がソファーにいる手前、我慢したらしい。むすりと唇を結んだ彼女を慈愛《じあい》に満ちた微笑で眺めてから、アリスは軽く会釈をして店から出て行った。

このまま逃がすわけにはいかない。店の中ではそうもいかなかったが、聞きたいことは山ほどある。春亮はフィア達《たち》と共に店を飛び出し、

「ち、ちょっと待て！　話をしよう！」

「あらあら。何の話でしょうか。私達のところに来ていただける決心がついたとか？」

「ふん――そんなわけがあるまい。ただ、貴様《きさま》の目的について詳しく知りたいだけだ。無論、『一緒にお茶を飲みたい』などという戯言《たわごと》ではない、本当の目的だ」

肩越しに振り返り、アリスは片眼鏡《モノクル》を光らせた。我儘《わがまま》を言う困った子供を見るような目で、

「戯言を言ったつもりはないのですが……申し訳ありません。まだ時期ではないような気がいたしますので、そう詳しくは」

「時期だと？　それこそ何の話だ！　私は今ここで聞きたいのだ、力尽《ちからず》くでも――」

「おい待てフィア、人目を考えろ！」

その言葉に、チャイナ服のポケットに手を入れていたフィアが歯噛《はが》みして動きを止める。

「……焦らなくても、いずれおわかりになりますよ。そのために私はここにいるのです」

「いずれわかることなら、今言っても同じだと思いますけどね」

このはが厳《きび》しい視線を投げると、アリスは柔らかな仕草で首を横に振った。

「そうでもないですよ。しかるべきタイミングというものがあるのです——けれど、思い出しました。勘違いされても困《こま》りますので、一つだけここで言っておきましょう」

それから春亮達《はるあきたち》を順繰《じゅんぐ》りに眺め、彼女ははっきりと告げる——

「犯人は、私です」

そんな、意味のわからない言葉を。

「何だって？　何のことを言ってるんだ？」

「それも、いずれおわかりになることですよ……それでは今日はこのあたりで。黒絵《くろえ》様にもお礼を言っておいてください」

一方的に言って、歩き出す。追おうとしたが、そのとき丁度新しい客が来た。「今だと何分くらい待ちますか？」と聞いてきたその客の対処《たいしょ》に数秒気を取られ、ふと気付くと——アリスは視界《しかい》から消えていた。フィアとこのはが一応捜しに行ったが、すぐに手がかりなく帰ってくる。

犯人《はんにん》は私、という言葉は何を意味しているのか。これから何かが起こるのか。それとも既に何かが起きているのか。《犯人》という存在が発生するような、とんでもない何かが——

春亮はしばらく、無言でアリスの消えた方角を眺《なが》めていた。

ひどく薄《うす》く曖昧《あいまい》で、それでいて確実に存在する、得体の知れない不気味《ぶきみ》さを感じながら。

（どうせなら、もう少し短く切ってもらってもよかったですね）

近々もう一度行ってみるのもいいだろう、と思った。彼女は間違いなく喜ぶのだし。

数十センチ切っただけで随分頭が軽く感じるのだなあ、とどこか新鮮《しんせん》に思いつつ、アリスは少しだけ短くなった髪を靡《なび》かせて歩く。軽いプレゼントのような感覚で店にお邪魔《じゃま》したのだが、久しぶりの散髪はなかなかに気持ちいいものだった。

（ええ、本当に、久しぶりでしたしね……）

脳裏《のうり》に浮かんだのは、あの《家》で友達に髪を切ってもらった思い出だった。随分前の話だ。今はもういないあの子の名前は何と言っただろうか。Ｅ……そう、エレナだ。一緒に施設から引き取られた、金髪が綺麗《きれい》だった女の子。勿論《もちろん》覚えている。彼女も家族だったのだから。

よく一緒に遊んでいた。木炭の欠片《かけら》で絵を描くことを覚えた自分を、よく後ろから覗《のぞ》き込んできた。そして聞いてくるのだ。この絵の題はなんていうの、アリス？

今にして思えば、自分の絵は題名がなければわからないくらい下手《へた》だったのだろう。子供が描いた、しかも炭の黒一色の絵だから当然か。最近は手軽に写真が撮《と》れるようになり、絵筆よりもカメラを持つほうが多くなってしまったが、また絵を描いてみるのもいいかもしれない。

「ああ……モデルになっていただくのもいいかもしれませんね。ホットミルクでも飲みながら、裏庭の椅子に座ってもらって……」

とりとめのないことを考えていると、そんな独《ひと》り言《ごと》が出た。自分で気付いて、苦笑する。

それは少々先走《さきばし》りすぎだ。これからやらなければならない仕事が待っているというのに。

そう、準備のための準備はひとまず済《す》んだ。ここからは実際に、彼女の勧誘という目的に直結する準備行為をしなくてはならない。

アリスは軽い足取りで歩き続ける。道端に雰囲気の良さそうなカフェを見つけた。この国のカフェにはホットミルクがあるだろうか。気になる。

でも、とりあえずは仕事だ。カフェは一仕事終えてからにしよう。

仕事内容は単純。ただ、少しばかり繊細《せんさい》な作業だ。油断はいけない。

(さあ、すべきことを始めましょう)

気を引き締《し》めるために、自分に対して呼びかける。隠れ家《が》である倉庫に向かう歩みは止めない。まずは道具を用意しなくてはならないのだ。呼びかけはさらに続く。

さあ、苦難《くなん》を与えましょう。さあ、劇的《げきてき》を求めましょう。さあ、理解を囁《ささや》きましょう。

さあ——犯人《はんにん》に、なりましょう。

†

夜八時過ぎになって《壇ノ浦《だんのうら》》は閉店し、商店街の店主達《たち》と軽い打ち上げが行われることになった。店内に長机が何卓か運び込まれ、立食パーティ形式に料理や飲み物が用意される。

「みんな、ありがとお。みんなのおかげで、今日はお客さんがいっぱいじゃった。これからも頑張りますのでよろしくお願いします、ということで……かんぱい」

「かんぱーい！　イエー！」

黒絵《くろえ》の音頭《おんど》で、場は一気に喧騒《けんそう》に包まれた。理事長からの差し入れである酒が惜しげもなく振舞《ふるま》われ、大人達の傾《かたむ》けるアルコールの匂《にお》いが狭い店内に漂《ただよ》っていく。

紙コップでジュースを飲みながら、チャイナ服から着替えたフィアはぼんやりと壁《かべ》に背中を預《あず》けていた。思い出すのは――アリスのこと。

犯人は私です。そう言ったあいつは何をしようとしているのか。

わからない。が――ある意味では、どうでもいいことだった。自分達に害のある何かが起こればそれを阻止するだけだし、害がないならば放っておけばいい。それに、何をされてもあいつと一緒に行く気はないのだ。あいつのすることが無意味なのは始まる前から決まっている。

自分の居場所《いばしょ》はここだ。呪《のろ》いを解《と》くためにここで暮《く》らしていくと、かつてそう決めた。

そう……呪《のろ》いを解《と》く、ために。

視線を上げる。呪いはほとんど解けている、と最初に言った村正《むらまさ》このはは、今は涙目で春亮《はるあき》に絡んでいた。

「ねえ、どう思いますどう思います春亮くん？　わたし、あの人とキャラかぶってますよね⁉　丁寧語とか優しいお姉さん系であんな人にぎゅってされたら幸せだなみたいな！」

「ちょ、何言ってんだ⁉　いやまぁ確かに喋《しゃべ》りとかは似《に》てるのかもしれんけど、あいつは注意しとくべき相手であって、別にぎゅっとされたいとかは」

「ウソです！　さっき監視《かんし》してるときの春亮くんの目はそう言ってました！　ううう、わたしじゃダメなんですか、こんな身近にいて、ずっと見守ってきたのに、ぎゅっとしてあげたいのに……悲しい。悲しいです！　そして暑いですねここ！　とりあえず脱げば満足ですか！」

いいぞねーちゃんやれやれー、と無責任に囃《はや》し立てる声。

「わーっ⁉　おお、なんかおかしいと思ったら、お前……コップに入ってるのチューハイじゃねぇか！　間違えて飲んだのかあえて飲んだのか⁉」

「うー……お代わり……梅酒とかないですかねぇ～。わたし、あれ好きなんですけどぉ」

「ひぃっ。お、お前に梅酒だけはダメだ！　特殊な酔い方するのを知っているぞ俺は！」

「えー、そんなことないですよ……で、上と下、どっちから脱いだほうが興奮《こうふん》します？」

「脱ぐな！」

騒《さわ》がしい。一方、呪《のろ》いが解《と》けている黒絵《くろえ》は、

「川崎《かわさき》さん、お昼のお弁当美味しかったよ。ありがとお」

「そ、そうかい？　黒絵ちゃんにそう言ってもらえると嬉《うれ》しいねぇ！　じゃあ今回一番役に立ったのはうちの惣菜《そうざい》ということだね！　ご、ご褒美《ほうび》に頭とか撫《な》でてくれちゃったりすると！」

「えらいえらい」

「ああ……癒《いや》される……こんな、うちのガキよりも幼《おさな》く見える子なのに、不思議だ……」

「ああっ！　川崎の野郎、卑怯《ひきょう》だぞ！　なあ黒絵ちゃん、惣菜は食えば終わりだろ？　見目《みめ》麗《うるわ》しい花でお客さんを癒しつつ注目も集め続けたこの花屋の丸輔《まるすけ》が一番……！」

「おいっ、さっき黒絵ちゃんはうちのナス田楽《でんがく》を美味《おい》しいって言ってくれたんだ！　仕事明けに最大の癒しを与えた俺こそが！」

一番大きな輪の中で、黒絵はいつもの無表情を僅《わず》かに嬉しそうに緩《ゆる》めていた。誰もが嬉しそうに会話を交わし、誰もが幸せそうに笑っている。

楽しそうだった。それは、《人間達《たち》》の輪。そこに、《元人形》の黒絵が、ごく自然に溶け込み、触れ合っている。それは、なにか、とても――

（呪いが解けて、今よりももっと、人間、みたいになったら……私も、あんなふうに笑えるのかな。あんなふうに、人間の輪の中に、自然にいられるのかな）

認《みと》める。それは羨望《せんぼう》だった。

そして、嫉妬《しっと》だった。

（嫉妬？　くだらない）

けれど。あそこにあるものは、とてもとても欲《ほ》しい、素晴《すば》らしいもので。それでいて、今の自分には手の届かないもの。そして、未来の自分には本当に手が届くのか、わからないもの
——ならば既にそれを享受している存在を目にして思う、この胸を締《し》め付けられるような感情は、やはり嫉妬と名付けられるものなのかもしれない。

「……フィア？　どしたよ、ぼーっとして」

そこで春亮《はるあき》が近付いてきた。見るとこのはは長机に抱きついてウトウトとまどろんでいる。

「ん……いや、別に」

「変だな、和菓子屋さんの本格煎餅《せんべい》にダッシュすると思ってたんだが。お前が食ったことなさそうな他のモンも一杯ある。早く食わんとなくなっちまうぞ」

「そう……だな。おせんべとか、適当に、取ってきてくれ」

「自分で行けよ、不精《ぶしょう》すんな……って、お前」

そこで春亮が何かに気付いたような表情になった。それから溜《た》め息をついて頭を掻《か》く。

「そういうことか……よし、んなら！　ほれほれ欲しけりゃ自分で取りに行け！」

「ぬわ、押すな！」

ぐいぐいと背中を押され、なんとなく入りにくかった黒絵と大人達の輪の至近《しきん》に。すると店

主達《たち》の一人が酒臭《さけくさ》い赤ら顔《がお》を向けてきて、

「おっ！　そうそう、この子の頑張りも忘れちゃいけねぇ！　いいもの見せてもらったよ！」

「ふぇ？」

「そうともさ、こっち来なよ！　何か食べるかい？　うちの刺身がオススメだぜ！」

「この塩漬けも食いねぇ！　俺んとこの野菜はいつも新鮮《しんせん》！」

「あのチャイナ服、僕のとこでクリーニングしてあげようか？　それと……もしよかったら、今度うちでバイトをしてみないかい。このちゃんは本屋に取られちゃったからね。うちのバイト特典は僕がコレクションしてる多種多様の可愛《かわい》い服が着られることで――」

「こいつんとこはいろんな写真が撮《と》られちまうぜ、やめときな！　うちはコロッケとか売るだけだからうちに来なよ、いやむしろうちの子になってくれ！」

わいのわいの、と凄《すさ》まじい勢いで喋《しゃべ》りかけられる。困《こま》って春亮《はるあき》を振り返ると、彼はもはや我《われ》関せず、という感じで明後日《あさって》の方向を向いていた。

「その……えと、なんというか……」

「うん。ふぃっちーにも世話になった。ありがとお」

黒絵《くろえ》がジュースのペットボトルを差し出してきた。空になっていたコップに、さっき飲んでいたのと同じオレンジジュースがとくとくと注《そそ》がれていく。

「みんな、きっと、ふぃっちーのことも好きになった。だから楽しむといい。何も考えずに」

ぼそりと耳元でそう言われた。思わずその顔を見返すと、ぼんやりとした目は不思議に深遠《しんえん》な色を湛《たた》えている。そう——おいで、と無言で誘われているような。

痛《いた》みは消えていない。苦しい感情は消えていない。けれど、今だけは。

この自分にも、片足くらいはこの輪の中に足を突っ込む権利があるような気がして。

フィアはそっと、手にした紙コップを傾《かたむ》ける。

同じジュースなのに、なぜか、さっき飲んだものよりも甘かった。


そしてその夜。フィアが風呂《ふろ》に入っていると、突然「こんにちは。湯けむり泥棒《どろぼう》です」などというフシギ発言と共にガラス戸が開く。無論、入ってきたのはぼんやり顔の黒絵だ。

「……またか」

フィアは一つ息を吐《は》き、湯船の隅に身体《からだ》をずらす。黒絵がちょこりと首を傾《かし》げ、

「あれ、文句はなし？」

「言っても入ってくるのだろ。昨日ので学習した」

フィアの言葉に、黒絵は僅《わず》かに頬《ほお》を緩《ゆる》めた。

「まあでも、今日は違う。お手伝いのお礼に背中を流そうかと思っただけ——はい出た出た。優しくしますよお客さん」

「にょわっ？」

腕を掴《つか》まれ、フィアは強引に湯船から引っ張り出される。そして気付けばくるくるすとんとプラスチックの椅子に座らされていた。なんとなく抵抗する気にもなれずに背中を縮《ちぢ》めていると、そこに黒絵《くろえ》の手が触れる。小さな掌《てのひら》の感触。泡がぺたぺた塗られ、優しく肌が擦《こす》られた。

「どう？」

「う……む。なかなかだ」

実際、それはかなり気持ちがよかった。いつしか眠気も出てくる。目をしばたたかせていると、その気配《けはい》を背中から感じたのか、

「……今日は、疲れた？」

「まあな。初めてのことだったし……だが、いい経験になった。それに大変と言えばお前のほうが大変だったのではないか。客商売なのだから——誰とも知れぬ人間の相手をする、など」

「慣《な》れれば平気」

「慣れ、か……」

背中を丸め、息をつく。背中に感じる掌のせいか、この風呂場に漂《ただよ》う湯気と眠気のせいか——勝手に口が動いてしまった。

「お前は、凄《すご》いなあ……」

「ん、なにか言った？」

「……なんでもない」

誤魔化《ごまか》した。そのうちに黒絵は背中を洗い終え、次は昨日のお返し、と言いながら髪をわさわさとまさぐり始めた。プロの洗髪テクニックが惜しげもなく振るわれる。

「ふふ……銀色で、つるつるで、綺麗《きれい》。うちは自分の髪も好きじゃやけど、わりと羨《うらや》ましい」

羨ましい。それはこちらの台詞《せりふ》だ。

そう、誤魔化したのは黒絵に対する羨望《せんぼう》だった。打ち上げのときに感じた嫉妬《しっと》だった。けれど今、頭を洗われるようになって増した眠気の中に感じるものは、そのどちらとも微妙に違うような気がする。その二つの感情が髪を撫《な》でる黒絵の手で優しく混ぜ合わされ、希釈《きしゃく》され、新たな何かに調合されている。そんな感覚。

何だろう。気恥ずかしくてむず痒《がゆ》い、黒絵に対して感じるこれは——何なのだろう。

フィアはその感覚を言語化できないまま、心地《ここち》好《よ》い睡魔に瞼《まぶた》の重みを預《あず》けていく。

そして転寝《うたたね》が全てを消していった。感じていた疑問も、髪に触れる指の感触も、羨望よりも温かく、嫉妬よりも純粋な、
あるいは、憧憬《どうけい》、と名付けられるものだったのかもしれない——一つの答えも。

†

「ふわぁ……うぅむ」

翌日の朝。春亮《はるあき》は大欠伸《おおあくび》しつつ、縁側に座って熱い茶を啜《すす》っていた。時間的にはいつもより大分早い。早起きしている理由は、眼前《がんぜん》の庭で繰《く》り広げられている妙な光景だ。

「はい、一、二、三、四」

「ぬ、くっ、はっ……！」

「はいストップ！　四、で元の位置に戻るんですよ⁉　なんであなただけどんどん前に出て行くんですかっ！」

「う、うるさい、わかっておるわい！」

「じゃあ、もう一度。はい、一、二、三、四」

「ほっ、ほっ、はっ……おおっ！　どうだ、できたぞ！　ざまあみろ、ウシチチめ！」

「そこでどうしてわたしに対して勝ち誇るのかまったくわかりませんが……できてないですよ。腕の動きも一緒にやらないと意味ないでしょう！」

「お、おのれ……！　ええい、もう一度だ！」

「……平和だねぇ」

並んでダンス練習をしている二人を見ながら、ずずり、と春亮はジジ臭く茶を啜った。

こうなっているのは、昨夜にフィアがダンスの朝練をこのはに頼んだからだ。無論フィアのプライドが邪魔をしたそれはとても「頼んだ」の一言で済ませていいものではなく、いろいろ紆余曲折《うよきょくせつ》あったのだが……結局はフィアの進歩の遅さをみかねたこのはが溜《た》め息一つで承諾《しょうだく》し、今に至《いた》る。なぜ自分が付き合いで叩《たた》き起こされるのかはまったくわからないが。

　かんかんと聞こえてきた音に顔を上げると、離れの横手の階段から黒絵《くろえ》が降りてきた。いつものぼんやり眼《まなこ》を今は本当の寝惚《ねぼ》け眼にしている。彼女は二人の横を怪訝《けげん》そうに通過しつつ、

「……不可思議な舞踏《ぶとう》。さては邪神召喚《じゃしんしょうかん》の儀式とみた」

「創作ダンスの練習だ！　そうだお前、こいつに言ってやってくれ！　このウシチチ、自分が教える立場なのをいいことに私を言葉で嬲《なぶ》りまくり……ここぞとばかりにその陰険《いんけん》さを発揮《はっき》してゾクゾクと楽しんでおるのだ！」

「な、なんですかゾクゾクと楽しむって⁉　あのですね、駄目《だめ》なところはちゃんと駄目って言わないと練習にならないから私は言ってるだけで――」

「あー。わかる。このさん、たまにそうなるゾクゾク乙女」

「思いもよらぬ同意が出ましたよ⁉」

「ふふん……そら見たことか。自覚のない変態ほど性質の悪い変態はおらん。まあ、何にしろ私はウシチチ如《ごと》きの理不尽なイジメには屈しないがな」

「おお、ふぃっちー、えらい。じゃあうちはごはん食べてくるけど……がんばー」

「おう！」

　適当な励ましの言葉に、フィアがぐっと親指を立てて答える。黒絵もそれにぐっと親指を立て返した。そんなやりとりに、おや、と春亮は思う――なんだかフィアと黒絵が微妙に仲良く

なっているように見える。理由はわからないにしろ、とりあえずいい変化ではあるのだろう。

「……おはよお、ハル」

「ん、メシは台所にあるぞ。パンとベーコンエッグだけど」

「りょうかいー」

黒絵《くろえ》が縁側から家に上がる。台所に用意してあった皿を持って居間に戻ってくると、彼女は食パンの端をちょこんと咥《くわ》えながらテレビの電源《でんげん》を入れた。

『……では、次のニュースです。昨夜未明《さくやみめい》、櫃籐市《ひっとうし》の路上で若い女性の変死体が見つかりました。現段階では詳しい情報は入っておりませんが、警察《けいさつ》では殺人事件とみて捜査を——』

聞こえてきたのは、この街の名前が入った不穏《ふおん》なニュース。気になってちらりと顔を向けたが、画面はすぐに次のニュースに切り替わった。

（殺人事件、か……）

嫌な気配《けはい》がぶりかえしてきた。無論——犯人、という言葉を聞いたときと同種の。けれど、考えすぎだ、と自分を納得《なっとく》させる。これは自分達《たち》とは関係のないただの事件にすぎない。

「ふぅ。じゃあ、次の振り付けに行きますか……ジャンプして、腕を、こうです」

庭ではまだこのはがフィアを指導《しどう》していた。基本的に面倒見はいいのだ。一方、フィアはこのはの動きの真似《まね》はせずに、彼女をじーっと半眼《はんがん》で眺《なが》めているだけだった。何を見ているのだろう、とその視線を追ってみると、

（うっ……）

ぴょんぴょんとこのはが跳ぶ。Tシャツの中で、何かがゆっさゆっさと揺れる。波打つように、暴れるように、その柔らかさと大きさを顕示《けんじ》するように。ぴょんぴょん。ゆっさゆっさ。ぴょんゆっさぼふん……

「はい、こんな感じです。じゃあ、フィアさんもやってみて……」

「……ふがー！」

「きゃあっ、な、なんでいきなり怒ってるんですかーっ⁉」

「う、うるさい！　呪《のろ》うぞ！　目障《めざわ》りな貴様《きさま》のコレなぞ、こうだ！　へこめ！」

「ん、きゃっ……ちょ、そんな乱暴に……こ、こっちこそ怒りますよ！」

うわぁ、と生温かい目でそれを見ていると、ずっとテレビを見ていた黒絵が立ち上がった。

最後にもう一度ニュース番組を一瞥《いちべつ》してから——咥えていたパンを皿に置いて、歩き出す。

「どうした？」

縁側に脱ぎ捨てていたサンダルに再び足を突っ込みながら、黒絵はいかにも真剣そうに細めた目を春亮《はるあき》に向けて言った。

「淑乳《しゅくにゅう》同盟は仲間を見捨てない。助力する」

「……は？」

それから黒絵はぽてぽてとフィア達の元に走っていき、「へこめ！」とフィアの真似して叫びつつ、両手をわきわきさせてこのはの胸に飛びかかっていった。

そして一日が始まり、学校へ行き――何事もなく、授業が終わる。ただしそれは生徒達《たち》一般の間では、の話で、春亮《はるあき》には多少気になる出来事もあった。

まず一つは錐霞《きりか》。勿論《もちろん》表面上は普通を装《よそお》っていたが、その体調の悪さは歴然としていた。ほんのり頬《ほお》を赤くしているように見えたし、授業の号令を忘れるほどぼーっとしていることもあったのだ。風邪《かぜ》でも引いているのかもしれない。

気になる出来事の二つ目は――その、授業が終わった瞬間《しゅんかん》。放課後の始まりを告げるチャイムが鳴り終えたまさにそのときに起こった。

「へえ。こりゃまた変な事件だな。ミステリーのニオイがするぜ」

「ん、泰造《たいぞう》。何見てんだ？」

何気ない質問に、携帯でネットをしていた泰造が返してきた言葉。ニュースサイトに書かれていたという情報。それが、気になる出来事の――あるいは、それしか気にならなくなるほどに重要な出来事の、始まりだった。

「朝、変死体が見つかったってテレビでやってたろ？　なんかそれ、被害者がグシャグシャに折り畳まれて箱形になってたらしいぜ。すげえよな、何の意味があるんだろ？」

犯人《はんにん》は、私です。

それからすぐにフィアとこのはを呼び、人気のない屋上《おくじょう》に集《つど》う。泰造から聞いた情報を伝えると、このはは刹那《せつな》に表情を険《けわ》しくした。

「なるほど……このタイミングで、ですか。無関係では、ないかもですね」

「いや待て。一応伝えたほうがいいかなって思っただけで、あいつが関わってるって情報なんて全然ないんだ。偶然の可能性だってあるだろ」

「だが。もし、これが私に何らかの関わりがあるものなら」

フィアは歯をきつく嚙《か》み締《し》め、屋上のコンクリートを睨《にら》みつけていた。何かを堪《こら》えるように瞳を震《ふる》わせつつ、血を吐くように、苦しそうに、しかし強く言葉を発する——

「それは、私のせいで誰かが死んだということだ。無関係な、顔も知らない人間が！」

「おい待てよフィア、だから簡単に決めるなって！　第一、あいつがこんなことする理由なんてないんだから……」

「理由だと!?　決まっている！　こういうメッセージだろう——『自分のところに来なければ、無関係な奴らを殺すぞ』と！」

「な——」

「……テロリズムです。それは」

春亮は絶句し、このはは視線に刃の切れ味を込めているかのように目を鋭《するど》くする。フィアは過呼吸のように息を荒らげながら、ぎちぎちと音がしそうなほど自分の拳《こぶし》を握り締めていた。

その気持ちは春亮《はるあき》も同じだ。そこまでするのか。どうしてそんな手段が選べるのか。もしこの事件の真実が想像《そうぞう》通りなら絶対に許せないし、許《ゆる》してもならないと思う。

だが——まだ確証《かくしょう》はない。あんな優しい顔で笑える女性にこんなことができるのだろうか、という未《いま》だ納得《なっとく》できない部分も頭にはある。けれど。

「どっちにしても……無視はできない、か」

「勿論《もちろん》です。あの人を捜しに行きましょう」

フィアはまだ、無言で拳を握り続けていた。が、顔は伏せられたまま、その首が上下する。

話は決まった。手がかりはないが、何もしないよりはマシだ。

そうして動き出そうとしたとき、ふと、金属の軋《きし》む音。屋上《おくじょう》の扉が開いたのだ。

「……ここにいたのか」

「あ、いんちょーさん」

そこにいたのは錐霞《きりか》だった。相変わらず顔色が悪く、声にも覇気《はき》がない。ドアノブから手を離《はな》さないのは、ひょっとして立っているのも辛いからだろうか、と思ってしまう。

「探したぞ。私の補佐《ほさ》なのだから、勝手に、どこかへ行かれると……困《こま》る」

いろいろあって忘れていたが、勿論今日も体育祭のための準備は行われるのだ。弱ったな、と春亮は考えて——さらに、もう一つの困った現状に気付いた。街を適当《てきとう》にうろついて人間を探すには、三人では人手《ひとで》が少なすぎる。どうなのだろう。そんな義理《ぎり》はないと言われればそれまでだが、頼んでみるのもいいかもしれない。

「あの、さ、いんちょーさん。ちょっと困ったことになってて……今日は、その、体育祭の準備は休ませてもらいたいんだ」

「なんだと？」

「で、その……こんなこと頼める義理じゃないのはわかってるけど、もしよかったら。本当に、もしよかったら、いんちょーさんにお願いがあるんだ。街で捜さなくちゃならない奴《やつ》がいて」

「──待て」

錐霞の手が伸び、春亮の言葉を制止した。彼女は春亮達に掌《てのひら》を見せながら、沈痛な面持《おもも》ちで視線を逸《そ》らす。数度の呼吸。心に刻《きざ》んだ何かを思い出しているような、瞳《ひとみ》の揺らぎ。そして、

「悪いが……今回は、私は何も手伝えない。すまない」

「え？　あ、ああ、別にいんちょーさんが謝《あやま》ることじゃないよ。物凄《ものすご》く身勝手《みがって》なお願いだったし。うん、やっぱり今は仕事が忙しいよな」

「そういうわけでは……いや、そうだな。そういうこと、だ」

ますます表情を暗くして、錐霞は視線を上げないまま呟《つぶや》く。微《かす》かに呼気が大きく聞こえた。

「ていうか……本当に大丈夫か？　今日はなんかずっとそんな感じだろ──そうだよ、バカだな俺、なんでいんちょーさんを引っ張り出そうとしてんだ。風邪《かぜ》か？　もしアレなら保健室と

かに行ったほうが」

「いや。何でもない。私は、大丈夫だ」

錐霞《きりか》が背筋《せすじ》を伸ばす。そこで久しぶりに春亮《はるあき》の目を見て、

「とにかく、今日は準備を休むのだな。一日たりとも無駄にできない状況で、実行委員補佐《ほさ》としては責任感の欠ける行動だが——今回は見逃しておく。フィアくんとこのはくんのことも、渦奈《かな》に伝えておこう」

「あ、ああ。ごめん、本当に」

その言葉を春亮が発するより前に、錐霞は踵《きびす》を返して屋上《おくじょう》から出て行った。

何かから、逃げるように。


踊り場で足を止める。動かなければならないのに、いつ春亮達《たち》が降りてくるかわからないのに、足が動かない。それどころかふらりとバランス感覚が喪失《そうしつ》し、背中が壁《かべ》に触れた。

「はっ……はあっ……」

拳《こぶし》を握り締《し》める。ああ、ああ。苦しい。あれを我慢していることが。畜生《ちくしょう》。やろうと思えばすぐできる。人に見られさえしなければ。そうだ、トイレでもどこでも——

そこで自分が何を考えていたかに気付き、我に返ってぱしんと頬《ほお》を張《は》る。そのとき、

「ふむ、俺との約束は守ってくれたようだな。それでいい」

「日村《ひむら》……」

階段の下に、見たくない男の顔があった。屋上でのことを盗み聞きしていたのだろう。

「まあ、それはそれとして。もしかしてお前、我慢しているのか？」

「……黙《だま》れ。消えろ」

「ふうん？」

逆に日村は階段を上り、錐霞に近付いてきた。壁に手をつき、ひどく面白《おもしろ》そうな、そしてひどく好色《こうしょく》な視線を錐霞の首筋に落とす――

「なるほど、それが我慢できれば俺の命令など聞かなくてもよくなる。はは、奴《やつ》らのために、か。健気《けなげ》なことだ……どうせ無理に決まっているのにな」

「っ――」

「我慢は身体《からだ》に毒だぜ。少しくらいならここで俺が相手してやってもいいんだが」

「うるさいっ！」

どん、とその身体を突き飛ばす。辛《かろ》うじて動いた足で必死に階段を駆け下りた。背後から、あの男が肩を竦《すく》めて苦笑する気配《けはい》。当然、振り向かない。

強く唇を噛《か》み締めたまま、錐霞は走り続ける。

悔しくて、許《ゆる》せなかった。

無理に決まっている――その言葉を頭のどこかで認めてしまった、自分が。

†

まずは《壇ノ浦《だんのうら》》に行って黒絵《くろえ》と会おうとした。アリスがまた来た可能性もあるし、なんにせよ情報は伝えなくてはならない。宣伝《せんでん》の甲斐《かい》なく店がガラガラになっていたら、捜索の人手《ひとで》になってもらうのもいい——そんなことを考えていたのだが。

結論から言えば、黒絵《くろえ》には会えなかった。なぜなら。

「なあねーちゃん、いいだろ？」

「俺ら暇《ひま》してんだ。どっか行こうぜ。いーとこ知ってんだ」

「あらあら。困りました……題すれば《欲望中心地帯》というところでしょうか」

その前に、あっさりとアリスを見つけてしまったからだ。

場所は、学校から商店街に向かう途中にあるカフェテラス。そこでアリスが数人の若者達《たち》に囲まれていた。私服だが、傍《そば》にはあの大きな楽器ケースが置かれているのが見える。

「おいおい、こんなとこでお茶飲んでるとか無防備《むぼうび》すぎるだろ……」

「ど、どうしましょう」

そんなことを話していると、向こうのほうがこちらに気付いた。あらあら、と目を丸くしてから、にこりと笑う。そして周囲の男達に向け、

「すみません、用事ができましたのでこれで失礼させていただきます」

「そーいうわけにゃいかねぇだろ。な、な、楽しいことしようぜ？」

「困りましたね……わかりました、ではこういたしましょう。プレゼントを差し上げますので、それでお好きに楽しいことをなさってくださいな」

「プレゼント？　いや、そんなのよりあんた自身がいいなぁ……って？」

アリスが肩掛け鞄《かばん》から無造作《むぞうさ》に取り出したのは、確かにプレゼントと呼べるもの。けれどそれは人形でもケーキでも花束でもない。もっと汎用的《はんようてき》な、誰もが喜んで受け取る——

ただの、お札だった。

鷲掴《わしづか》みにして取り出した一万円札を、アリスはにこにこと男達に押しつけていく。ぱっと見ただけでも一人十枚以上はある。

「うおっ！」

「おいおい、マジでいいのか？　金が欲しいなんて言ってないぜ」

「あれ？　なんか……ってコラ、お前のほうが枚数多いんじゃねぇのか？　数えさせろ！」

そんな男達の輪の中から、楽器ケースを抱えたアリスがするりと脱出を果たす。だが春亮《はるあき》達に歩み寄ろうとはしない。声が届く程度の微妙な距離を保《たも》ったまま、佇《たたず》んでいた。

「質問がある。正直に答えろ」

口を開いたのは、フィア。アリスを睨《にら》みながら、

「私の形を作ったのはお前か？」

「犯人《はんにん》は私ですと言いましたよ？」

即答だった。何かを迷う暇《ひま》もない。春亮達《はるあきたち》が何かを考える暇もない。

聖女のように微笑する彼女は、この瞬間――本当の意味での《敵》になった。

春亮が拳《こぶし》を握り締《し》める。フィアとこのはの身体《からだ》から、背筋が震《ふる》えるほどの怒気《どき》が同時に放出された。それは、あるいは殺気と呼ばれるものだったのかもしれない。

だがアリスの微笑はそれら全《すべ》てを受け流す。

「あらあら。怖いです」

「ふざけるな！　なぜだ、お前が欲しいのは私だろう⁉　無関係な人間を巻き込むな！」

今にも飛び掛っていきそうな気配でフィアが怒鳴り、アリスはうーん、と小首を傾《かし》げる。

「それも、まだ答えるには時期が早いですね……今言っても伝わりにくいでしょう。まだ一人しか死んでいないのですし」

「っ！　まだ、やる気なんですか――‼」

「止めろ！　私を連れて行きたいのなら私を狙《ねら》え！」

「いずれはそうなるかもしれませんね。そのために必要なものも届きましたし……けれど今は焦らず、第一案。今やるべきことをやっておくことにいたします」

「それが、他の奴《やつ》らを殺すことだってのか……⁉」

「よくお考えになってくださいませ。そう、その《考えること》が必要な苦難《くなん》なのです――と言ってもその様子ではさすがに難《むずか》しそうですね。ではヒントを出しましょう」

「ヒント……だと？」

そうです、とアリスはあっさり頷《うなず》く。

「昨日の一人目、そして今後死ぬ人達にはある共通点があります。それに気付いていただきたいのです。そうすれば問題は解決するでしょう」

「なんだって？」

「ふふ――頑張ってください。それでは、今日のところはこれで失礼」

そう言うなり、アリスはくるりと身を翻《ひるがえ》して走り出した。

「ま、待てっ！」

慌てて追う。近くの角《かど》を曲がったアリスの姿はすぐに見えなくなるが、諦《あきら》められるわけがない。その先の十字路《じゅうじろ》で四方《しほう》を見渡すと、

「おったぞ！　こっちだ！」

「あらあら。追いかけてくるのはご自由ですが、無駄足《むだあし》になりますよ？」

道の前方で、アリスは足を止めてしゃがみ込んでいた。顔の片眼鏡《モノクル》を弄《いじ》りつつ、今まで手で持っていた楽器ケースを背中に担《かつ》ぎ直している。

「無駄足だと!?　やってみなければわかるまい！」

フィアを先頭にして、再び走り出したアリスの背中を追う。商店街近くの地域《ちいき》を出て、住宅街に入り、公営住宅の敷地を抜け、だんだんと人気のない山側に近付いていく。

「大丈夫ですか、春亮《はるあき》くん！」

「だ、大丈夫だ。それより見失うな！」

突然のマラソンに悲鳴を上げる肺《はい》をなんとか宥《なだ》めすかし、さらに追う。アリスはちらりと背後を見たかと思うと、急に方向転換。小高《こだか》い山へと続いている上り坂を駆け上がり始めた。もはや周囲には田舎《いなか》の気配《けはい》が漂《ただよ》い始め、視界のほとんどを元気のなくなった緑と紅葉が占めている。ビルなどは影も形もなく、一軒家《いっけんや》や畑が点在しているだけだ。櫃籐市《ひっとうし》の北部が寂《さび》れているのは知っていたが、改めて見るととても駅前と同じ市内とは思えない。

「このまま行くと山に入られるぞ！　ウシチチ、近くに人間の気配はあるか⁉」

「ええと……多分、ないです！」

「ならば！　八番機構・砕式円環態《フランク王国の車輪刑》《"Breaking by wheel at Francs"》、禍動《curse / calling》！」

ルービックキューブが変じた拷問《ごうもん》車輪を、フィアが渾身《こんしん》の力を込めて投擲《とうてき》する。立方鎖《りっぽうさ》を引き摺《ず》りつつ、それはべきべきと道端の木の枝をへし折りながらアリスの背中へと向かい——

そこでアリスは真横に跳躍《ちょうやく》してその攻撃を回避《かいひ》。勢いのまま転がり、彼女は道端にあった空間に侵入する。そこはとうの昔に廃棄された農家の敷地《しきち》らしく、荒れ果てた畑の横に古い日《に》本家《ほんか》屋《おく》が建っていた。ひどく傾《かたむ》いており、ぼろぼろと崩れた土壁《つちかべ》の上を芸術作品のように蔦《つた》が這《は》っている廃屋《はいおく》だ。その中にアリスが飛び込む。

「追い詰めた！　逃がさんぞ！」

「観念しなさい！」

当然、フィア達《たち》も後を追う――が、開きっぱなしだった玄関に足を踏《ふ》み入れたところで、

「お待ちください。それ以上は入らないほうがよいかと思います。危ないですよ」

そう言った当人は腐った畳《たたみ》を土足《どそく》で踏みしめ、埃臭《ほこりくさ》い廃屋の中央に微笑《ほほえ》んで立っていた。

「ふん、逃げる手としては下手糞《へたくそ》すぎるな。大人《おとな》しく投降《とうこう》しろ。命までは取らん」

「……忠告《ちゅうこく》はいたしましたよ？」

一つ息を吐《は》き、アリスは楽器ケースを開いた。コントラバスを引き摺《ず》り出し、そのネックを掴《つか》む。そこに、拷問車輪を操《あやつ》るフィアと手刀を構えたこのはが同時に飛び込んでいく――

投擲された拷問車輪を、アリスがコントラバスをバットのように無造作に振って弾いた。ばぐん、と木材の割れる音。楽器に罅《ひび》が入る。

「妙な手応え……だが脆《もろ》い！」

「ちなみに、あと二分でこの遊びは終わりです」

「わけがわかりませんよ！」

このはの手刀が振り下ろされる。アリスは身を捻《ひね》りながらコントラバスを下から振り上げ、手刀と接触した部分がすっぱりと切り落とされた。その切断面を見たこのはが眉《まゆ》を寄せ、

「っ。これは――!?」

「ウシチ、退け！　まずはそれを壊す！」

拷問《ごうもん》車輪を手元に引き戻したフィアが、立方鎖《りっぽうさ》を一振り。金属音を呪文とした魔法のように、鉄塊が一瞬で新たな暴虐《ぼうぎゃく》の姿に脱皮する。

「五番機構・刺式佇立態《ヴラド・ツェペシュの杭》《“A skewer loved by Vlad Tepes”》――禍動《curse / calling》！」

矢のように飛ぶ処刑杭《くい》。それに対し、アリスは壊れかけのコントラバスを肩の上に大きく振りかぶり――ただ単純に、振り下ろした。

破砕音《はさいおん》。

それは精緻《せいち》な曲面によって形作られていた弦楽器が死ぬ悲鳴。そして同時に。

「な、に……？」

「申し上げたかと思いますが、これがコントラバスの形をしていたのはたまたまですよ？　こ、い、んなものを裸で持ち歩いていては警察さんにいらぬ誤解《ごかい》を受けてしまいますからね」

その音は、アリスが携《たずさ》えている――巨大な凶器が生誕《せいたん》した産声《うぶごえ》でもあった。

それは柄の長いハンマーと槍《やり》が合体したような姿。錆《さ》びつき薄汚《うすよご》れた巨鉄の先に、鋭角《えいかく》で肉太な――まるで牛包丁《ぎゅうぼうちょう》のような刃がそのまま生えている。薄暗い廃屋《はいおく》の中、そのフォルムは歪《いびつ》に細長い十字架のように見えた。埃《ほこり》を纏《まと》わりつかせる、滅びた教会の十字架だ。

「ち……やけに脆《もろ》いと思えば、ただのカムフラージュだったわけか」

「関係ありません。それなら中身を破壊すればいいだけの話です……っ」

　このはが僅《わず》かに漏らした呻《うめ》きの原因は、アリスの手から零《こぼ》れる赤い色だった。コントラバスの外装《がいそう》が壊《こわ》れた拍子に、破片《はへん》か何かで切ったのだろう。このはは細目になって「赤い絵の具……あれは絵の具……」などと呟《つぶや》き始めたが、どこまで耐えられるのか。

「あらあら。ちょっとわんぱくにやりすぎましたね……そしてあと一分。それなりに痛いですし、なんだか面倒臭くなってしまいました」

「さっきから、何の話だ！　捕まる時間の皮算用《かわざんよう》か！」

　その奇怪な武器を軽々《かるがる》しく持ち上げながら、片手から血を流すアリスは何かを考えるように蜘蛛《くも》の巣だらけの天井《てんじょう》を見上げた。すぐにいつもの微笑を取り戻して、なぜかフィアの後ろにいる春亮《はるあき》に左目の片眼鏡《モノクル》を向ける。春亮はそのアリスの顔に僅かな違和感を覚えたが、続く彼女の言葉でそんな些細《ささい》な感覚は簡単に吹き飛ばされた。

「ですから、この遊びが終わるまでの時間です。そしてあと一分とはいえ時間を稼《かせ》ぐのも億劫《おっくう》になりましたので、申し訳ありませんがここで終わりにさせていただきたく思います——まぁ貴女《あなた》様方は大丈夫でしょう。後ろの彼がどうなるかは知りませんが」

　アリスがハンマーを振り上げる。そこには誰もいないのに。

　今にも崩れ落ちそうなこの廃屋を支える、大黒柱しかないのに。

「なっ！　あほう、貴様《きさま》、自分の身がどうなっても……ええい！」

「春亮《はるあき》くんっ、ここから出て！」

フィアとこのはが、その瞬間《しゅんかん》だけは敵のことを忘れて、最後尾《さいこうび》にいた春亮を振り返る。春亮も慌てて脱出しようとするが、とても間に合わない！

「〝何度も叩き潰しましょう〟」再現《ミンチ用のお肉の処理法》
そんな声と共に、巨大ハンマーが傷んだ大黒柱に叩《たた》きつけられた。刹那《せつな》、何かが爆発したような、その腰の入った一撃を数十人が同時に繰り出したかのような轟音《ごうおん》が響《ひび》き――まさに爆発じみた勢いで、大黒柱が吹き飛んだ。そしてすぐ、雷にも似《に》た不吉《ふきつ》な音が周囲を包み始める。

三歩。春亮に許《ゆる》された動作は、それだけだった。

廃屋《はいおく》の出口が数百メートルも向こうに見える。フィア達《たち》の声が水中で聞くもののように遠い。冷たい汗が背筋《せすじ》を伝う。パラパラと木屑《きくず》が頭に降ってきた。さらに、みしり、と一際《ひときわ》大きな音。

春亮は出口を探して足掻《あが》くように首を回す。

そして、その視界の中。

アリスの姿がすうっと消えるのが見えて――

その廃屋は、中から誰一人として逃げることを許さないまま、完全に倒壊《とうかい》した。

第三章「嗜虐者《しぎやくしや》は何処《どこ》にもいない」/ *"A gasper on the bed, or her cute secret"*

†

端材が身体《からだ》の上に載っている。退《ど》け。退け。退かんか！

「く……か、ああああぁぁぁぁあっ！」

全身に自らの《本質》を纏《まと》い、一気に膝《ひざ》を伸ばして立ち上がる。もうもうと埃《ほこり》が立ち上り、周囲の木材が断ち切られて吹き飛んだ。意識せず、荒い息に独り言が混じる。

「邪魔《じやま》じゃ、木《こ》っ端《ぱ》如《ご》き下郎《げろう》が——妾《わらわ》に斬《き》られることすら不遜《ふそん》な、塵《ゴミ》めが……っ！」

あ・あ・あ。違う。わたし。わたし。ここにいるのは、わたし。

「っ……春亮《はるあき》、くん。春亮くん！」

それはあまりに絶望的だった。暗い予感が、もしそんな結末になったら世界全《すべ》てを破壊してしまいそうなほどの恐怖が、一瞬だけ過去の自分を蘇《よみがえ》らせるほどに。それを全身全霊《ぜんしんぜんれい》で振り払い、このはは周囲を見回す。

何もなかった。

崩れた廃屋《はいおく》が、瓦礫《がれき》の山を作っているだけだ。

「ああ、あああ……」

鼓動が暴れる。待って、だめ、そんなのはだめ。だから、どうか、どうか——手刀で足元の木材を断ち切り跳ね除《の》け、必死に彼の姿を探す。いる、いる、きっといる。いるに決まってる。お願いだから、ああ、お願いだから。

僅《わず》かに盛《も》り上がっている場所を見つけた。彼が——あのとき、いた、ところ。

「春亮くん、春亮くん、大丈夫ですよね、ねえ、返事してくださいっ！」

両手を突っ込み、がむしゃらに瓦礫を押し退けていく。

けれど、なかった。

彼の姿はどこにもなかった。

見つけたのは。そこで木材を盛り上げていたのは、ただ。

「……ほえ？」

間抜けな声が出た。そう、そこにあったのは——ただ、ヘンな。

鋼、鉄、製、の、ウ、シ、の、置、物、だった。

さらに良く見れば、その腹の下には銀色の輝《かがや》きがある。そのウシに繋《つな》がる立方鎖《りっぽうさ》を引き摺《ず》りつつ、ウシと土台の間から、銀色の髪をした少女がもぞもぞ起き上がってきた。そして、

「……おう、二人とも無事か。よかった」

そのウシの一部分がぱくんと開き、中から探し求めていた少年がひょっこり顔を出す。

「よかった、は……こっちの、台詞《せりふ》ですよ。心配、したんですから……」

安心したせいで力が抜けて、このはは瓦礫《がれき》にぺたんと腰を下ろした。

春亮《はるあき》がぽりぽりと頬《ほお》を掻《か》きつつ言う。

「そ、そうか。なんか心配かけて悪かった。でもまあ、やっぱり……俺は俺で、お前達《たち》がなんともなくてよかったと思うから。おあいこだろ」

人間じゃないわたし達が、これくらいでどうにかなるわけないじゃないですか。バカ。

それは、心の中だけの呟《つぶや》き。このはは不貞腐《ふてくさ》れた顔を作って視線を逸《そ》らす。

だって、彼の能天気な顔をずっと見ていたら。道具を本当に心配する彼の顔を見ていたら。

何かが零《こぼ》れてきそうだったから。

「で、何だこれ。いきなり押し込められてわかんなかったけど……ウシ？」

「二十四番機構・焼式彫像態《良く啼く鋼鉄の牡牛《"The red - hot bull voices"》》だ。これ単体では何の危険もない。人間を閉じ込め、下で薪《まき》を焚《た》く。すると鉄が熱せられて中の人間を焼く。その籠《こも》った悲鳴が牛の鳴き声のように聞こえる。これは紀元前に使われていたものを参考に作られた形態で——」

「おい、フィア？」

ん、と顔を上げるフィアはどことなくぼんやりしていた。おそらく、今の喋《しゃべ》りも無意識だろう。頭は別のことで一杯なのだ。そう、その表情を見ればわかる——自虐的《じぎゃくてき》な、何かで。

「……とにかく、ありがとうな。助かったよ」

「別に、礼など、いぃが」

フィアはまたぼんやりと言って、その視線を瓦礫の山に動かした。ただ口だけが動き、

「逃げられた」

「ああ。ていうか最後、見たか？」

「見ました。消えましたよ、あの人。何かの呪《のろ》われた道具の能力でしょうか」

「瞬間移動《しゅんかんいどう》とかか。ったく、どういう道具使ったらそんなことができるんだよ」

さらに言うなら、廃屋《はいおく》とはいえ一撃で家を倒壊させたあのハンマー包丁の威力も只事《ただごと》ではなかった。あれも呪われた道具である可能性は非常に高い。

「絶対に、逃がしてはならなかったのに……奴《やつ》は、また……」

フィアはその小さな拳《こぶし》を、力一杯に握り締《し》めていた。

誰かを赦《ゆる》せないように。自分を赦せないように。

全《すべ》ての力がそこに込められているかのようで、対照的にその瞳《ひとみ》には力がなかった。暗い。ただひたすらに暗い。それは、どこか——いつかの雨の屋上《おくじょう》で見たものに、似《に》ている気がして。

「それにしても……マヌケな顔だな、このウシ。作った奴のセンスを疑《うたが》うぞ」

ぺちぺちと牡牛《おうし》の彫像を叩《たた》きながら呟く。

う、うるさい、あほー！　それは私だぞ、だから私の顔がマヌケということか⁉　呪《のろ》うぞ⁉

聞きたかったそんな声は、いつになっても、聞こえてこなかった。

†

——照明を半分落とした店内。彼女の空間。

人形原黒絵《にんぎょうはらくろえ》は、じっとそれを見つめる。

必要がある。ただそれだけの話。

だから、手を伸ばした。

指先に感じるのは慣《な》れた感触。安堵《あんど》する。と同時に、どうしようもなく、心がざわめく。

ああ、それでも——する必要がある。故《ゆえ》にそれを見つめる。

それは何か。

無論、人形原黒絵は答えを知っている。

数グラムの重み。軟《やわ》らかいもの。アミノ酸重合体。塵《ゴミ》。宝物。自分の在《あ》り様。女性的である。

過去の罪過《ざいか》。生命の象徴。ヒトの中に在る神。曖昧《あいまい》に時を刻む。呪術《じゅじゅつ》的単糸。商売道具。現在の必要性。彼らの知らない秘密。そして——

——食糧。

†

廃屋《はいおく》で見失ったアリスを遅くまで捜し、しかし当然のように徒労に終わった夜が明けると。

テレビでは、新しい箱形の死体が見つかったというニュースが流れていた。


ああ——なんとかしなければ。

頭にあったのはその漠然とした焦燥《しょうそう》だけで、気付けば授業が全《すべ》て終わっていた。

喧騒《けんそう》が満ち始めた教室の天井《てんじょう》をぼんやりと見上げながら、考える。

そう、自分が、なんとかしなければ。その責任があるのだと思う。なぜなら本当に、アリスがああしているのはこの自分をビブオーリオ家族会《ファミリーズ》とやらに引き込みたいが為なのだ。やはり、ウシチチの言っていたようなテロ行為の線が濃いのだろう。こちらに来なければ無関係の人がどんどん死ぬぞ、それでいいのか、と。

——いいわけがない。奴《やつ》は気が狂っている。

なんのために？　なんのために奴はこの自分を欲する？　家族会《ファミリーズ》でどういう役割をさせようとしている？　それは無関係な誰かを殺してまで果たす必要のあることなのか？

さらには、奴が言ったこと。《被害者の共通点を探せ》……どういう意味なのか。それに気付けば本当に事件は止まるのか。情報源はテレビのニュースしかなかったが、そこでも共通点らしきものは語られていなかった。未《いま》だ情報は少なく、異常者の犯行かカルト宗教の儀式か、などと繰り返されていただけだ。無論、一緒にテレビを見ていた春亮達《はるあきたち》も、今報道《ほうどう》されている被害者の名前や職業程度の情報からは何も共通点を見出《みいだ》せていなかった。

（ああ……なんとかしなければならないのに。わからない。何も）

考えることが向いていないのだろうな、と無力感の中に思う。なぜなら自分は道具だった。そこに思考力などは必要なかった。

考えるのが得意なのは、人間だ。力がないから、道具ではないから、考える。

そこで、やはりあいつが必要だと思った。

誰かを頼るのは悪いことではない。それはこの前の事件で学習したことだ。

「フィア……おい、フィア？」

「そう、だな……やはり、もう一度……駄目《だめ》で、元々だ」

春亮が話しかけてきたのをただ情報としてだけ処理しながら、鞄《かばん》を持って席を立つ。

「……ん。どうした、フィアくん」

「キリカ……頼みがある。私を、手伝ってはくれないか」

こちらを見返す錐霞《きりか》の目は、どこか曖昧《あいまい》だった。何かに耐えているように、時折無意味に細くなったり見開かれたりする。呼気《こき》のリズムも悪く、時折意識的な深呼吸が混じっていた。

錐霞はその深呼吸に合わせて肩を沈め、視線を逸《そ》らす。

「――すまない。昨日も言ったが、今回、私は何も協力しない」

「そう、か」

予想してはいたが、その返事はとても寂しく思えた。なんだか鬱々《うつうつ》とした気分になり、肩を落として俯《うつむ》く。と、

「おいフィア、気持ちはわかるけど、あんまりいいんちょーさんに無理言うなよ……悪いないんちょーさん、気にしないでくれ」

「いや……こっちこそ……」

「で、その。言いにくいんだけど、今日もちょっと街に出なくちゃなんなくてさ」

と、春亮が言ったときだった。錐霞が顔を上げ、何か複雑な感情の籠《こも》った視線で春亮を一瞥《いちべつ》してから、またすぐに目を伏せる。

「昨日だけという、話、だったろう……フィアくんやこのはくんはともかく、実行委員補佐《ほさ》の夜知《やち》が二日続けて休むのは……無責任、だ。私も、困《こま》る」

こちらこそ困る。春亮は大事な人手《ひとで》だ。今は体育祭などより、こっちのほうが重要ではないか――事情を知らないからこそ、錐霞も言っているのだろうが。

「許可《きょか》できないってこと？」

「そうだ。許可、できない。時間を無駄にも、できな……い。行く、ぞっ……っ」

立ち上がろうとした錐霞《きりか》が、そのときふらりと身体《からだ》をよろめかせる。春亮《はるあき》が慌てて手を伸ばすが、彼女は自分で机の端を摑《つか》んで堪《こら》えた。

「は……はぁっ……」

「だ、大丈夫か？」

「……大丈夫だ。行くぞ、ジャージに着替えろ」

「行くぞったって、全然大丈夫にゃ見えないんだけど……」

春亮が困った顔で眉《まゆ》を寄せる。その目を見れば、何を考えているかは丸わかりだった。ああ、当然だ。具合の悪そうな錐霞を放っては行けない。手伝いたいのだろう。

――だったら手伝えばいいではないか。

突如《とつじょ》、苛立《いらだ》ちに似《に》た、自分でもよくわからない捨《す》て鉢《ばち》な感情が胸に溢《あふ》れた。それはひどく強い理由となり、他のあらゆる理由を容易《たやす》く凌駕《りょうが》する。

「春亮。キリカを手伝ってやれ。私は、一人でいい」

「お、おいっ。ちょっと待てよ⁉」

そんな春亮の声を聞きながら。

フィアは背後を振り向くことなく、ただ足が動くに任《まか》せて教室を飛び出した。

†

慌てて教室を出てもそこにフィアの姿はなく、とても追いつけそうになかった。仕方《しかた》ないのでこのはに捜索を頼むことにする。自分も捜しに行きたいのは山々だったが、どうしても錐霞を放ってはおけなかったのだ。

保健室行きを何度か提案してはみたものの、「大丈夫だ」と錐霞は聞く耳を持たない。結局、春亮は錐霞と共にいつものアーチ制作場所に向かうことになる。こうなればさっさと仕事を済ませよう、と釘《くぎ》を打ち始めたのだが――

錐霞の息は相変わらず荒い。頬《ほお》も見るからに赤く、風邪《かぜ》どころか熱病的な気配《けはい》だ。さらには動作の一つ一つがふらふらと危なっかしかった。

「いんちょーさん」

「っ……はぁ。大丈夫だと、言っている……ほら、手を動かせ」

あと一回だ、と春亮は自分の中でルールを決める。あと一回『こりゃ駄目だ』と思うようなことがあったら、たとえ力任せに引き摺《ず》ってでも保健室に連れていこう。

そんな春亮の胸中《きょうちゅう》を知ってか知らずか、錐霞が釘の頭を見つめたまま口を開いた。

「……すまない」

「え、なに？」

「何か、大事な用事が、あったのだろう？　フィアくんと」

「ん……まぁ、そうだけど。俺がいても何か力になれるとは限らなかったし、さすがにこんないんちょーさんを放っては行けねぇよ」

「いや……わかる。私のことよりも、体育祭のことよりも、そちらのほうがよっぽど大事な用事なのだろう。行ってもよかった。行かせるべきだった……」

一息《ひといき》おいてから、錐霞《きりか》はぼんやりした口調で続ける。

「……体育祭が中止になるかもしれない、という噂《うわさ》を、昨日聞いた」

「え？」

「今、街で起こっている殺人事件。被害者が見つかった場所の近くに、ＰＴＡの偉いさんが住んでいたらしくてな。過敏に反応している……誰を狙《ねら》うかもわからない異常殺人鬼が街にいるのに、不特定多数の人間が来る体育祭はいかがなものかと」

誰を狙うかもわからない。そう、アリスが言う《被害者の共通点》は未《いま》だ見つかっていない。奴《やつ》は殺す相手をどう選んでいるのか。本当に共通点などあるのか。自分達《たち》にそれを気付かせてどうしようとしているのか。答えの出ないそんな疑問を、春亮《はるあき》は今日一日、元気のないフィアの横でずっと考えていたのだ。

「……馬鹿《ばか》げた話だ、そんなことを気にするならまず街に戒厳令《かいげんれい》でも出せばいい。しかし昨今《さっこん》の教育現場は必要以上に安全を叫《さけ》ぶのが流行《はや》りらしい。今はまだ論が燻《くすぶ》っている段階だが、今後も事件が続けば現実味《げんじつみ》を帯びてくるだろう」

「そ、そうなのか」

ともあれ、こんなところに事件の余波が出ていたとは知らなかった。自分達が追っている人間こそがその犯人《はんにん》だったが、それを錐霞に悟られるのもどうかと思って表情を作る。けれど、

「何か関係があるのだろう。お前達の状況と」

「う……」

「止めるためにお前が動いているのなら、行かせるべきだった。私も、体育祭が中止になってほしくはない。だが——ああ、どうしてかな。真逆のことをしてしまった」

「真逆？」

「……いや、どうなのだろう、これは逆なのか。体育祭がなくなってほしくないのは、これが楽しいからだ。お前と一緒にこうやっているのが、嬉しくて、この時間をなくしたくも、無駄にしたくもないから。でも、行かせると、その時間はなくなる……どちらも同じで、違う……？　わからないな……馬鹿げている……」

それはもはや意味の取れない独り言で、うわ言に近かった。錐霞はぶつぶつと口を動かしながら、機械的に金槌《かなづち》を動かしているだけだ。

「自分でも、何をしているのか、わからない……何がしたいのか。今までは必要に応じて動い

ていただけだ。私が、本当に私自身の意志で動いたことは、数えるほど……だから……私は、道具のようなものだ。使われる歯車。その都度《つど》都合の良い場所に、誰かの手で嵌《は》め込まれる歯車……委員長であったり、研究員であったり……っっ！」

「い、いんちょーさん！」

その状態からすれば当然に、錐霞《きりか》の手元が狂った。金槌《かなづち》を思い切り指に打ちつけてしまう。爪《つめ》が割れ、じんわりと血が滲《にじ》んできた。慌てて春亮《はるあき》は周囲を見回すが、幸いにもこれに気付いた人間はいないようだった。

駄目《だめ》だ。《あと一回》が来た。もう絶対に保健室に連れていく。指の傷はすぐ治るとはいえ、こんなのはいつもの上野《うえの》錐霞ではない。

錐霞の腕を取って、強引に保健室に引っ張っていこうとしたとき。

彼女は、血を流す指を——それがじゅくじゅくと治っていく様《さま》を力ない微笑で眺《なが》めながら、

「ああ……気持ち悪いな、私」

ひどく虚《うつ》ろに呟《つぶや》いて、そしてそのまま気を失った。

周囲の生徒を、俺が連れてくから絶対大丈夫だから一人でいいからついてこないでいいから、と勢いだけで押し切って、

「銃音《がのん》さん、銃音さんっ！」

「おー。確か、理事長お気に入りの……八木《やぎ》クン」

「夜知《やち》です！」

「ああ、そうやったっけ。思い出すだけでダルいわ……ポッキー食べる？」

保健室の主はいつものようにのんべんだらりと眠たげだ。非常に苛立《いらだ》たしい。

「いりません！　俺が背負ってるものが見えないんですかっ！」

「んー？　困ったなあ、保健室のベッドを逢引《あいびき》に使われると後始末が……って、冗談言っとる場合でもあらへんみたいやな。お客さんは誰もおらんから、適当にベッドに寝かせて」

春亮は背負ってきた錐霞の身体《からだ》をそっとベッドに降ろす。

「で、どしたん。熱中症とかかいな」

「それが、その……わかんなくて。昼間からずっと調子悪そうだったけど」

「ふむ。とりあえず色々調べてみますかね、と……」

「あ！　ちょっと、その――事情があって！　あまり服は脱がさないでほしいんですけど！」

銃音は漸音《ぜのん》の姉で、ひょっとしたら呪《のろ》いの道具のことも知っているのかもしれなかったが……錐霞がまだ理事長達に自分の正体を明かしていない以上、その身が呪われたボンデージ服に包まれていることはできるだけ隠しておくべきだろう。

「脱がさんと何も診察できひんやん……あ～。それ、あれ？　僕のカノジョの裸は僕だけのものや～、とかそういうこと？」

「ち、違います！　ああもうこの人は！」

錐霞《きりか》の目が開いたのはそんなときだった。

「や、夜知《やち》」

「いんちょーさん！　大丈夫か、いや、保健室だから寝てていいけど！」

錐霞は小さく首を横に振る。じっと春亮《はるあき》の目を見て、何かを訴《うった》えかけながら——

「家に、帰る。帰ったら、治る……」

「……帰らないと治らない？」

錐霞の首が縦に振られた。春亮は悟る。何か事情があるのだ。おそらくは、ただの病気ではない、超常的な何かに起因する事情。

「鞄《かばん》、取ってきます。すぐ戻ってきますから、見ててください。それだけでいいです」

「うーん……ワケアリ？」

銃音《がのん》はまたダルそうに椅子に腰を下ろしつつ、ポッキーを咥《くわ》えて聞いてきた。

「はい。すみません」

まずは教室で自分の鞄を回収し、手早く制服に着替える。そこで錐霞の鞄は女子更衣室だと気付いて焦ったが、幸いにも更衣室前で同じクラスの女子を捕《つか》まえられた。錐霞が倒れたことは知っていたので、なんとか鞄と制服を取ってきてもらう。

保健室に戻ると、錐霞は再び目を閉じていた。銃音は片手で無意味に眼鏡《めがね》を上げ下げしつつ、

もう片手でやはり無意味にジグソーパズルのピースを弄《いじ》っていたが、

「へい、ワケアリ少年くん。枕元《まくらもと》にサンタさんのプレゼントな」

「え？　えーと、住所のメモと、一万円……？」

「こないだに続いて、保健調査票で個人情報漏洩《ろうえい》。住所知らんはずって寝る前にその子が言ってて、教えてもらう前に寝てもうたからな。で、金はタクシー代や……おう、説明もダルぃ」

「タクシー代って」

「そのうち返してくれればええよ。や、できるだけ夜知クンには便宜《べんぎ》を図《はか》ってあげてね、っていう理事長指令があってな。せやからさっき、逢引《あいびき》って言われたら大人《おとな》しく鍵《かぎ》渡して立ち去るつもりやってんけど」

迷ったが、確かに手持ちは少ない。錐霞の家までどれだけかかるかも知らないし、ここは受け取っておくしかないだろう。

「すいません。じゃあ、お借りします」

「そうそう、素直に受け取っとくがよろしい。オトナには恰好《かっこう》つけさせとくもんやで……ちなみにさっき電話で呼んどいたから、もうすぐタクシー来るんちゃうかな」

ダルいダルい言ってばかりの不良保健医かと思っていたが、やるときはやるのか。ほんの少しだけ銃音に対しての評価を書き換えつつ、春亮は深く頭を下げた。

錐霞を背負い、鞄二つ抱えて保健室を出る。校門の前で待っていたタクシーに乗り込み、そして辿《たど》り着いたのは、市街地にほど近い場所にある真新しいマンションだ。ぱっと見で十階以上の高さがあり、小綺麗《こぎれい》なエントランスは広々としている。家賃もかなり高そうだ。

「よし行くぞ……って、うわ、オートロックかよ。どうすりゃいいんだ」

「制服は、持ってきたか……?」

「おう、起きたのか。一応、取ってきてもらったついでに鞄《かばん》に入れてもらったけど」

「スカートのポケットに、財布《さいふ》がある。中に、カードキーが……んっ」

苦しそうに唾《つば》を飲み込む。喋《しゃべ》るのも辛いのか。それからすぐに彼女は目を閉じ、再び荒い吐息が聞こえるだけになった。

言われた通りに錐霞《きりか》の鞄を開け、スカートのポケットから財布を拝借《はいしゃく》——こそこそ女の子のスカートをまさぐってるなんて実に犯罪者っぽいと思ったが、この際気にしないことにする。キーを使ってエントランスへ入り、エレベータに乗る。部屋番号は銃音《がのん》から貰《もら》った住所に書いてあった。重力に逆らってエレベータが動き出すと、その振動がまた錐霞を目覚めさせた。

「すまない、な」

「寝てていいぞ。まったく、もっと早く強引になんとかすりゃよかったよ……ずっと隠してたのかもしれんけど、倒れるほど無理しなくてもいいだろ。そりゃ協力できなくて当然だ」

「……違うんだ」

ち一ん、と目的の階にエレベータが到着。静かな廊下《ろうか》を歩きながら、春亮《はるあき》は聞き返す。

「体調が悪いから、協力しなかったのでは、ない……したくなかった、わけでも……」

「どういうこと？」

　ぎゅっ、と首に回されていた手に力が籠《こも》る。だが返事はない。話そうかどうしようか、迷っているのか――あるいは、今の発言自体が、気の迷いから出たものだったのか。

　部屋の前に辿《たど》り着き、錐霞を降《お》ろす。鍵《かぎ》を開けた錐霞は、何かを考えるようにそのまま佇《たたず》んだ。が、やがて――後ろの春亮を振り向かないまま、ドアを一人分だけ開いてそこに身を滑り込ませようとする。

「……ありがとう、夜知《やち》。しばらく寝ればよくなる。だからお前はもう」

「はいはいお邪魔しますよー」

「なっ……や、夜知！」

　錐霞の身体《からだ》を押し込むように、強引に中に侵入。いよいよ犯罪者らしくなってきた。閉じたドアに背中を預《あず》け、春亮はこちらを睨《にら》んでくる錐霞の目を見返した。

「理由一つ。さっきの話が終わってない。いんちょーさんにも何か事情があって、それを隠してるとみた。理由二つ。さっきいんちょーさんは家に帰ったら治る、って言った。本当に治るのか、それを確認しないと帰れない。で、なんつーか、これは俺の勘だけど――理由三、その二つの理由は繋《つな》がってるような気がする」

「違うって、何が」

「っ……」

「そんなぶっ倒れることになんか事情があるんなら、言ってくれよ。いんちょーさんは何回も俺らを助けてくれたんだ。たまには俺がいんちょーさんを助けてもいいだろ……仲間、みたいな感じだと俺は思ってるし。俺には何の力もないけど、話を聞くことくらいはできるぞ」

錐霞《きりか》が瞳《ひとみ》を揺らし、それから顔を隠すように俯《うつむ》く。すぐにその肩が小さく震《ふる》え始めた。

「ふ、ははっ……お前には、呆《あき》れる」

「そー、俺はたまに呆れるくらいガンコになるぞ。諦《あきら》めた？」

「ああ……諦めた。んっ……ふふ。なんだか、嬉しいな。仲間か。《研究室長国の人間》で、《一年二組の委員長》で、《夜知春亮《やちはるあき》の仲間》……いいと思う。とても、いいと思う。だが、だからこそ——確かに、これ以上隠してはおけない。ん、くうっ」

顔を伏せたまま、錐霞が半歩を踏《ふ》み出す。何かを躊躇《ためら》っているかのように。その声にはところどころで苦しそうな呻《うめ》き声が混じり、息は長距離を走り終えたように荒いばかりだ。

「私は、ある人物に、脅迫されていた。もしお前達に協力すれば、私が隠していること、、、、、——それを、お前に、教えると」

「き、脅迫⁉」

「そう。絶対に、お前には、知られたくなかったこと。とても、とてもとても——情けなく、恥ずかしく、気持ち悪い、私がしている行為。嫌《きら》われるのが嫌《いや》だった。お前に気持ち悪いと思われたくはなかった。けれど……どっちつかずの歯車《道具》の私を、仲間だと思ってくれているのなら。それを黙《だま》っていることこそが、背信《はいしん》だ。だから、私は、告解《こっかい》する。嫌われたら嫌われたまでだ。もう耐えられない——それを我慢していて、こうなっているのだから」

「ち、ちょっと待ってくれ。いろいろ理解が追いつかなくて、ええと」

「待てない。もう、待てないんだよ。脅迫材料にされることが嫌で、悔しくて、ただの反骨心《はんこつしん》で耐えてみたが——はは、やはり、無理だったようだ。ああ、口で言うよりも見てもらったほうが早い。く……だ、だから、だからな、夜知？」

さらに半歩。狭い玄関にいたのだから、自然、それは錐霞が春亮に身を預《あず》けるような形になる。どこか舌足らずに、しかし早口で春亮の名前を呼び、錐霞は顔を上げた。

そして、耳元で囁《ささや》かれる、声。

「見てくれ……私が、してはいけないことをするところを」

†

いない。ああ、アリスはどこにもいない。昨日はあんなに簡単に見つかったのに。

うろついているうちに日が暮《く》れた。それでも何か進展があるまで歩みは止められない。夕闇《ゆうやみ》から夜闇《よやみ》に変わったばかりの空気を漫然と吸《す》い込みつつ、フィアは街を歩き続ける。

見つけなくては。犠牲者《ぎせいしゃ》が増える前に。

だから歩く。ときには走る。

だが、あの微笑《ほほえ》みや楽器ケースや片眼鏡《モノクル》が視界に現れることはない。一人きりの自分を嘲笑《あざわら》っているかのように、世界は延々《えんえん》と自分を一人きりにしているままだ。

そう、一人だ。その事実に、ふと思い出す――どうしてあのとき、教室を飛び出してしまったのだろう。人手《ひとで》があったほうがいいのはわかっていたのに。

時間が経《た》ったからか、数時間前よりは少しだけ頭が回る。あのときのやるせない衝動《しょうどう》は、一昨日《おととい》、人の輪に囲まれていた黒絵《くろえ》を見て感じたものに似《に》ている気がした。

ああ。つまりそれは――道具のようなモノが人間に向ける、羨望《せんぼう》と嫉妬《しっと》。

そうだった。考えてしまったのだ。春亮《はるあき》はどちらを手伝うのが当たり前なのか。どちらを手伝うべきなのか。春亮と同じ《人間》である錐霞《きりか》と――この、人なのかモノなのかもよくわからない、おかしな小娘と。

勿論《もちろん》、春亮がどちらを選ぼうとするかは知らない。知りたくなかったからこそ、逃げた。

自嘲《じちょう》の息を吐《は》く。

(あいつは、そんな観点では選ばない。それは、わかっているのにな……)

けれど、錐霞と自分との違いをそれ以上考えるのが嫌《いや》で、あのときはその感情が抑えられなかった。

結局、自分はまだ自信がないのだ。《今の自分》が《何》なのか、はっきり言える自信が。完全な人でなければ道具でもない、そんな中途半端な存在が《今の自分》だ……

いつのまにか公園に入っていた。暗い気分を掻《か》き消すように頭を振りながら、フィアはベンチの人影を確認していく。

——中途半端な自分にも、一つだけわかっていることがある。自分は呪《のろ》いを解《と》いてさらに人に近付くべくここにいるということだ。目指すべき実現例も既《すで》に見えている。だから、それを邪魔し、さらにはそのために人を害しているアリスを認めることは絶対にできない——

「くそ……おらん、か」

公園に建っている時計を見上げると、時刻は八時になろうとしていた。

既に春亮は錐霞の手伝いを終えているだろう。ウシチチはどうしているだろうか。二人とも、同じように街を探しているのかもしれないし、家にいるのかもしれない。けれど……なんとなく、今二人に会いたくはなかった。まだ家に帰る気分にはなれない。

「八時……クロエの店が終わる時間だな……」

アリスを見なかったか聞いてみようと思った。アリスは狙《ねら》いを自分に変えたが、美容室で髪を切っていたときのことを思い出すと、まだ黒絵にちょっかいをかけてもおかしくはないような気がする。

多少道に迷いながらも、見覚えのある商店街に辿《たど》り着く。そこは既に閑散としていた。《壇《だん》ノ浦《のうら》》も閉店しており、今は入り口のガラス戸部分だけを残してシャッターが下りている状態だ。

中に春亮達《はるあきたち》がいたらなんとなく気まずいな、と思い、フィアはそっと入り口から店内を覗《のぞ》き込む。電気が半分だけ点《つ》けられた店内。黒絵《くろえ》は店の奥にしゃがみ込んでいた。掃除でもしているのか、と思ったとき――見えた。

黒絵の手には小さな手提《てさ》げの紙袋があった。誰かの贈り物やお土産に使われるような。

彼女はその中にそっと手を入れる。そして紙袋から取り出されたのは――

髪だ。

(な……)

見覚えがある。自分はどこで見たのだろう。その、虹色に染められた派手な髪を。

黒絵は掌《てのひら》に載せたそれをじっと見つめていた。いつもの無表情、いつも以上の無表情。やがて愛撫《あいぶ》するように優しく指を曲げ、掌に載った髪を包む。すると――

微かな光を発しつつ、その髪の毛は黒絵の掌の中に消えていった。

さらにフィアは、黒絵の口が小さく動いたのに気付く。推測するに、その呟《つぶや》きは。

ああ――美味しい。

「っ……!?」

背筋《せすじ》に鳥肌が立つ。漠然とした恐怖に襲《おそ》われ、フィアは思わず踵《きびす》を返して走り出していた。

商店街を飛び出し、人通りの多い繁華街《はんかがい》に入ってようやく足を止める。半裸《はんら》の女が写るチラシがベタベタ貼られた電柱に手をつき、肩で息をしながら、

「はあ、はあっ……今、見たものは、何だ……!?」

わけがわからない。おかしい。なんだあれは。食べた？　吸収した？　人間の髪を？

ちくり、と頭の中が疼《うず》いた。思い出したのは——黒絵《くろえ》の言葉。奴《やつ》の呪《のろ》い。

髪を切って人間の精気を吸っていた。だから呪われた。そう言ってはいなかったか？

では——もしかして——今見たものは——それはつまり、どういう意味——実現例——本当にそうだという保証はどこに——

ぐるぐる回る。頭が回る。世界がひっくり返ったかのような感覚。背中を洗う手の温度が、髪を梳《す》く指の感触が、ジュースを注《そそ》いでくれた微笑《ほほえ》みが、徐々《じょじょ》に徐々に色褪《いろあ》せていく。

さらにそのとき、フィアの耳に聞こえてきたものがあった。

『……次のニュースです。本日、また箱形の死体が見つかりました。見つかったのは奔柳市《ほんりゅうし》の小山内優子さんで、警察は——』

横にある家電量販店、その店頭にディスプレイされている大型テレビからの声だ。

フィアの視線はその画面に釘付けになる。

映し出された犠牲者の顔に——見覚えがあったのだ。

それは、間違いなく、あの虹色の髪の持ち主。

†

強引に引っ張っていかれたのは、寝室。電気は点《つ》けられずカーテンも引かれたままの室内は薄暗《うすぐら》く、辛《かろ》うじてベッドと勉強机らしきものがあるのが見えるだけだ。

「ちょ、ちょっと、いんちょーさんっ……」

急に手が離され、春亮《はるあき》は部屋の中央に尻餅《しりもち》をつく。息を荒げた錐霞《きりか》はふらふらとベッドに上がった。春亮には未《いま》だ事態が把握できない。動けない。そんな彼の顔を嫣然《えんぜん》と眺《なが》めて、錐霞は自分のジャージのズボンに手をかけた。何の逡巡《しゅんじゅん》もなく、引き下ろす。その下には夏に着る体育用の短パン。それも、もどかしそうに脱いだ。そこで、ようやく――錐霞の下着たる、黒々とした革が現れる。

「ああ……」

さらに錐霞は上半身のジャージに手を伸ばし、そのジッパーを下げる。脱ぎ捨てる。その下の体操着を脱ぎ捨てる。さらにその下のTシャツも、破《やぶ》らんばかりの勢いで脱ぎ捨てる――

錐霞はゆっくりと手を伸ばし、ベッドの脇にTシャツを落とした。脱ぎ捨てられた衣服の上に、ふわりと最後のそれが舞い降りる。ベッドで膝立《ひざだ》ちになった錐霞の姿は、もう、かつて春亮が彼女の裏側を知った瞬間と同じだった。脱げば死ぬボンデージ服を纏《まと》っただけの姿。扇《せん》情的《じょうてき》に面積の少ない革、鈍く光る黒色。

「い、いんちょー、さん……」

「や、夜知《やち》……見てくれ。ああ、見てくれ。見たくないかもしれないが、んんっ、はぁあっ
——畜生《ちくしょう》、でも駄目だ、もう……んっ！」

口を半開きにしながら。

彼女はそのまま背中を反らす。自らの身体《からだ》を、春亮《はるあき》に見せつけるようにする。

そして、その右腕が。

ゆっくりとゆっくりと、動いて——

「……わ、か……ん……」

止まった。それはどこにも伸ばされない。

中空に突き出されたまま、何かの舞踏《ぶとう》のように。

ただそこで、錐霞《きりか》は今の呟《つぶや》きをもう一度繰り返し、叫んだ。

「く——《黒河可憐》んんんッ!!」

瞬間《しゅんかん》、彼女の手首に巻きついていた革ベルトが歓喜《かんき》する。びしびちびしぃと超常的に革が伸びる音を立てながら、蛇《へび》のように体操選手のリボンのように、螺旋《らせん》を描いて跳ね回る。

蛇は樹に絡みついた。上野《うえの》錐霞という樹に絡みついた。腕に触れ、腋の下を通り、手足を巻き込んだ。何重にも幾重《いくえ》にも。おぞましく、執念深く。

「……あ・あ、はぁ……」

　錐霞は膝立ちの姿勢のまま、その革ベルトに拘束されていた。それは捕獲《ほかく》という嗜虐《しぎゃく》。ぎちりぎちりと圧力が強まり、肉の凹凸《おうとつ》をより一層明確にする。

　愕然《がくぜん》と目を見開くだけの春亮の前、錐霞の身体を拘束しつくした《黒河可憐《くろかわかれん》》の先端がゆらゆらと揺れていた。拘束はそのままに、その先端だけがすうっと動く。

　それが次に巻きついたのは、身動きの取れない錐霞の左手だった。ことさらにゆっくりと、蛇は彼女の親指にその舌を這《は》わせ、ぎちぎちと革の音を絡め、そして——

　曲がるはずのない方向に、一気にその親指を折り曲げた。

「がっ！　くあ、が、ああ、んんん、んんんんっ⁉」

　ぺきり、と冗談のように軽い音。それを掻《か》き消す、錐霞の声。

「い、いんちょー、さんっ……！」

「いい、いいから、まだだから、見て、夜知、見て、く……あああっ⁉」

　人差し指。続いて中指。当然のように薬指。仲間外れはいけないので小指。

　ぺきりぺきりぺきりぺきり。

「ん、う、うあっ……」

　錐霞はびくびくと拘束された身体を跳ねさせる。飛び散る汗、肌を伝い落ちる汗。頭の後ろで結ばれていた髪が何かの弾みで解《ほど》け、まるで生き物のようにシーツの上に散らばった。

「そう、いい、これで、いい……でも、まだだから、まだだからっ……くぁっ」

指を全《すべ》て折り終えた《黒河可憐《くろかわかれん》》は、さらに錐霞《きりか》の肉体へとその鎌首《かまくび》をもたげた。両の手首。肘《ひじ》を経由して肩。さらにぐるりと回って膝《ひざ》。足首。そして忘れてはならないとばかりに、最後に、首——何をするために？　わかりきっている。

慌てて春亮《はるあき》は立ち上がろうとする。だが膝に力が入らない。潤《うる》んだ錐霞の目が、ベッドの上からその動作を制した。

「いいんだ、死なない、私は死なないから、だから、ほら——」

捩《ねじ》れていた指が元に戻っていくのが見える。だが、いいわけがない。だって、今まさに、彼女の身体《からだ》にはそれ以上の《捩れ》が生まれようとしているのだ——!!

「ああ、ああ、ああっ……《可憐》、《可憐》、《黒河可憐》！　さあっ……！」

そして、彼女を拘束していた革ベルトが、一際大きく強く激しく蠢動《しゅんどう》し——

「ん、あ、ああ、ひゅ、かは……っ、っ、っ——っ、あ？」

刹那《せつな》の停滞《ていたい》。時間が停《と》まったかのような静けさ。

ひゅう、と息を吸《す》い込んだ錐霞が、目を見開いて動きを止めて。

その全身が、一度だけ、びくんと震《ふる》えて。

解放。

「——あ、ふぁ、ぁ、ぁ、ぁ、ぁ、ぁ、ぁ、ぁ、ぁ、ぁ、ぁ、ぁ、ぁっ！」

めきめきめきりと、錐霞の手足が力任せに捻《ね》じ曲げられる。骨格が骨格の意義を失う。彼女の首に食い込んでいたベルトが強く締《し》まる。気道を圧迫する。

そして錐霞は口の端から涎《よだれ》を垂《た》らし、汗を飛び散らせながら――

全身を引き攣《つ》らせて、ベッドに倒れ込んだ。


「ん……」

「お。起きた？」

身体にはいつもの革の硬さ。背中にはいつものベッドの柔らかさ。頭上にはいつもの天井《てんじょう》の無機質さ。いつも通りの自分の部屋だ。なのに、なぜ、彼の顔がすぐそこに見えるのだろう。

ぼんやりと数秒、頭に血が巡るのを待ち――そして唐突に思い出した。

「っ……！」

「うわわっ？」

シーツを摑《つか》み、頭から引っ被《かぶ》る。代わりに身体は丸見えだろうが、どうでもいい。恥ずかしかった。とんでもなく。きっと顔は真っ赤になっているだろう。いや、蒼褪《あおざ》めているかもしれない。見られた。知られた。死にたい。

やるせなくて、顔を包んだシーツを噛《か》んだ。彼は何も言わない。ならば自分が言うしかない。

「……わかったか？」

「ん——まあ、大体は。そうだよな、気付いとくべきだったんだ……その《黒河可憐《くろかわかれん》》は、呪《のろ》われてる。だったら当然、呪いがあるって」

彼の、静かな声。彼は何を思っているのだろう。怖くて怖くて、考えないようにした。

「そうだ……《黒河可憐》には呪いがある。その来歴からすればスタンダードなものだろう。殺人鬼がそうしていたように、誰かを絞《し》め、縊《くび》り、苦しめ、害したくなる呪い」

「……」

「道端で見繕《みつくろ》った誰かよりは、その呪いの欲求を向けるにふさわしい相手がいる。私だ。いくら骨を折ろうとも関節を外そうとも首を絞めようとも死なない自分だ。だから私は、月に何度か、あるいは週に何度か、必要があれば毎日——こんなことをしていた。はは、なんて醜悪《しゅうあく》な独り遊びだろうな。ああすっきりした。お前に見てもらってすっきりした。これで私は何も隠していない。もう脅迫を受ける材料も、ない……」

そう、もう脅迫は無意味になった。ただし——脅迫に従うことで護《まも》りたかったものすらも、壊れてしまったのかもしれなかったが。

「ふふ、なあ夜知《やち》、どうだ。感想は、どうだ?」

「お、俺は……その、いんちょーさん……」

気持ち悪い、だろうか。そんな人だとは思わなかった、だろうか。あるいは、別になんとも思わなかった、と適当にお茶を濁《にご》すか。けれどこれから距離は取ろうとするだろう。当然だ、こんな女、自分自身が気持ち悪いと思う。いくらやっても治るから自分の身体《からだ》を痛めつけるなんて、人間ではない。道具だ。自己完結した道具の所業《しょぎょう》だ。ああ、何も生まない歯車。

だが、彼が続けた言葉は――

「いんちょーさんは……優しいんだな」

「は？」

予想外にも程がある台詞《せりふ》。聞き間違いかと思った。しかし彼は、

「だって、他の人を傷つけたくないから、自分が痛い思いを――嫌《いや》な思いをしてるんだろ。他の奴《やつ》なら、身体が治るからってそんなことするとは限らない。勿論《もちろん》俺だってそうするとは限らない。他人をどうこうしたほうがよっぽど簡単だ。だから、優しいって思う」

シーツの向こうから届いてくる声。困ったように視線を逸《そ》らしながら、ぽりぽりと頬《ほお》を掻《か》きながら、けれども一語一語を考えて真摯《しんし》に言葉を紡《つむ》ぐ……そんな彼の顔が見える気がする。

「気持ち悪くなんかないぞ。それはいんちょーさんのせいじゃない。俺はこれでも、あの家でずっと暮《く》らしてきたから。俺自身には呪いは働かなくても、いろいろ見てきたから――知ってるよ。どんなに嫌でも、どんなに恥ずかしくても、どんなにしたくなくても、そうしないとどうにもならない呪いを与える……呪われた道具が、そ、う、い、う、も、の、だってことは」

うん、と一つ頷《うなず》いたような気配《けはい》があって、

「だから、俺は別にいんちょーさんのことを嫌いになったりはしないぞ？」

「あ――」

忘れていた。大事なことを、忘れていた。

この男は。

想像を絶するほど、呑気《のんき》で、枯《か》れていて、そして――

「ふ、く、はは……」

駄目《だめ》だ。何かが込み上げてくる。だから笑おう。馬鹿《ばか》にしたように笑おう。

「本当に……ああ、馬鹿げている。いろいろ考えていた私こそが、馬鹿げている、な」

「うんうん、今ばかりはいんちょーさんは馬鹿だってちょっとだけ同意するぞ。テストのときとかはとても言えないことだけど。で、それ繋《つな》がりで少し頼みがあるんだ」

「頼み？」

聞き返した瞬間《しゅんかん》。

不意《ふい》打《う》ちだった。被《かぶ》っていたシーツがばりと剝《は》ぎ取られる。彼がベッドに手をつき、自分に覆《おお》いかぶさるように、こちらの顔を覗《のぞ》き込んでいた。いつもの呑気な顔で。その近さに心臓が停まったように思え、その隙《すき》に、

「ええと、いんちょーさん……それ。《黒河可憐《くろかわかれん》》、俺にくれない？」

「っ……!?」

彼はどうということのない顔をしている。弁当のおかず、一個交換しない？　というような

ものとまったく同じ。でも今は、その裏側にある意図《いと》が感じ取れた。

夜知春亮《やちはるあき》には呪《のろ》いが発生しない。

だから、《黒河可憐》を彼が持てば、その呪いを受ける人間はいなくなる。今現在、それに苦しんでいる人間は呪いから解放される——

それは、確かに魅力的《みりょくてき》な提案《ていあん》だった。けれど。

「……断る。たとえお前の料理術の秘伝と引き換えでもダメだ」

「え。でも——」

「こいつの扱いには慣《な》れがいる。お前が持っても役には立たないだろう。それに」

頬《ほお》を緩《ゆる》めた。こいつは、自分がさっき言ったことを忘れたのだろうか。

「これは私の力。お前を助けるために必要なものだ。手放してしまえば、私はただ不死身《ふじみ》なだけの役立たずになる……そんなのは、嫌《いや》だよ。《夜知春亮の仲間》なのだろう、私は？」

「……」

「頼むよ。お前を手伝える仲間で、いさせてくれ」

それから、たっぷり数十秒。一つ息を吐《は》いて、彼の身体《からだ》が離れていった。ベッドの端に腰掛けながら、ちらりと横目でこちらを見てくる。

「ホントにいいのか？」

「いいと言っている」

「そっか……じゃあ、わかった。無理矢理取るわけにもいかないしな。でも……もし本当に嫌《いや》になったら、すぐ俺に言うこと。いつでも引き取るから」

「ああ」

「それと……その、呪《のろ》いだけど。やっぱり他人相手のほうが効果高かったりする？」

「なぜだ？」

彼は頭を掻《か》いて、

「いや、さすがに骨とか折られるのはアレだけど、どっか絞《し》められるくらいなら俺でも……とか。いや、首とか絞められたらさすがに怖いが。ああ、それじゃ意味ないのか？　ううん」

まったく、この男はどこまで馬鹿《ばか》なのだろう。呆《あき》れる。

「あまり関係ないと思う。基本は自分で充分だ。適度に発散していれば、今日のように……その、ひどくなることも、あまりない――」

言いながら、また思い出してしまった。こいつの眼前で、自分が何をしたか。

恥ずかしくなって顔を背《そむ》ける。そう言えば今は、裸、贔屓目《ひいきめ》に言えば下着姿の自分がベッドに寝ていて、あいつがその横に腰掛けているという状況なのだ。何か緊張してきた。

そして部屋にはしばらく無言が満ち、ややあって、

「本当に助けて欲しいときは――隠さないでくれよ。それを約束してくれたら、とりあえず今日はいいよ。本音は俺に渡してほしいってまだ思ってるけど」

「それはできないと言った。だが……気持ちは、嬉しい。約束するよ。呪いのことは、これからもなんとか上手《うま》いようにやっていくさ」

そっか、と頷《うなず》き、彼は立ち上がる。軽くなったベッドのスプリングに名残惜《なごり》しさを感じた。

「フィアくんを探しに行くのか」

「ああ……ちょっとややこしいことになっててさ」

「ビブオーリオ家族会《ファミリーズ》が関わっている？」

彼の顔色が変わった。ベッドに寝たまま、首を横に振ってやる。

「名前を知っているだけだ。よくは知らない……関わっているかというのも、ただの勘だ。まあ、それで脅迫を受けていたのだから考えるまでもないが」

「そうだ、聞き忘れてた。なんで脅迫なんかっていうか――誰に？」

あの男の顔を思い浮かべる。奴《やつ》がどういう行動に出るのかが予測できない。

「……すまない。なぜ協力するなと脅迫されたかは私にもわからないし、誰にかはまだ教えられない。だがあちらから積極的に関与《かんよ》してくることはおそらくないだろう。基本、立場は傍観《ぼうかん》者《しゃ》だ――私は違うがな」

「手伝ってくれるってこと？」

「三日前にこう答えられればよかったな……っ、と」

起き上がろうとしたが、肘《ひじ》に力が入らなかった。身体を持ち上げられない。骨折が微妙に治っていないのか。

「ま、まだ寝てろよ。詳しい事情とかはまた今度説明するから」

「……すまないが、そうさせてもらうしかなさそうだ。しばらくすれば完全に治ると思う――そうしたら電話しよう。お前の家に邪魔するかもしれない」

「そだな、電話してくれ……じゃあ、俺は行くよ。ゆっくり寝てろな」

彼が部屋から出て行く。急に静かになった。

ぼんやりと天井《てんじょう》を見上げる。雑多な言葉が頭に溢《あふ》れ出てきた。ああ、すっきりした。胸が軽くなった。救われた。それなりに良い、人生で最悪の日。優しいだって、馬鹿《ばか》だな。ざまあみろ日村《ひむら》。お前の脅迫など無意味だ。それにしても恥ずかしかった。これ以上恥ずかしいことなんてない。奴《やつ》はなんとも思わなかったのだろうか。こんないい女が、こんな扇情的《せんじょうてき》な姿で喘《あえ》いでいたのだぞ。少しは何かリアクションがあってもいいではないか。ああ、さっき顔を覗《のぞ》き込まれていたときは惜しかった。なぜ何もしないのだ。そのまま唇が降りてきても、私としては別に抵抗などしなか――思考停止！

寝返りをうって、シーツに顔を押し付ける。多分、今の自分の顔は、天井にすら見られてはいけない顔だ。間違いない。

「……馬鹿げているよ。本当に」

いつもは、こんなボンデージ服の女なんかに、という絶対兵器で希望を殺す。

けれど、なぜか今だけは、そう思いたくはなかった。

†

マンションを出て携帯を見ると、このはからの着信が大量に入っていた。マナーモードにしていたので気付かなかったのだ。

「な、何かあったんですか心配したんですよ上野《うえの》さんがいるから身の安全は大丈夫って思ってたんですけどもしかしたら何か心配がわたし！」

などとよくわからないことをまくしたてられたので、とりあえずその錐霞《きりか》が倒れたので家に運んでいたということだけを伝えた。それ以上のことを今伝える必要はないだろう。このはも最近の錐霞の様子を知っていたのか、すぐに納得してくれた。

それから繁華《はんか》街《がい》の近くでこのはと合流を果たし、

「どっちも見つからないんですよ」

「ううん……アリスは隠れられてたら難しいのかもしれんが、せめてフィアだけは見つけないとな。なんか様子がおかしかった。また自虐《じぎゃく》モードでヘンなことしてなきゃいいけど」

「そうですね。もう海に飛び込むのは御免です」

さすがにそこまではないと思うが、いろいろ不安なのは事実だ。とにかく探す――と、予想外にもあっさりとフィアは見つかった。

繁華街の家電量販店の前だ。店頭に展示された液晶テレビをぼんやりと見つめている。

「……それは……どういうことだ……？　可能性は……」

「おい、フィア。やっと見つけたぞ、勝手に飛び出しやがって」

軽く肩を叩《たた》くと、フィアははっとして春亮《はるあき》を振り返った。それから、

「見ろ。丁度もう一度やり始めた」

「いたたた！　首が捩《ねじ》れてる捩れてる！」

頬《ほお》を両手で挟まれて、ぐいとテレビに顔を近付けられる。そこに映し出されているのはニュース番組だ。新しい箱形死体の犠牲者《ぎせいしゃ》が見つかったという報道がされている。免許証のものか、その新しい被害者の顔写真が画面の端に——

「くそ、またかっ……ん。あれ、なんか見覚えがあるような」

「あるはずだ。私もある」

「わたしも……ええと、最近見た顔ですね……あっ！」

このはの声と同時に、春亮も思い至《いた》った。アルバムか何かの写真だろう、画面に写っているのは、モデルのようにくっきりした顔立ちの女。見覚えと同時に違和感を覚えたのは、数日前に見たときとは髪の色が違っていたからだ。そう、この女性は——

「美容室に、最、初、に、来た客……？」

「そうだ。そしてもう一人、さっきテレビで流れていたが、前の被害者の顔も見覚えがある感じだった。アリスが髪を切っているとき、ソファで待っていた奴《やつ》に似ていた」

春亮は被害者の顔までは特に気にしていなかった。そもそも今まではまだ情報が集まっていなかったのか、顔はあまり報道されていなかったのだ。

「え。そりゃ、どういうことだ……？」

「わからん。わからんが、ただの偶然や勘違いでなければ――」

フィアは画面を睨《にら》んだまま唾《つば》を飲み込み、言った。

「――《共通点》が見つかったのかもしれない」

それはつまり。美容室で髪を切った客が殺されている、ということなのか。

「い、いや、ちょっと待てよ。お前が言ったみたいに、まだ勘違いって可能性もある、だろ……？　今の人が来てたっていうのは俺も覚えてるからわかるけど」

「黒絵《くろえ》さんだって全員覚えてるわけありませんしね。確かめようがないですよ」

「それを、なんとかして確かめたい……どうにか手はないか」

「美容室に入った客の顔を知る方法なぁ。そんなん防犯カメラでもないとダメだろ。でもあいつの店にはそんなもん、ついてない、し……？」

言いながら、気付いた。あるいは思い出した。《壇《だん》ノ浦《うら》》が開店した日のことを。

そう、黒絵の店には防犯カメラなど設置されてはいないが。

『あ、店のカメラを黒絵《くろえ》ちゃんシフトにしないと！』

『これで黒絵ちゃんのラブリーな姿《すがた》が毎日記録できるよ！』

中央商店街・黒絵ちゃんファンクラブ会長なる変な肩書きの人物が、自分の店の防犯カメラを《壇ノ浦《だんのうら》》のほうに向けているのを——春亮達《はるあきたち》はその目で見ていたのだった。


商店街に戻って電器屋のシャッターを叩《たた》き、主人に防犯カメラのデータを提出させる。DVDだったのでプレイヤーも借りることにした。勿論《もちろん》そこには紆余曲折《うよきょくせつ》あったのだが、誠意《せいい》を見せればなんとかなるものだ——具体的には、黒絵のオフショットを後日渡す感じの誠意を。ちなみにそのとき《壇ノ浦》は完全に閉まっており、中にも全《まった》く人気《ひとけ》がない状態だった。

それから家に帰り、データを再生してみる。変なアングルで美容室に向いてはいるが、誰が入っていくかくらいはわかった。出入りのついでに無表情でカメラにVサインしてくる黒絵の姿などをスルーしつつ、基本的に早送り、誰かが店に入れば通常速度でチェックを続ける。そして数時間後——

「これって、ど、どういうことなんでしょう？」

「ふむ。突然『被害者の顔写真を集められるか』と言われたときには何かと思ったが……こういうことか」

夜知家《やちけ》の居間には錐霞《きりか》もいる。電器屋から帰ってくる途中で電話があったのだ。病《や》み上がりの錐霞をいきなり使うのもどうかと思ったが、彼女に頼む以外に手が思いつかなかった。そして錐霞がネットで集めてきてくれた被害者の写真をもとに、今まで防犯カメラに映《うつ》っていた客の姿を確認していたのだが。

　結果は、フィアが予想していた通り。

「全員、美容室に来た客だな。これが《共通点》かよ――ん、いんちょーさん、どうした？」

「いや。何か、引っ掛かるものがある……ような気がする、のだが。わからないな。気のせいか……？」

　錐霞は被害者が映った部分を何度も確認していた。けれど、そこに見えるのが被害者だということは変わらない。このはが首を傾《かし》げつつ、

「でも、共通点に気付いてもらうのが目的、みたいなことを向こうは言ってましたけど。気付いたからって別にどうもしませんよね。なんでわざわざそんなことを、っていう疑問《ぎもん》が新しく生まれただけです」

「――心当たりがある。春亮、もっと先に進められるか」

「え？　何言ってんだフィア、被害にあった人達《たち》の確認はもう全員」

「いいから進めろ」

　よくわからないが、言われた通りに早送りしてみる。客が来るたびに一時停止するが、無関係な人間ばかりだ。が、そのパターンは今日の防犯ビデオの記録――周りが暗くなった頃に来

た一人の客で崩されることになる。

「アリス……⁉　また来てたのか！」

「ま、まずくないですか。黒絵《くろえ》さんはまだ帰ってきてないし、何かあったのかも……」

「やはりな」

腰を浮かせる春亮達《はるあきたち》をよそに、フィアは膝《ひざ》を抱えて画面を見つめたままでいた。

《共通点に気付けば問題は解決する》――そう奴《やつ》は言っていた。そうだ。どういう意図《いと》があるかはわからんが、これから何をすればいいのかはわかる……」

「フィア、どういうことだ？」

「そいつの手を見ろ。紙袋を持っているな。次は出てくるところを見せろ――ああ、やはり持っていない」

続けてフィアは語る。つまりあの紙袋は、美容室の中にいた誰かへ渡されたのだと。

「この目で見た。中に入っていたのは、一番最近の被害者の髪だ。派手《はで》な色をしていたからすぐわかった。そして、それを受け取ったものは――その髪を吸収していた」

「なっ――？」

「プレゼントなのだろう。いや、客として来たときに切った髪で味見をして、それに合格した相手を狙《ねら》うようにしていたのかもしれない。だから死体から切り取った髪を持ってきた、ということか」

ぼそぼそと紡《つむ》がれるフィアの言葉。春亮《はるあき》は息を呑《の》む。それは、まさか――

「お前、もしかして、黒絵を――っ？」

フィアはそれでも顔を動かさなかった。ただ、ぎゅっと肩を縮《ちぢ》めるような動きを見せて。言った。

「ああ……私はクロエを疑っている。ビブオーリオ家族会《ファミリーズ》と繋《つな》がっているのではないかと」

「な、なんでお前、そんな――」

「私は確かに見た。クロエが、アリスの持ってきた被害者の髪を吸収《きゅうしゅう》しているところを。直感的にわかるぞ。あれは食べていたと評《ひょう》するのが正しい。なぜアリスがわざわざそれを持ってきた？　なぜクロエはそれを食べた？」

「……私にはその黒絵という人物と面識《めんしき》がない。だから単なる情報として言っておくが」

そこで、錐霞《きりか》が静かな調子で言葉を挟んだ。どことなく沈痛《ちんつう》に、目を閉じながら。

「顔写真をネットで探しているとき、ついでに報道された情報を集めていた。ただでさえ出遅れていたからな。最近公表された事実として――被害者は箱形にされていた他に、身体のいくつかの部位が欠損していたらしい。つまり犯人に持ち去られているんだ」

「吸収していたのは……あるいは別の部位も、か」

春亮《はるあき》は愕然《がくぜん》とする。そんな情報、聞きたくなかった。いや、それは事実なのかもしれないが、それをあいつと結びつけるなんて――

「ちょっと待て、いいから待て。落ち着け。いいか、黒絵《くろえ》には家族会《ファミリーズ》なんて奴《やつ》らに協力する理由がないだろ。アリスが黒絵に協力させる理由もだ。だから、何かの、間違いで」

「……ああ、もう一つだ。見ろ、ここに映っているアリスは手に怪我をしていない。あの廃屋《はいおく》で確かに怪我をしていたのに。私は治癒《ちゆ》の力を持っている奴を知っている。治癒してやる代わりに、美味《おい》しい人間の髪か何かを持ってきてもらう……それは立派《りっぱ》な協力関係だと思うが」

確かに、画面にいるアリスは手に包帯などしていない。もう何が何だかわからない。

「考えれば考えるほど疑《うたが》わしい。そもそも別にここに帰ってこなくてもよかったではないか。家族会《ファミリーズ》を連れてきたのはあいつだ。アリスが簡単に狙《ねら》いを私に変えたのはなぜだ。奴の髪を気にせず切ったのもおかしい。自分を狙わせない代わりに私の拉致《らち》に協力するという取引をしたのかもしれないし、あるいはもっと単純に、奴が元々家族会《ファミリーズ》の一員だという可能性も――」

「んー。お金がなくなった。向こうからついてきた。狙いを変えたのはわからない……ふぃっちーがうちより人気ってことじゃなかろうか。まあ暴れないのなら、うちは客は客で来るもの拒まずな主義。あといくらなんでも自分の身可愛《かわい》さに誰かを売ったりはせんよ」

「な――っ」

律儀《りちぎ》に答えを返してきたのは、いつのまにか居間の入り口に立っていた黒絵だった。いつもの表情に、いつものぼんやり眼《まなこ》。声も平静だ。

「黒絵⁉　今まで何してたんだよ⁉」

「いや、店が終わって……いろいろ考え事がしたくなって、散歩がてら新発売のゲームを買いに行って。早く帰るつもりだったけど、売り切れちょって、何軒か回る羽目に」

手にした買い物袋を掲げてみせる。フィアは無言だった。銀髪で全《すべ》てを隠していた。

軽く溜《た》め息をついてから、黒絵。

「ところで――考え事の結果、うちは凄《すご》いことに気付いてしまったような気がするんよ。実は、被害者は全員うちの店に来てたお客さんかもしれんと！」

「その確認はもう済んでいる。とぼけた話はなしだ。説明してもらおう――お前の店にアリスが被害者の髪を持って来たのはわかっている。証拠《しょうこ》は今映《うつ》っているぞ」

ちら、と黒絵の視線がテレビに向けられた。その肩が上下する。

「もう少し髪を短くしたいって突然来たんよ。うちのポリシーとして、あの店を戦場にはしたくない。だから仕方《しかた》なく普通に髪を切って、そしたらお礼とか言いながら紙袋を押しつけてきた。で、店が終わって開けてみたら、中に見覚えのある髪が入ってたと」

「信じると思うか？」

「……そこまで疑《うたが》われちょるわけか。んー」

困った、と首を傾《かし》げて動きを止める。何かを考えているように。

それからややあって、ふいとその視線が上がり——

「ならこうしよう。疑いが晴れるまで、うちを監禁《かんきん》すればいい」

「はぁっ⁉」

その唐突な提案に、春亮《はるあき》は首を前に突き出す。黒絵《くろえ》は平然と、

「とりあえずそうすれば、うちがアリスと連絡を取っていないということがわかろう。店を臨《りん》時《じ》休業にするのは痛いけれど、できるだけ早く身の潔白《けっぱく》は証明したいし」

「監視されている状態で連絡を取ろうとするとは限らんだろうが。無意味だ」

「無意味ではないはず。《共通点》が美容室の客であることなら、店を閉じることでアリスはうちらがそれに気付いたことを知る。気付けば問題は解決すると言ってたから、とりあえず何かリアクションするためにアリスはここに来るんじゃなかろーか」

「ふむ。そして、来てどうなるかと考えると……普通は仲間が監禁されていると知れば助けようとするだろうな」

腕組みをした錐霞《きりか》が静かに言い、それに首肯《しゅこう》してから、黒絵はフィアに向き直った。

「そう。逆に言えば無関係な奴《やつ》を助けようとはさすがにしないはず。それで判断できんかな」

しばしの間があり、唐突にフィアが立ち上がる。

「何を企《たくら》んでいるのかは知らんが——いいだろう。監禁されたいというのなら勝手にされていればいい、アリスを誘《おび》き寄せることになるのは確かだ。だが言っておく、私はお前が奴の協力

者だと疑っている。いざというときに手加減《てかげん》があると思うな！」

「ち、ちょっと待てフィア！　もう一度よく考えてみろ！　さっきの黒絵の説明だって別にありえないことじゃないだろ、少し落ち着けよ！」

さすがに我慢できない。腰を上げた春亮が声を荒らげると、フィアはそこで初めて顔を上げ、黒絵を真正面から睨《にら》みつけた。

「もう忘れたのか春亮。他は全《すべ》て推測《すいそく》かもしれないが、ただ一つだけ、私は事実を見た。こいつが人間の髪を食っておったところをだ！　それはどう説明する、おかしい、おかしい、おかしすぎる！　春亮には呪《のろ》いが発生しないのだろう、ならばお前の本当の呪いは《周囲の人間》に向くものだったのではないか!?　そしてお前の呪いは解けてなどいないのではないか!?」

語調荒く言いつつ、フィアは銀髪を散らして頭を振った。

「何が実現例だ、私は、馬鹿《ばか》みたいだっ……ああ、でも、こんなこともあるのではないかと思っていた。私、私はまだ――どこかで、信じきれていなかったのだ！　あんな醜悪《しゅうあく》な呪いが、幾重《いくえ》にも塗《ぬ》り固められた呪いが、解《と》けるなんて、こと……っ！」

そこでフィアがはっと息を呑《の》む。だがすぐに顔を伏せ、ぎゅっと拳《こぶし》を握り締《し》めて、

「ウシチチ、お前のほうがこういうことには目聡《めざと》いだろう！　お前が監視《かんし》していろ！」

「おいフィア、待てっ！」

春亮の声も聞かず、そのままフィアは自室へと走り去っていった。追いかけようとするが、

「夜知《やち》。今は少しそっとしておいたほうがいいのではないか。何を言ってもあの様子では聞く耳持つまい……とりあえずは落ち着くのを待とう」

錐霞《きりか》の静かな声を聞き、もう一度腰を下ろす。溜《た》め息をついて顔を押さえた。このはも、

「はぁ。なんでわたしに押しつけるんですか……」

「このさんが一番、気配察知《けはいさっち》とか監視とか得意なのは事実じゃからね」

それだけではないと思う。そう、絶対に、それだけでは。

「本音では——あいつだって、黒絵《くろえ》を疑《うたが》いたくはないんだ。そんなの見てりゃわかるよ」

「だったら疑わなきゃいいのに、ですよ」

「今は混乱してて、とにかくなんとかしたくて、一番怪しそうな奴《やつ》に疑いをぶつけてるだけなんだろ……結局、子供なんだよ、まだ」

力なく呟《つぶや》いてから、春亮《はるあき》は黒絵に視線を向けた。

「——本気なのか、お前」

「勿論《もちろん》。それでアリスを呼び寄せられて、うちの疑いが晴れる可能性があるなら」

「で、さっきフィアが言ってたことは……？」

黒絵はゆっくりと目を伏せる。そして静かに——告白した。

「本当。うちは人間の髪から精気《せいき》を吸った」

「な。なんで、だ……？」

まだフィアの見間違いという可能性も考えていた春亮は、その告白に愕然《がくぜん》とする。だが黒絵はそんな春亮を安心させるかのように、落ち着いた口調で理由を答えた。

「でも、あれは呪《のろ》いからの欲求ではない。能力の一環《いっかん》で、食糧《しょくりょう》とか燃料補給《ねんりょうほきゅう》のようなもの」

「燃料補給？」

「こないだハルの傷を治したろ？　あれはタダではなく、その分精気を使っている。それの補給をしちょった。昔呪いでやってたみたいに《髪を切るという行為を媒介に本人から》じゃなくて《切った髪から滓《かす》を直接》みたいなものじゃから——量的には少ないし、切った人には何も影響はない。ただのリサイクル」

吐息を挟み、ぼんやりと続ける。

「あえて教えることもないかと、今まで黙《だま》っちょった。いや……なんとなく、ハルとかに言うのが後ろめたかったんかも。呪いとしての欲求はないけども、美味《おい》しく感じるのは事実」

「そ、そうなのか……後ろめたく思う必要なんてないと思うけどな。俺が怪我とかしてるからそんなのが必要になってんだろうし」

「……ありがとお。アリスが持ってきた髪を食べたのは、その燃料的な必要性とは別に——それが死者の髪であることが、なんとなくわかったから。生命の痕跡《こんせき》であり想念の紡糸《ぼうし》であり停止の証明であるその髪は、それを植えられて作られたうちには特別な意味がある。弔《とむら》うように食べる以外に、してあげられることはなかった」

「なあ、それを全部フィアに説明してやれば」

「聞いて納得《なっとく》すると思う？」

口を噤《つぐ》んだ。そんなのはわかりきっている——少なくとも、今は。

黒絵《くろえ》はぼんやりと、フィアの部屋のほうに目を向けた。見通せるわけではないだろうが。

「……実現例、ね。これを誤解《ごかい》して、裏切られたような気分になって、余計に混乱しちょるのかな。実は呪《のろ》いは解《と》けないんだ、と言われたのと似《に》たようなものじゃろうから」

それはフィアが口走った言葉のことだと、すぐにわかった。

春亮《はるあき》も思い出す——信じきれていなかった、と言ったフィアの顔を。

ああ、まだ。フィアはそこに恐れを抱いていたのだ。

春亮の胸中に、ふと無力感が浮かんでくる。悲しいような。情けないような。

その顔を軽く眺《なが》めてから、黒絵はなぜか押入れの前に移動してその襖《ふすま》を開けた。そこに頭を突っ込み、小さなお尻《しり》を揺らして何かをごそごそ探し始める。

「まあ、しばらくすれば落ち着いて話を聞いてくれるようにもなるじゃろ——ん。確かこの辺りにあったはずじゃけど」

「……何してんだ？」

「トランプとかウノとか探しちょる。夜は長い。さあこのさんも、早く枕《まくら》と布団《ふとん》を運ぶ用意を。トイレも風呂《ふろ》もあるし、監禁場所《かんきんばしょ》は離《はな》れの部屋でええよね」

相変わらず黒絵はよくわからない。自分が疑《うたが》われていることに微塵《みじん》の不安も抱いていない様子だ。そんな態度で余計に、黒絵が裏切っているなどというのがひどく荒唐無稽《こうとうむけい》な話に思える。

このはが溜《た》め息をついていると、それをどう解釈したのか、

「……ゲームではご不満とみた。だったら猥談《わいだん》でもいいけど」

「しません！」

ほんとにまったくもう、とか呟《つぶや》きながらこのはが立ち上がる。

「仕方《しかた》ないからしばらくは付き合ってあげます……フィアさんがどうこうとかじゃなくて、あくまで黒絵さんが自分から言ったからですよ。疑いを晴らすなら早いほうがいいというのには同意しますし、黒絵さんが潔白《けっぱく》にしろそうでないにしろ――まあ答えはわかっていますが――どのみちあの人がここに来るというなら、近くに固まっていたほうがいいでしょう」

「そうそう、よろしく。ところで、さっきからずっと気になっちょったんだけど」

つい、と押入れから頭を出した黒絵の目が動いて。

「……この人、だれ？　ハルのコレか？」

「初対面だが、その発言だけでどういう人物なのかはわかった気がするな」

小指を立てながら無表情に言った黒絵に、錐霞《きりか》が疲れたように頭を振る。それから彼女は、軽く春亮に視線を経由《けいゆ》させて――

「私は、ただの《夜知《やち》春亮の仲間》だよ。上野《うえの》錐霞という。よろしく」

何か開き直ったかのように、そして自分がそうできることを誇りに思っているかのように。胸を張って、そう言った。

†

翌日、学校に行ったのは錐霞《きりか》だけだった。役割のあるこのはは勿論《もちろん》、春亮《はるあき》もこの状況で登校できるほど神経は図太《ずぶと》くない。昨夜帰る間際《まぎわ》、錐霞は「忙しさにはもう慣れた。あれが治まれば別に一人でもどうということはないさ」と肩を竦《すく》めていたが、春亮としては多少後ろめたさを覚えないでもなかった。

無論、黒絵《くろえ》は離れの部屋で監禁中《かんきんちゅう》だ。昨夜このはが同じ部屋に泊まり、それからずっと一緒にいる。朝と昼の食事を持っていったときにちらりと中を窺《うかが》うと、二人は部屋のテレビで対戦ゲームをやっていたりボードゲームをやっていたりした——正直、お泊まり会とたいして変わりない。だがこのはも一応看守の仕事はしているようで、「電話も鳴らないし、本当に連絡とかは取ってないですよ。当たり前ですけどね」とそのとき複雑《ふくざつ》そうな顔で報告してきた。

一方、フィアはずっと体育座《たいいくずわ》りで居間のテレビを見つめ続けている。本当に事件が止まるかどうか確認しているのだ。もし新しい被害者が生まれればあの《共通点》が間違いだということになるが、今のところそんな報道は流されていない。

日が落ちてしばらくすると、家のチャイムが鳴った。玄関で制服姿の錐霞を出迎える。

「何か変化はあったか？」

「いいや……何も」

とりあえず居間に案内する。丁度夕食を持っていくところだと告げると、

「そうか、折角《せっかく》だから挨拶《あいさつ》しに行くかな。フィアくんはどうする」

錐霞がフィアの背中に声をかける。その声には自然な優しさと気配りがあり、どことなく
――クラスで浮いた存在を気にする委員長らしさのようなものが感じられた。

「ん……」

「一緒に様子を見に行かないか。ニュースもそうそうは新しい情報など流れないだろう」

「……では、そうする……か」

フィアはゆっくりと立ち上がった。俺がいくら言っても動かなかったのにな、と春亮は錐霞に対して感謝する。やはり慣《な》れているのか――あるいは、時間が経ってフィアも少し冷静さを取り戻したのか。そろそろもう一度話をすることを考えてもいいかもしれない。

とぼとぼ歩くフィアを最後尾《さいこうび》に、外の離れに向かう。二階の一室が黒絵の部屋だ。

「おい、メシだぞー」

「ん、ちょっと待って。ここで7を出して盗賊を動かせれば、まだ勝ち目が……」

中にいた黒絵はボードゲームの盤を見下ろしたまま、そう適当に返事をした。相変わらず緊《きん》

張感《ちょうかん》のカケラもないな、と呆《あき》れつつ中に入ってお盆を置く。その感想は入り口近くで佇《たたず》んでいたフィアも同じだったらしく、そのとき小さな舌打ちが聞こえた。

「ち……呑気《のんき》すぎる。状況がわかっていないのか」

「だって、このさんと二人で見詰め合っちょるだけというのもつまらんというか……変な気分になりそうじゃし。いや、うちはこのさんにならら身を捧《ささ》げてもええけども」

いつものようにぼんやりした発言。さらにフィアの目が細められた。

「ふざけるな……！　お前の冗談に付き合っている暇《ひま》はない。これは人の命がかかっているのだぞ、観念したならさっさと自白しろ！」

「観念も何も、自白するようなことはないし」

「まだ白《しら》を切るかっ——」

「フィア！　もういいだろう、ちょっと落ち着け！」

春亮《はるあき》が彼女の肩を掴《つか》む。このままでは黒絵《くろえ》に殴りかかっていきそうな勢いだった。睨《にら》むように見つめると、微《かす》かに揺れたフィアの瞳《ひとみ》が逃げる。

「……落ち着いている。私は」

「いいや、んなことはない」

一日我慢した。この態度を見るに、それなりに話を聞く余地《よち》も生まれているだろう。だからもう一度、フィアの誤解《ごかい》を解《と》く努力をしてみようと思った。

「お前はわかりやすい八《や》つ当たりをしてるんだ。疑《うたが》わしいところを疑うのは簡単《かんたん》だからそうしてるだけだ。なあフィア、聞けよ、お前が黒絵を怪しいと思ってる理由は何だったたっけ？」

「それは——奴《やつ》が美容室に行っていて、黒絵に死体から切った髪を渡して……それに、怪我《けが》が治っていて」

「あいつが怪我《けが》を治すような道具をまた別に持ってるのかもしれないじゃないか。それに俺らもいる開店の時にもノコノコ来た奴《やつ》だぞ。もう一回来たっておかしくはないだろ——黒絵があいつに協力してる証明にはならない」

「そ、それに……こいつは、その髪を、吸《す》っていた。確かに見たのだ」

それだ。おそらくそれが、この誤解の根幹《こんかん》。

「お前は勘違いしてる。あれは呪《のろ》いなんかじゃないんだと。俺の傷《きず》を治すのに使った精気《せいき》を、人の残り滓《かす》みたいな精気が含まれてる髪で回収してただけなんだとよ」

「そう。別にやらなくてもいい。ただ傷を治したりするのができなくなるだけ——旅をしてる途中に何回かやったことがあったから、そのとき家族会《ファミリーズ》の人間に見られちょったのかもしれん。それがアリスにも伝わって、それでプレゼントとして持ってきたんだと思う」

黒絵が補足説明。銀髪がふるふると揺れる。

「う……そ、だ……」

「じゃあ調べればいいだろ、それこそここにしばらく監禁《かんきん》してれば答えは出る。なあ、お前が言うみたいに黒絵《くろえ》の呪《のろ》いが手当たり次第《しだい》に人の髪から精気《せいき》を吸収することで、それがまだ解《と》けてないんなら、そろそろその欲求が出てるはずだよな。でも今のこいつにはそんな様子はない——お前が信じたかったように、やっぱり、呪いは解けてるんだ」

「あ……」

「俺が気になってるのは、お前が昨日言った言葉だよ。『こんなこともあるかと思っていた』とか『信じきれていない』とか……お前、本当に、そうなのか？　呪いが本当に解けるわけがない、そう思ってたのか？」

真正面から、フィアの瞳《ひとみ》を覗《のぞ》き込む。その視線は俯《うつむ》いて逃げるばかりだ。

それから長い時間があって、ぽつりと、

「信じていなかった、わけではない……ただ、でも……十のうちの一、百のうちの一くらいは——まだ。疑《うたが》っていた、ような」

春亮《はるあき》は深く息を吐《は》いた。フィアに対する呆《あき》れが怒気《どき》を塗り潰《つぶ》していく。

「そこは疑わないでくれよ。百のうち百、信じといてくれよ……」

「だ、だって、だって、私は……あんな、呪いが……」

「だってじゃない。俺は信じてるんだ。お前達の呪いが解けるって、信じてるんだ——ああ、そうだ。お前がそう言うんなら、それは呪いが解けるって信じてる俺を信じてないってことだ。頼《たの》むよ。それを信じられてないのは哀《かな》しすぎる。折角《せっかく》、一緒に住んでるってのに。これからも何年か何十年か、一緒にいるってのに」

フィアがはっと息を呑《の》んで。

「――本当に、信じている、のか。私が、その……」

ゆっくりと、その顔が上がる。何かを期待するような眼差《まなざ》し。

ここで即答《そくとう》できなければ、家主失格《やぬししっかく》だ。

「勿論《もちろん》だ。なれるよ、お前は。人間に」

正しくは、人間みたいに、かもしれない。でもいいじゃないか、と思った。そんなのはフィアだってわかっている。道具である出自と過去は捨《す》てられない。けれどそれが薄《うす》れて、ただ道具の名残《なごり》のちからを持っているだけの、《ほとんど人間》である存在になったら。

それはもう、人間と言ってしまってもいいと思う。少なくとも、そこまでの苦労をずっと横で見ているであろう奴《やつ》には、それくらいの贔屓目《ひいきめ》が許されてもいいはずだ。よく頑張ったなと、何の衒《てら》いもなく、気分よく言える役得があってもいいはずだ。

だから今、それを先取《さきど》りして言う。

フィアはまた、瞳を揺らして項垂《うなだ》れた。その小さな手が、何かに迷うように握ったり開いたりしているのが見える。ちらちらと横目で、黒絵のほうを窺《うかが》っているのがわかる。このはも黒絵も錐霞《きりか》も、彼女をじっと見守っている。

「あの、な。私、私は」

フィアの顔がゆっくりと上がり、もごもごと言葉を発しようとしたとき。

その口が不意《ふい》にぴたりと閉じた。目を見開いて、何かを凝視《ぎょうし》している。

春亮達《はるあきたち》がその視線の先を追うと——

「あらあら。バレちゃいましたね。題すれば《怪奇、女飛頭蛮!》という状況かと」

部屋の窓の外で、空気の読めないストーカー女の顔だけが上下逆さまになって浮いていた。

†

死ぬほど驚《おどろ》いたが心霊現象《しんれいげんしょう》ではない。おそらく、離《はな》れの屋上《おくじょう》に寝そべって覗《のぞ》き込んでいるだけだ。身構える一同に、

「よくわかりませんでしたけど、喧嘩《けんか》なさっているような感じでしたね。仲違《なかたが》いはいけませんよ……仲良くしないと駄目《だめ》です。めっ」

彼女はあの人当たりの良い笑顔のまま、人差し指を立てた手をやはり逆さまに振ってくる。

「アリス……!」

フィアがルービックキューブを取り出し、それを巨大な熊手《くまで》のような拷問具《ごうもんぐ》に変じさせる。

アリスはいつもの笑顔のまま、左目に嵌《は》めた片眼鏡《モノクル》を部屋の蛍光灯に煌《きらめ》かせていた。

「さて。美容室がお休みだったので、もしかして、と思って来てみたわけですが。どうでしょ

う？　おわかりになりましたか？」

「相変わらず、あらゆる意味がよくわからんけどな……ただ《共通点》ならわかった気がする。お前は美容室の客を殺していた。そういうことだろ」

春亮が言うと、アリスはおや、というように首の角度を変えた。

「そこで終わってしまってるのですか……それは少しばかり不充分《ふじゅうぶん》な解答《かいとう》です。もう一段階《いちだんかい》踏《ふ》み込んだ共通点、その意味を知っていただかないと意味がありません。意味さえ効果的に伝われば、いつ止めてもいいのですが」

「な、なに……？」

美容室の客という以上の共通点がまだあると？　そして、いつ止《や》めてもいいとはどういうことなのだろう。その口ぶりでは、まるで——大事なのは無関係な人を殺してテロ的にフィアを脅迫《きょうはく》することではなく、その共通点の意味に気付かせること自体が目的であるような——

春亮がそう考えている間にも、アリスは僅《わず》かに困ったような顔で言葉を続ける。

「ああ、そこで考えが止まってしまっているから、ですね。今まで少しばかり聞いていたことから判断すると——どうも、黒絵《くろえ》様が家族会《ファミリーズ》と繋《つな》がっている、と誤解《ごかい》されている様子《ようす》。とりあえずその《意味》は間違いですよ。ひょっとしたら、ヒントとサービスのつもりであの髪を持っていったことが裏目に出てしまったのでしょうか」

ごめんなさい、と逆さまの頭が揺れる。その台詞《せりふ》は、フィアに息を呑《の》ませるには充分なものだった。しかし春亮《はるあき》がその言葉に得たのは僅《わず》かな安堵《あんど》のみ。当然だ、大きな安堵が生まれるほど黒絵《くろえ》を疑《うたが》っていたわけではない。

「苦難《くなん》なく救済《きゅうさい》あらんや。ですが勘違いで無意味な仲違《なかたが》いをされるのは必要な苦難などではありませんね。どんどん横道に逸《そ》れていくばかりです……では仕方《しかた》ありません、次の手に移《うつ》る頃合《ころあ》いでしょう」

「何が……頃合いなんですか？　喋《しゃべ》り方とかキャラが被《かぶ》ってるので、そろそろ消えてもらいたいんですけど。勿論《もちろん》、この日本国から」

このはが厳しい目で手刀を構える。

「では実力で叩《たた》き出してみるのはいかがでしょう。頃合いというのはそれですよ……どうやら多少は乱暴《らんぼう》なこともしなければならない時期になったようですから」

その言葉と同時、すうっと巨大な影《かげ》が窓ガラスに映《うつ》る。それはあのハンマーと包丁をミックスさせたような巨大武器だ。そしてアリスは、僅かの逡巡《しゅんじゅん》もなくその重量を破壊力へと転化《てんか》させ——窓ガラスが凄《すさ》まじい勢いで破砕《はさい》。

「ぬっ——!?　く、まずい！」

「は、春亮くん、上野《うえの》さんっ!?」

フィアとこのはがはっと後方を振り向いた。だが遅い。砕《くだ》け散ったガラス片《へん》は、きらきらと輝《かがや》きながら人外二人《じんがい》の脇を擦《す》り抜け、人間二人の肉体へと飛来してくる。

突然のことに、春亮は何も反応できなかった。伏せることも、顔を庇《かば》うことも。頸動脈《けいどうみゃく》を切りかねない、眼球に刺さりかねない透明《とうめい》な凶器が飛んでくるのをただ肌で感じ、本能的に目を瞑《つむ》りかけたそのとき――

「モード《クッショニング宗盛《むねもり》》！」

瞬間《しゅんかん》、眼前に黒い髪が広がった。シートのように、盾《たて》のように、薄《うす》く広く。それは春亮と錐霞《きりか》の身体《からだ》を襲《おそ》った無数のガラス片《へん》を柔らかく受け止め、その運動量を等しくゼロにした。

「ぐわ、今のは焦った……！　さんきゅ、黒絵！」

「私も感謝する――が、次からは夜知《やち》を優先させてくれ。二人同時に何かをするのが無理なら、私は庇わなくてもいい。そういう身体だ」

「……？　よくわからんけど、まあ、無事で何より」

まだ錐霞について詳しいことを知らない黒絵が、軽く首を傾《かし》げつつ答える。

そこで視線を感じて春亮は顔を上げた。その視線の主は、叱《しか》られた子供のような表情をしたフィアだった。そしてすぐに、見られているのは自分ではなく、傍《そば》にいる黒絵だと気付く。

春亮が伝えた、頭髪の吸収《きゅうしゅう》への誤解《ごかい》。

仲間割れに驚《おどろ》いていたアリスの発言。

躊躇《ちゅうちょ》なく春亮達《たち》を庇った黒絵の行動。

それら全《すべ》てを合わせて、ようやくフィアは悟ったのだろう。自らの間違いを。まだ美容室の客だけが殺された事情——つまりはアリスの求める共通点の意味については疑問《ぎもん》が残っているとはいえ、今や黒絵《くろえ》を疑《うたが》うに足る理由はほとんど存在していない。

フィアは黒絵に対して何事《なにごと》か口を開きかけ、しかし、

「さて、どこで大暴《おおあば》れいたしましょうか。どこでもいいのですけれどね」

「待ちなさいっ！　もう逃がしません！」

アリスの身体が、ハンマーに引っ張られるようにして窓の上から落下した。くるりと回転する姿が一瞬だけ割れた窓の隙間《すきま》に見え、その彼女を追ってこのはが窓から飛び出す。

「く……ええい、言いたいことはあるが後だ！」

「おう、俺も——」

口を開いた瞬間、フィアがきっとこちらを睨《にら》んでくる。それは怒っているようでもあり、その険《けわ》しい目で胸中の不安や恐怖を掻《か》き消そうとしているようでもあった。

「お前はここにいろ！　一昨日のようなことは——その、もう、御免《ごめん》だ」

一昨日《おととい》のこと。廃屋《はいおく》の倒壊に巻き込まれたことか。確かにあれは肝《きも》を冷やしたが——

「いや、でも」

「どうしても助けが必要なら改めてウシチチが電話か何かするだろう。とりあえず荒事《あらごと》に慣《な》れた私達だけで追う——だからお前はここにいろ。キリカ、クロエ、春亮《はるあき》を頼んだ」

このはと同じく、フィアが一跳《ひとと》びで窓の向こうに消える。反射的にその背中を追って一歩を

踏《ふ》み出すと、足の裏《うら》にちくりとガラスの硬さを感じた。

「ぐわ……畜生《ちくしょう》、ガラスが割れただけで歩けなくなるって、情けねぇな……」

「自分を卑下《ひげ》するな、ハル。ふぃっちーが『春亮を頼む』なんてうちに言ってくれるようになったのは、ハルが説得してくれたから」

「説得っていうか、俺は当たり前のこと言っただけなんだけど。で、どうしよう。仕方《しかた》ないからとりあえず居間に戻って連絡を待つか――っていんちょーさん、どした？ 難《むずか》しい顔して」

「いや。何か……」

制服姿の錐霞《きりか》は腕組みをして、厳《きび》しい目で足下のガラスを見下ろしていた。

「――ガラスを割ったことに何の意味がある。わざわざ戦闘をするようなことを宣言しながら、いきなり逃げたことに何の意味がある……？ なあ、夜知《やち》。なんというか、気のせいかもしれないが……上手く分断されてしまったような気が、しないか？」

「え？」

そのとき。

錐霞の正しさを証明するその声が、先刻と同じ場所から聞こえてきた。

「あらあら。なんだか頭のいい方ですね――別に困りはいたしませんが」

「――っ⁉」

時間が巻き戻されたような錯覚。割れたガラス窓の上に、左目の片眼鏡《モノクル》を光らせるアリスの笑顔が逆さまに見えている。

もうフィアやこのはを振り切ったのか。姿の見えない二人は無事《ぶじ》なのか。どうしてアリスは戻ってきたのか。何をしているのか。

無数の疑問に春亮達《はるあきたち》が混乱している中、アリスはくすりと喉《のど》を鳴らした。その顔がすっと屋上《おくじょう》へ引っ込み、一同の視界から消える。

春亮が身構え、黒絵《くろえ》は窓の外を眺《なが》めつつ髪をざわざわと揺らし始め——

そして、錐霞《きりか》が。

誰よりも早く、それに気付く。

だがそれも遅かった。遅すぎた。

「なにっ——⁉」

三人の背後の室内。普通にドアから入ってきたような、窓とは全《まった》く逆の方向。

この一瞬で移動できたはずはないのに、なぜかそこには——

右目に片眼鏡《モノクル》を載せたアリスの姿があった。

「《鏡裡が意味する白黒世界《ウエルカム・トゥ・アザーサイド》》」

手に持っていた輝く何かを、彼女はそんな呟《つぶや》きと共に黒絵の背中に押し付ける。黒絵は身を翻《ひるがえ》し、蠢《うごめ》く髪で彼女を迎撃《げいげき》しようとしていたが——

瞬間《しゅんかん》、止まった。

アリスが一言呟《つぶや》いただけで、輝く何かをその背に触れさせただけで、黒絵は完全にその動きを止めた。不自然な姿勢のまま、ぴくりとも動かない……本当に人形に戻ってしまったかのように、あるいは彼女の時間だけが流れることを止めてしまったかのように。

「く――」

いや、なぜかその口と目だけが動き、

「ハル。逃げ……！」

「あらあら。ついでのようなものですが、そういうわけにはいきません――動くと危ないですよ。そちらの方も、この彼がどうなってもいいというのでなければ、下手《へた》な動きはなさらないほうがよろしいかと」

ひゅっ、と春亮は喉元《のどもと》に風を感じた。視線だけを降ろすと、あのハンマーと包丁の合体した武器――その包丁部分が、自分の喉にぴたりと押し当てられていた。どう考えても重いはずなのだが、アリスは片手でそれを操《あやつ》っている。刃の冷たい感触、僅《わず》かな錆《さび》のざらついた感触までもが肌で感じられた。やばい。これは、やばい。

「夜知《やち》っ！」

「下手な動きはなさらないほうがいいと言いましたよ？」

錐霞がぴくりと右手を上げようとしただけで、アリスの刃がそれに反応した。その厚みと冷たさがさらに春亮の喉《のど》を圧迫する。血が出ていないのが不思議なくらいだ。

錐霞《きりか》が歯噛《はが》みし、動きを止める。ハンマーと別の手に持っていた輝く何かをシスター服の下に仕舞《しま》いつつ、アリスが満足そうに頷《うなず》いた。

「はい、どうも。大人《おとな》しくしていただければ悪いようにはいたしませんよ」

「私達《たち》を、どうするつもりだ？」

「わかりやすく言えば、人質ということでしょうか。どうにかする頃合《ころあ》いになったとはいえ、さすがに真正面からやりあうのは無謀《むぼう》だと思いまして——ああ、黒絵《くろえ》様のことはご心配なく。ただ動きを止めさせていただいただけで、他の害はありません。辛いと思いますので、目や口だけは動くようにさせていただいております」

「……それはどうも、ありがとお」

その寝惚《ねぼ》け眼《まなこ》をちらりと動かし、黒絵が呟いた。声には珍しく皮肉げな響《ひび》きが籠《こも》っている。身体《からだ》を動かせない黒絵の、精一杯《せいいっぱい》の抵抗だ。

声でしか抵抗できないのは春亮《はるあき》も同じで、

「いんちょーさんっ……！　いんちょーさんだけでも、逃げ——」

「あらあら、駄目《だめ》ですよ。あのお二人を呼ばれたりすると面倒なことになってしまいますのでね。あと七分ほどはまだ戻ってはこないと思いますが」

そう、フィアとこのはは何をしているのだろう。こいつを追っていたのなら、いつ戻ってきてもいいはずなのに——!!

こいつが撃退《げきたい》したのか。いくらなんでもそんなはずはない。ではどんな手を、と春亮は横目でアリスの顔を眺《なが》め――その右目に光る片眼鏡《モノクル》に、視線を吸《す》い寄せられた。おかしい。確かにさっきは左目に嵌《は》めていて――それは一体、どういう――？

だがそれ以上思考は進まなかった。進めるべき状況でもなかった。

アリスの声は涼やかに、

「貴女《あなた》もついてきてくださいな。逃げたりおかしな動きをすれば、この彼の首から柘榴《ざくろ》色のジュースが作られてしまいますよ」

「……わかった。好きにしろ」

錐霞は目を細めて息を吐《は》き、完全降伏《かんぜんこうふく》を示すように全身の力を抜いた。

「物分かりが良くて結構です。それでは黒絵様の身体を背負って運んでいただけませんか？自分では何をしようとも動けませんが、他から力を与えるぶんには姿勢を変えられますので」

錐霞が無言で黒絵の身体を背負う。春亮はその姿を、やはり喉元に刃の冷たさを感じたまま眺めているしかなかった。

最悪なことに、ただ最悪なことに。

この瞬間、春亮達《たち》は、この期《ご》に及んでも微笑《ほほえ》み続ける異常《いじょう》な女に拉致《らち》されたのだった。

第四章　「超越者《ちょうえつしゃ》は何処《どこ》にでもいる」／"Human"

†

裏道《うらみち》を通って連れていかれたのは、倉庫が幾つも立ち並《なら》んでいる海沿《うみぞ》いの場所だった。元々放棄されている区域《くいき》なのか、人気《ひとけ》は全《まった》くない。潮風《しおかぜ》を延々《えんえん》と受け続ける倉庫達《たち》は、それぞれが幽霊屋敷《ゆうれいやしき》のような不気味《ぶきみ》さをもって夜闇《よやみ》に佇《たたず》んでいる。

アリスの言葉に従《したが》い、春亮《はるあき》達は倉庫の一つに足を踏《ふ》み入れた。深夜であるため視界はほとんど暗黒だったが、ほどなくして淡い光が生まれる。光源《こうげん》は、春亮にしてみればすぐ背後——アリスが持っている電池式のランタンだ。

朧《おぼろ》な光で照らし出される倉庫の中はひどくがらんとしていた。壁際《かべぎわ》に一つの大きなコンテナが放置されているだけで、広漠《こうばく》とした残りの空間はひたすらに肌寒《はだざむ》い風が吹き抜けている。入り口近くには非常識にも倉庫内で焚《た》き火をしたような跡があり、周囲には毛布などの雑多な荷物が転がっていた。どうやらアリスは今までここで寝泊りしていたらしい。

「とりあえず、あのコンテナに入っていただきましょうか。狭いでしょうが、住めば都です」

重い蝶番《ちょうつがい》を錐霞《きりか》に外させると、アリスは彼女の背負っていた黒絵《くろえ》を中に寝かせるように告げた。黒絵はまだ人形のように手足を固まらせた状態のまま、

「わあ、これは素晴らしいスイートルーム。背に当たる鉄のゴツゴツ感と冷たさが最高」

ぼんやりとそんな皮肉を言っていた。

それからアリスは荷物から二つの手錠《てじょう》を取り出し、軽く錐霞に放る。

「奥に入って、それを手足に嵌《は》めてください」

「……」

「あらあら。熱いジュースが御所望《ごしょもう》ですか？」

春亮の喉に、再び冷たい刃の感触。眉《まゆ》を寄せていた錐霞が諦《あきら》めの表情になる。

「待て、わかった……ほら、嵌めたぞ」

「結構。では貴方《あなた》も——っと、あれ、手錠は三つしか持ってきてませんでしたか。まぁいいでしょう、とりあえず手に嵌めてしまってください」

「くそったれ……」

素直に従う気など微塵《みじん》もなかったが、春亮も死にたくはない。仕方《しかた》なく手錠を手首に嵌める。はい結構、と満足げなアリスに背中を押され、春亮もコンテナの奥に押し込まれた。コンテナの面積は学校のトイレ程度で、決して広くはないが、身動きが取れないほど狭くもない。開いた扉以外からも隙間風《すきまかぜ》が感じられ、少なくとも窒息《ちっそく》する危険はなさそうだ。

「準備をしますので、しばしお寛《くつろ》ぎを」

一旦《いったん》扉が閉まり、がさごそとコンテナの外で音が聞こえ始める。何の準備なのか。

「いんちょーさん……」

「やれやれだ。馬鹿《ばか》げたことになった」

「むぎ。こらハル、うちの腕を踏《ふ》むな」

「うお、悪い……ど、どうする？」

「どうするもこうするも。さすがに《黒河可憐《くろかわかれん》》で手錠《てじょう》は外せない。機会を待つしかないな
――奴《やつ》は人質と言った。今すぐ我々をどうこうはしないはずだ」

「そう願いたいけど……」

「脱出できる隙《すき》があれば、それは勿論《もちろん》逃さないが。奴はフィアくん達《たち》と取引をするつもりなのだろう。ならばその取引の瞬間《しゅんかん》こそが行動のチャンスだと思う」

「おお、映画でよくあるよな」

「こないだ見た映画ではな、そういう場面で下手《へた》な動きをした人質が頭を撃《う》たれちょった」

「黒絵《くろえ》、不吉なこと言うなよ……！」

そのうちに再びコンテナの扉が開いた。ランタンの光が眩《まぶ》しく、しばらく目を開けられない。

「さて、準備できました。まずはプレゼントです。どうぞお受け取りを」

ペットボトルが転がってきた。封の切られていないミネラルウォーターが五本。脱水症状は

気をつけないと駄目《だめ》ですからね、とアリスは優しい顔で笑う。

「あとは、このランタンもサービスで置いておきます。私は焚《た》き火で明かりを作れますし。とりあえずはこんなところですか――では本題に入りましょう。こちらを見てください」

「……ビデオカメラ？」

顔を上げた春亮《はるあき》が見たのは、アリスが顔の前で構えている小さな機械だった。彼女はやけに嬉しそうに腕を振り、

「アキハバラで買いました。さすが日本製、コンパクトで素晴《すば》らしいですね」

「ふん、楽しげなホームビデオが撮《と》れそうだな。仲間への土産《みやげ》にでもするつもりか？」

「いいえ。ビデオレターですよ。今頃彼女達《たち》は大慌てでしょうから、軽いネタばらしなどをこれでしてみようと思いまして。凝《こ》ったもののほうがきっと心に伝わると思うのです――ああ黒絵様、顔が映っていませんよ？」

「動かせんもん。ハル、ちょっと首曲げて」

黒絵の頭を捻《ひね》ってやりながら、春亮はせめて精一杯《せいいっぱい》の圧力を込めてアリスを睨《にら》んだ。

「はい、それでいいです。録画スタート、と……さてフィア様、今こちらはこういう状況になっています。題すれば『三匹の無力な小鹿達《こじか》』と。何をすればいいのかはもうおわかりですね？　このお三方《さんかた》を無事に帰してほしければ、どうか私どもビブオーリオ家族会《ファミリーズ》と行動を共にすると約束してください。おもてなしいたします」

「フィア！　わかってるな⁉」

思わず春亮《はるあき》は叫んでいた。ああ、わかっているはずだ。彼女はそれを選ばない。選んではならない。彼女はここにいると決めたのだ。呪《のろ》いを解《と》くために。呪いを解いて、人間になるために。だから、絶対に、こいつらのところへ行くようなことは——

「いいえ、わかっていない、、、、、、のです。フィア様は」

「なに……？」

「苦難《くなん》なく救済あらんや。ああ、フィア様の救済に必要だからこそ、わざわざ苦難を用意したのです。街で起こる殺人事件。その意味を考え、真実に辿《たど》り着かなければならないという苦難——けれど黒絵《くろえ》様を疑《うたが》っているような状態ではさすがにそれも無理そうです。仕方《しかた》ないのでここでお伝えすることにいたしますね。苦難を乗り越えるのと同程度の劇的《げきてき》さは生まれるのでいでしょう。そう、苦難を克服して初めて知るような劇的さがあってこそ真意が効果的に伝わると我々は考えておりまして、だから普段もそう簡単に言葉にすることはないのです」

「意味がわかんねぇよ……！　何が言いたいんだ、お前は⁉」

春亮は声を荒らげるが、アリスはくすりと肩を揺らすだけだった。

「それは無論、我々——ビブオーリオ家族会《ファミリーズ》について」

アリスはゆっくりと片腕を広げつつ、ここにはいないフィアが見えているかのように情感を込めて語り始めた。あるいはそれは身動きの取れない黒絵にも向いていたのかもしれない。

「ええ、私はただの一つも嘘《うそ》をついてはおりません。私が貴女達《あなたたち》を勧誘するのはただ共にいたいからですし、ただ共にお茶を飲みたいからですし、ただ語り合いたいからですし、ただ——願っているからなのです。私どもを貴女達の家族にしていただけませんか？　と」

春亮は息を呑《の》んだ。そこにおかしな台詞《せりふ》はない。ただ言葉の内容だけを見れば、それは確かに夜知家《やちけ》と似ているのだろう。春亮も彼女達と家族になることを望んでいる。けれど、なぜ——アリスの言葉に、ひどく薄《うす》ら寒い予感を覚えてしまうのだろうか？

「そう、私達は貴女達の家族になることを望みます。素敵な貴女達の、ひとではない貴女達の、ひとよりも遥かに優れた超越者である貴女達の！　何も惑うことはないのです、何も迷うことはないのです。家族は救うもの、家族は愛するもの、家族は認めるもの、家族は肯定するもの。だから、無論のこと。家族が家族で在らんとするために——我々は、たった一つの単純なスタンスを示します。よろしいですか？」

アリスが息を吸《す》う。そこに気負いはない。

ただ彼女は、どこか誇らしげに胸を張って。

その言葉を、告げた。

「我々、ビブオーリオ家族会は——禍具という存在を全肯定いたします」

「な……⁉」

「禍具《ワース》を全肯定する、だと。それは、どういう……っ⁉」

言葉の途《と》中《ちゅう》、何かに気付いたように、錐霞《きりか》がはっと目を見開いた。その視線を面白《おもしろ》そうに見返し、さらにアリスは続ける。

「ええ、肯定するのは全て。勿論、その呪いも例外ではありません」

春亮《はるあき》の呼吸が止まりそうになる。理解できなさすぎて頭がくらくらする。何を言った。こいつは今、何を言った……？

「我々は呪《のろ》いを、貴女達《あなたたち》のような超越者《ちょうえつしゃ》を生み育てた呪いを肯定します。それは無理に我慢したり、ましてや、なくそうとする必要のあるものではありません。超越者は超越者らしく、ひと以上の力を持った存在らしく、呪いという腕でひとを思うままにしてよいのです。その資格がありますし、そうすべきなのです——それは無論、超越者になる途中の禍具《ワース》も同じ」

「ち、違う……違うっ！　それは、絶対に、違うっ！」

春亮は思い出していた。呪いに苦しむフィアの、このはの、サヴェレンティの、かつての黒《くろ》絵《え》の——もう人を傷つけたくなんかないと願い、悩み、必死に耐えていた彼女達の姿を。

「違うと思っていることが間違いなのです。自らの呪いを受け入れないのは、ずっと耐えるのは苦しいですよね、フィア様？　だからいいのです。耐えなくてもいいのです。なぜなら貴女達はそういう存在なのですから」

「狂っている……」

唇を噛《か》みつつ、錐霞。春亮も同感だった。

「いいえ、貴女達に無用な責《せ》め苦を負《お》わせる人間こそが、人間の論理で超越者を縛《しば》ろうとする人間こそが間違っています。家族会《ファミリーズ》はそんなことはいたしません。人を殺したくなる呪いならば、喜んで誰かを殺しに行きましょう。所有者を狂わせる呪いならば、喜んで貴女に頬擦《ほおず》りする狂人になりましょう。そして所有者の命を奪う呪いならば——喜んで。命を差し出しましょう」

「……嬉しくない。少なくとも、うちは、そんなことされても嬉しくない」

黒絵が無表情に呟《つぶや》く。だがそれが聞こえなかったのか。あるいは聞かなかったのか。

アリスは微笑を消さず、やはり誇らしげに——

「超越した存在のために死ぬのならば、それは家族会《ファミリーズ》の会員としての誉《ほま》れ。絶対的な献身と思いやり、その家族愛に目覚めていることが家族会員《ファミリー》の資格なのです。数は少ないですが、実際に賛同者はいます。禍具《ワース》のおかげで救われ、その後の全てを禍具《ワース》という超越存在に捧《ささ》げようと決意したものが……ええ、ですから、今回も協力してもらいました」

「……協力？」

春亮の胸中で、嫌な予感がさらに増す。

聞いてはいけない、と本能が囁《ささや》いていた。それは狂人のさらなる狂気だと。聞いてしまえばもう引き返せない、アリスと自分達《たち》とが決定的に違うのだと思い知らされてしまうような、そんな鬱々《うつうつ》とした真実なのだと――

けれど、アリスの言葉は止まらなかった。

とてもとても嬉しそうに、自分の子供のお遊戯《ゆうぎ》上手を自慢するような口振りで。

「はい。《我々は呪《のろ》いを肯定する》ということを劇的《げきてき》に示すために、今回も家族会員の何人かに身を捧げてもらいました。皆さん、喜んで死んでくれましたよ？」

†

『――死んでくれましたよ？』

思考が止まる。

そして理解する。

瞬間《しゅんかん》、フィアは居間のテーブルを力任《ちからまか》せに蹴《け》り飛ばしていた。けたたましい音を立ててテーブルが庭に飛んでいったが、どうでもいい。

「ふざけるな、ふざけるな、ふざけるなっ……何だ、何なのだ、それは⁉」

「――静かにしてください。声が聞こえません」

　このはは再生されているＤＶＤから一時たりとも視線を外さなかった。ただ、鋭《するど》い瞳《ひとみ》の上にある眼鏡《めがね》を忙《せわ》しなく指で動かしている。

　フィアは拳《こぶし》を握り締《し》め、忌《い》まわしいことを語る女から逃《のが》れたくて、視線を外に向けた。庭に転がるテーブル。空は既に白《しら》み始めている――あれから数時間も経《た》っている。追っていたアリスがいつかと同じように消え、そして帰ってきて大事な人間達《たち》も消えていることに気付いてから。ポストにこのＤＶＤが入っていることに気付いてからで言えば、まだ僅《わず》かに三十分ほどだ。

　庭を向いたところで、声はまだ聞こえてくる。わかっていた。聞かねばならない。

『まさか――それが、共通点――!?』

　彼の声。もはや懐かしく思える、彼の声。

『ええ、その通り。死んだ人間は全《すべ》て家族会《ファミリーズ》の人間である――それが答え。彼らを美容室に向かわせたのはサービスとヒントです。どうせ死ぬのだから、黒絵《くろえ》様に食糧《しょくりょう》たる髪を差し上げておこうというサービス。そしてヒントとして顔を見せておく、と』

　全ての意味は逆だったのだ、とフィアは悟《さと》る。

　美容室に来た人間が死んでいたのではない。

　これから死ぬ予定の人間が美容室に来ていただけなのだ。

『……狙《ねら》いはふぃっちーに変えたはずなのに。うちにそんなサービスせんでも』

　ちらりと画面に目を遣《や》る。先刻見たときと変わらず、黒絵はぴくりとも動いていなかった。

何かで身体《からだ》の自由を奪われているのだろう。

こいつには、まだ、謝《あやま》っていない。

『確かに一番の狙《ねら》いをフィア様に変えはしましたが、私、まだ黒絵《くろえ》様のことは好きなので。できるだけ家族愛を与えてさしあげたかったのです――だから私自《みずか》ら髪を切ってもらいましたし、他の家族会員《ファミリー》にも、この街に来たらまず黒絵様の美容室に行くように伝えました。死んでいただく順番など決めていなかったので、とりあえず生きている間にできることは済ませておいて貰《もら》おう、とね。それも皆さん、快《こころよ》く応じていただけましたよ』

黒絵は鼻を鳴らしてその感想とした。

『まあサービスはただのサービスというだけです。あまりお気になさらずに。ああ、そう言えばヒントとしてもう一つ、家族会員《ファミリー》であることを臭わせる共通点も用意していたのですが――それは気付かれなかったようですね。全員、私のシスター服が連想できるように十字のものを身に付けて美容室に行くよう言ったのですけれど……少し難易度《なんいど》高すぎましたか？』

『っ……そうか。映像を確認していたときに感じていた引っ掛かりは、それか』

錐霞《きりか》が不満げに呻《うめ》く。ああ、手伝ってくれてありがとう、と本当は言いたかったのに。礼も言えないまま、すぐ――こんなことになってしまった。

『シルバーのクロス。髪飾り。鞄《かばん》のキーホルダー……言われれば、そんなものを身に着けていた気もする。ち、なぜ気付かなかった……？』

『そんな感じでいろいろヒントを用意したにも拘《かかわ》らず、昨日の時点ではまだ、死んでいるのが美容室の客だということすら気付いておられなかった様子。この国はプライバシーの保護が厳《きび》しいのでしょうか、なかなか顔写真が報道されていなかったようですね。ですからさらなるヒントとして、一回髪を切った家族会員《ファミリー》の死体からさらに髪を切って黒絵様のところに持っていったのです。私自身がもう一回切ってもらいたかったというのもありますが』

『それのおかげでえらい誤解《ごかい》を受けた』

黒絵の言葉に、胸が苦しくなる。すまない。すまない。

『……死んだ人達が家族会《ファミリーズ》の人間だと俺達に気付かせて。それでどうしたかったんだ、お前は。そうすることに何の意味があるんだよ⁉』

『それはさっき言った通りです。私が望んでいたのは、家族会は呪いを肯定する、呪いのために死ねる人間達の素晴らしい集まりだということに自分で気付いていただきたかった——ということ。だから彼女らにはこの《食人調理法《カニバルクッカー》》の呪いを充足させるために死んでいただきました。フィア様達に伝えるメッセージの意味を込めて箱形になっていただきました。用意したヒントで謎《なぞ》を解《と》き、そういった我々の行動の意味に気付いて、我々はそういう集団だ、ということを劇的に知ってほしかったのです。その劇的さがあってこそ、救済の前の苦難《くなん》を乗り越えてそこに辿《たど》り着いてこそ、我々の素晴《すば》らしさを真に実感していただけると思いまして』

そんなアリスの言葉を、錐霞の硬《かた》い声が切り裂いた。

『何一つ理解できないが、聞いておく。その呪《のろ》い……被害者の肉体の部位が持ち去られていたことと関係があるのか』

『ええ、この《食人調理法《カニバルクッカー》》の呪いは単純、誰かを殺して食べたくなるというものです』

『食べ……っ』

絶句《ぜっく》する春亮《はるあき》。

『これを使い始めたのはここに来てからですけど、そんなに美味《おい》しいものでもありませんでしたよ？　報道規制《ほうどうきせい》でもかかっていたのでしょうか、あまり報道されなくてそれも失敗の一因《いちいん》になりました。この国はどうにも国自体が無菌培養《むきんばいよう》されているような気配《けはい》があって困ります』

フィアは唇をきつく噛《か》む。遺体《いたい》の損壊《そんかい》の理由。それは黒絵《くろえ》が髪を食べたこととは全く関係のない、ただこの女とビブオーリオ家族会《ファミリーズ》が異常すぎたというだけのこと――

わかってしまえば簡単な答え。そんなものに踊らされていた自分が情けなくて、苛立《いらだ》たしくて、恥ずかしくて――怒りを覚えた。

『……さてフィア様、私ども家族会《ファミリーズ》の立場、今のこの状況。おわかりいただけましたでしょうか？　結論が出たのならば、同封の地図に示した場所にどうぞいらしてください。一人きりで、とは言いません。眼鏡《めがね》の貴女《あなた》にも家族になっていただきたいことに変わりはなく、当方は二人一緒――黒絵様を入れて三人同時に受け入れることになっても一向に構いませんので』

「お断りです。ええ、お断りです。私が考えているのはね？　ただ、とんでもないことをした貴女に後悔を与えてやりたい……真実、それだけなのですから」

ぞっとするような声音《こわね》でこのはが呟《つぶや》いた。眼鏡を弄《いじ》る手の動きは止まらない。

そしてメッセージは終わり、画面は暗黒になる。

フィアは一つ息を吸《す》った。このウシチチ女とはウマが合わないが、今だけはただ一点、完璧《かんぺき》に同調できる心の流れがあるような気がした。

「いつ行く」

「いつでも」

日本刀が即答《そくとう》する。もし問い掛けたのが向こうでも、やはり同じ言葉を即答したと思う。

このはが立ち上がった。その顔はどこか、いつかの夜の林で見た――ひどく酷薄《こくはく》な気配を湛《たた》えているように思えた。

ああ、わかる、気持ちはわかる。

自分だって――この怒りを抑えるのに必死なのだ。

早く行きたい。全速力で走りたい。あいつの元に。

でも、その前に一つだけ、しておくべきことがあるような気がした。

けじめだけは、つけておかなければ。

「なあ、ウシチチよ……」

そう口を開いたときだった。

玄関の辺りから大きな音が聞こえた。ただの一度きり。

一瞬だけ顔を見合わせてから、二人は足を動かす。居間を飛び出し、数歩。

それだけで、音の原因《げんいん》は判明《はんめい》する。予想外だった。いい意味でも、悪い意味でも。

玄関には、血だらけになった錐霞《きりか》が倒れていた。

†

——時刻《じこく》は数時間遡《さかのぼ》る。

アリスがビデオを撮《と》り終えると、再びコンテナの扉は閉められた。電池式のランタンは残され、淡《あわ》い光がぼんやりと狭い空間を照らし出している。

頃合《ころあ》いを見計らい、唯一《ゆいいつ》足が自由になっている春亮《はるあき》が立ち上がった。相変わらず顔以外の動きを奪われたままの黒絵《くろえ》をちらりと見下ろし、

「黒絵、髪とかは動かせないのか」

「できたらとうの昔にやっちょる」

だよな、と息を吐《は》き、春亮は扉の辺りを調べ始めた。隙間《すきま》風《かぜ》が入ってくるせいか、奥よりも

肌寒《はださむ》い。しかし当然人間が通り抜けられるような隙間などなく、中から開けられるようにもなっていない。駄目《だめ》か、ともう一度溜《た》め息をついたとき、錐霞が両足でぴょんぴょん跳ねるようにしながら近寄ってきた。彼女は足にも錠《じょう》を嵌《は》めているため、それしか移動手段がないのだ。

「夜知《やち》、扉に隙間はないか」

「いや、どう見てもないだろ……」

「ほんの一センチでいい。《黒河可憐《くろかわかれん》》が通れば、そこから外の蝶番《ちょうつがい》を動かせるかもしれん」

「あ、そうだな」

油断しているのか舐《な》めているのか、アリスは春亮達《たち》の携帯電話を取り上げただけでボディチェックをしなかった。錐霞は今までその革ベルトをアリスの前では見せておらず、幸いにして今も右腕に巻きつけられているままなのだ。黒絵が動けない今となっては唯一の武装《ぶそう》である。

二人して顔を扉に近付け、隙間がないか調べていく。だがその調査も徒労に終わった。

「駄目か……」

「ち、これ以上ないくらいの単純な密室だ。単純さには単純さで対抗したいところだが」

「どういうこと？」

「単純な破壊力《はかいりょく》でこれを壊《こわ》せば脱出できる」

そりゃそうだ、と春亮は肩を竦《すく》め、

「でも、ないものねだりしても仕方ないだろ。ここは隙間風が入って寒いし、奥に戻ろうぜ」

「そう……だな」

またぴょんぴょんと両足で跳ね、錐霞《きりか》がコンテナの奥に戻っていく。しかし運動神経のいい錐霞といえども、足枷《あしかせ》を嵌《は》めてのそんな動作に慣《な》れているわけがなく、

「うわっ」

足が滑ったかもつれたか、びたん、と途中でこけてしまう。怪我《けが》はなさそうだったが、

「お、おお……や、夜知《やち》……」

「ああ、うん。言いにくいけど、その。いんちょーさんの想像通りの状態に」

スカートが大きく捲《まく》れ上がり、その下のお尻《しり》――革の黒色をチラリと覗《のぞ》かせていた。顔を真《ま》っ赤《か》にした錐霞は慌ててスカートを直そうとするが、倒れた状態なうえに手錠《てじょう》もかけられているため上手《うま》くいかない。

「ふ、くっ、このっ……」

「いや、あの、無理しないでも、俺が直すから。ほら」

できるだけお尻を見ないようにしてスカートを直してやると、錐霞は這《は》いずるようにしてコンテナの奥に移動した。壁に背中を預《あず》け、まだ頬《ほお》を赤らめたまま、

「な、なんて奴《やつ》だ。なんて奴だ。私のスカートを、捲って、直すなんて」

「ちょっと待て、直しはしたが捲ってはないぞっ……うお、そんな睨《にら》むなよ。だ、大丈夫だって、ほんの一瞬しか見えなかったから、いやむしろまったく見えなかったから！　そう、ほら、

昨日のアレのときとかと比べたら全然——あ」

「っ……」

さらに錐霞が頬を赤くし、ばっと顔を伏せる。その反応に、春亮《はるあき》のほうも恥ずかしさを覚えて言葉を止めた。確かに、そうだ。あれはあまり思い出してはいけないことのような——

「オトナな感じの下着。昨日のアレ。赤い顔でぎこちない二人。ふむ……これらの要素が示す答えはなんじゃろうか。ふぃっちーとかこのさんが知らないことなら、うちはかなり強力な脅《きょう》迫《はく》材料を手に入れてしまったのかもしれん」

「うおっ。ああそうだ、お前もいたんだ……いや、なんでもない、なんでもないぞ」

ふーん、と寝転んだまま向けられてくるぼんやり眼《まなこ》は無視だ。

しばらく無言の時間が流れる。多少の寒さを覚え、いんちょーさんも寒がってないかな、と向かいに座っている錐霞を見ると、彼女は体育座りの膝《ひざ》を見つめたまま考え事をしているようだった。両腕で足を抱えるようにして、スカートをふくらはぎと太股《ふともも》の裏《うら》で挟んでいる。だから見てはいけないものは隠されていたが、そこから飛び出る白い足や膝小僧はいかにも寒そうだ。そこで、もっとくっついたら多少は違うんじゃないかなあ、とぼんやり思い——慌てて頭の中で否定する。それはまずい。なんかまずい。くっついて、肩を寄せ合って、身体《からだ》を押しつけ合って、なんて——いろいろ誤解《ごかい》されてしまいそうではないか。誰にかはわからないが。

そんなとき、ふと、

「お前は……落ち着いているな」

「——えっ？　そ、そうかな。普通だと思うけど」

「それが変なのだ。監禁《かんきん》されているんだぞ」

「ハルは枯《か》れちょるからな。精神年齢はもはやお寺のよぼよぼ住職レベル」

黒絵《くろえ》まで口を挟んでくる。それはもうすぐ天に召されそうですごく嫌《いや》だ。

「だって暴れてもどうにもならないわけだろ。だったら待つしかないじゃねーか……ああ、でも多分、一人だったらパニクって暴《あば》れてただろうな。冷静ないんちょーさんとか黒絵がいるから、気が楽っていうか……うん。助かってるよ、すごく」

「……そうか」

ふ、と錐霞《きりか》の口元が緩《ゆる》む。

それから彼女は少しばかり恥ずかしそうに視線を逸《そ》らし、もごもごと言った。

「それは、私も同じだ。お前がいなければ、きっと、もっと取り乱していると思う。私はお前が思っているほど冷静な女ではないのだ。だから、その——私も、お前がいて、助かっているというか……いてくれてよかったというか……」

「だが、それ以上にお前を助けるのは俺だよ。結局のところはな」

そのとき、唐突に。

声がした。

いつのまにか、コンテナの中に奇怪な男が立っていたのだ。

春亮《はるあき》は一瞬、そのスーツの男が理事長ではないかと思った。仮面をつけていたから。声に聞き覚えがある気がしたから。だが違う。明らかに違う。

それはまるでライオンの鬣《たてがみ》のように、頭部から放射状に棘《とげ》を伸ばしている鉄仮面。ただの飾りなのだろうが、だからこそ醜悪《しゅうあく》で、一種異様《いよう》な祭具のような雰囲気を醸《かも》し出している。目鼻口の位置に開いている穴は、シンプルだがどこか芸術性も感じられるような形状。その鈍い鉄色の仮面は頭全体を覆《おお》っており、辛《かろ》うじて首筋から細い髪の毛が見えていた。

「っ——!!」

「な、なんだ、あんたっ……どうやって？」

「気付かんかった。このさんほどじゃないけど、わりと気配《けはい》読むの得意なのに」

三者三様の驚《おどろ》き。錐霞だけが、そこに歯噛《はが》みを混ぜる。

「どうやってと言われれば、普通に扉を開けて入ってきたんだが。ま、気付かないのも当然。これは１７０３年に死んだとある男の恨みと怒りが始まりとなって呪われた禍具《ワース》だ。その男は名前も与えられず、つまりは存在しない人間として、ずっとこれを被《かぶ》ったまま生きていた」

こつこつと仮面を指で叩《たた》きながら、出来の悪い生徒に講釈するように、男は言葉を続ける。

「男はただ自《みずか》らが《存在しているのに存在していない》ことを――それを強《し》いるこの仮面を呪《のろ》い続け、さらに男の死後もこれは似《に》た立場の誰かに被《かぶ》せられるようになった。存在してはならない王の私生児《しせいじ》に。存在してはならない貴族《きぞく》と平民の混血児《こんけつじ》に。存在してはならない兄と妹の純血児《じゅんけつじ》に。そして呪われ――《被らされると存在が希薄《きはく》になる》禍具《ワース》へと変質したわけだ。名前は始まりの男にちなんでこう呼ばれている……《バスティーユの彼《Il est dans Bastille》》、とな」

やはりその声には聞き覚えがある気がする。けれど記憶が繋《つな》がらない。変だ。声は知っているが、喋《しゃべ》りは未知――そんな矛盾した感覚。

「被ると存在感がなくなる、仮面……？　じゃあ、それで」

「そうとも。夜知家《やちけ》にテープか何かをあの母君が放り込んだのを確認し、その後をつけてここまで来た。後はこの仮面の忌能《きのう》だ。扉を開ける程度ならば、そこにも存在感が消える効果が反《はん》映《えい》されるからな。《なんでもないこと》として人の意識からずれる――おっと、喋りすぎた。そうやって真面目《まじめ》に人の話を聞く態度は百点だ、夜知クン」

「な、なんで俺の名前を――」

「ほう？　まだ聞いていないのか。それならそれでいい。嬉しいな錐霞《きりか》よ、俺の立場を考えてくれたのだな？　さすがは俺の」

「黙《だま》れ！」

短い叫び。春亮《はるあき》は唖然《あぜん》として錐霞を見やる。どういうことだ。知り合いなのか？　錐霞の知

り合いということは、それはつまり——

「そう、俺は闇曲拍明《やみまがりぱくあき》・研究室長国の人間だ。頼りになる上野《うえの》錐霞《きりか》のパートナー。誰よりも姫様のことをよくわかっている男」

「う、うるさい——それよりも、答えろ。お前は今、母君《ぼくん》と言ったな。まさか、それは」

「おや、まだ名乗っていないのか？　遊び心で隠しているのか、それともただ忘れているのか……どちらも可能性としてはありそうだな。まあいい、教えてやろう。無論、外ですやすや寝ている女のことだ。奴の名前はアリス・ビブオーリオ・バスクリッハ——【法衣纏う莞爾《マザー・オブ・カノニカル》】【ミズ・ファナティック】【始《A》まりを名乗る女】【第一母君】。名前でわかる通り、家族会《ファミリーズ》の始祖たる会長様だとも」

「それは驚《おどろ》き——あれがボスか。ふむ、元はうちを狙《ねら》って日本に来たということは、やっぱりそれなりにうちが高く買われていたと思っていいんじゃろか。嬉しくないけど」

寝転がって男の話を聞いていた黒絵《くろえ》がぼんやりと呟《つぶや》く。

仮面の男は、彼を睨《にら》む錐霞に向けて大袈裟《おおげさ》に手を広げた。

「ああ、だから言ったのだぞ。家族会には関わるなと。奴《やつ》らは他のどの組織よりも脆弱《ぜいじゃく》で、他のどの組織よりも怠惰《たいだ》で、他のどの組織よりも無知で、そして——他のどの組織よりも狂っている。研究室長国としても、騎士領《きしりょう》よりも何よりもコトを構えたくない相手だ。組織として対立するわけにはいかない」

やれやれというように仮面を振って、

「しかもビブオーリオ本人が――その全ての狂気の発信源たる女が来ていると聞けば、何が起こってもおかしくはない。間違っても室長の妹姫様を関わらせたくはないだろう？　まあ、脅迫《きょうはく》の――おっと、忠告の甲斐《かい》なく、結局はこうなってしまったわけだが。あれを見せるなんてひどい賭《かけ》に出たな、錐霞よ」

瞬間《しゅんかん》、春亮《はるあき》は悟る。男の言葉で。錐霞の顔色が変わったことで。

そして、自分でも珍しく――一瞬で、頭が沸騰《ふっとう》した。

「お前、お前がっ……いんちょーさんを脅迫したのか！　あんなになるまで！」

「満点の解《かい》だ。見たんだろう？　ドン引きしなかったか？　気持ち悪く思わなかったか？　まさか興奮したのか？　布団《ふとん》の中で思い出したか？　そりゃ将来が危険なことだな――」

「うるさい、ふざけんな！　なんであんなことをさせた、お前のせいで、いんちょーさんは、あんな――倒れるまで、我慢してたんだぞっ！」

「夜知《やち》……」

錐霞の目が複雑《ふくざつ》に揺れる。彼女はぎゅっと、手錠《てじょう》の嵌《はま》った腕を胸の前で組み合わせた。

春亮は立ち上がり、仮面の男に殴りかからんばかりに近付く。だが――

「なぜ、だと？　決まっている。こいつの身を護《まも》るためだ」

「ぐっ……」

襟首《えりくび》を摑《つか》まれ、引き上げられる。仮面の奥から、ぎらぎらした瞳《ひとみ》が春亮《はるあき》を射抜《いぬ》いてきた。

「では聞こう。今こうして監禁《かんきん》されているのはなぜだ？　あの手に枷《かせ》が嵌《はま》っているのはなぜだ？　家族会《ファミリーズ》に関わらなければこうはならなかったという事実に間違いは？　俺がここに来るまで、もしビブオーリオが錐霞《きりか》を辱《はずかし》めようとしていたらお前はどう止《と》めた？」

それは——それは。

言い返せない。何も。

「止《や》めろ、夜知《やち》を離せ！」

「モード《カオティック忠盛《ただもり》》……ってやっぱり駄目《だめ》か」

そのままぎりぎりと首を絞《し》められること数秒。春亮は投げ出されるようにして解放された。

激しく咳《せ》き込み、意識せず涙が浮いてくる。畜生《ちくしょう》。情けなさすぎる。

「ふん、ガキが。苛々《いらいら》する」

それから仮面の男は錐霞の傍《かたわ》らにしゃがみ込み、ポケットから取り出した針金《はりがね》で足枷の鍵穴《かぎあな》を掻《か》き回し始めた。錐霞は至近距離《しきんきょり》から男を睨《にら》みつけている。しばらくして足枷が外れ、次に男は手錠《てじょう》の攻略に移る。かちかちという音がしばらく続いてから、同様に手錠が外れ——

瞬間《しゅんかん》、錐霞が男の腹をぶん殴った。

「おっ……く、は、効く、な」

「助けてくれたことには感謝している。だが夜知に手を出したことは許《ゆる》さない」

「殴っても蹴《け》ってもいないんだがな」

「うるさい。いいから次はあいつのを――」

そのとき仮面の男は、心底不思議そうに首を傾《かし》げた。

「錐霞よ、お前は何を言っているんだ？」

「な。まさかっ……」

「あいつらまで助けてやる義理はない。《バスティーユの彼《Il est dans Bastille》》で一緒に存在感を消せるのはさすがに一人が限度だしな」

台詞《せりふ》と同時、何かが弾《はじ》ける音。春亮は錐霞の首筋で爆《は》ぜた光と、いつのまにか男の手に握られていたスタンガンを見る。気絶した錐霞が男の肩に担《かつ》ぎ上げられた。

「――さて、そういうことだ。悪く思うなよ、少年と幼女」

「うちは思いまくる。助けれ。お礼としてお触りくらいなら可」

「子供は趣味じゃない」

仮面の男はただ閉めていただけの扉を静かに開け、暗闇《くらやみ》の中へと足を踏《ふ》み出していく。

それを邪魔するつもりは、春亮にはなかった。むしろ進んでほしい。錐霞だけでも、先に安全なところへ逃げられるなら逃げてほしい。文句《もんく》を言うつもりは全《まった》くない。

だから。

「いんちょーさんを、頼む」

その背中に声をかけると、仮面の男は僅《わず》かに驚《おどろ》いたように振り返り。

肩を竦《すく》めて、嘲《あざけ》りの声音《こわね》で言ってきた。

「……お人好《ひとよ》しな男だ。自分が明日生きているかどうかもわからないのにな」

†

存在感のない男が、コンテナの扉を開けて一人の少女を担ぎ出す。たとえそれを誰が見ていたとしても、その人物は何も思わない。よくて多少の違和感を覚える程度だ。その男は存在していないのであり、存在しない何かを知覚することは人間にはできない。

無論、それは音や気配も同様だ。だから彼女は目覚めない。睡眠中に近付く人の気配には敏感で、仮面の男以外の誰かが倉庫に入ればすぐ気付くに違いなかったが、目覚めない。

アリス・ビブオーリオ・バスクリッハは夢を見ていた。それは、傍《そば》の焚《た》き火が伝えてくる原始的な温もりと倉庫の寒さが故郷を想起させたのか。新しい家族を近々連れ帰れそうだという安堵《あんど》のためか。あるいは単なる記憶回路の気紛《きまぐ》れか。

答えを知るものはおらずとも、ただ、彼女は《家》の夢を見ていた。

彼女には過ごした家が三つある。一つは今現在彼女が帰るべき家。現在のおんぼろ教会。一つは物心《ものごころ》ついたときにはそこにいた、番号で管理された福祉施設。そして最後の一つ——

同じ建物でありながら今の家ではない、かつてのおんぼろ教会。福祉施設から神父に引き取られて連れていかれたばかりの、最低最悪の《家》。

その夢を、見ていた。

言い換えるなら――断片的な、悪夢を。

愛しきおんぼろ教会。福祉施設から何人かの子供を引き取った神父は、これからここが君達《たち》の家だ、と教会の前で言った。孤児院のようにするのだ、と真実と嘘《うそ》を語った。

アリス。自分の名前。連れて行かれたそのときにつけられた。「一応名前がいるな。ではお前はA……アリス。お前はB、ビアンカ。お前はC……」名付け方はアルファベット順だった。福祉施設の番号と結局同じことだと気付きもせず、愚かな子供達は喜ぶ。

仕事――掃除《そうじ》に洗濯《せんたく》に雑用、そしてなぜか、目上の者に対する礼儀作法《れいぎさほう》を覚えること。施設では何かまずいことをするとお尻《しり》をぶたれたが、ここでは違った。お尻などぶたれなかった。最も不真面目《ふまじめ》だったガラテア《Gの子供》は一日で右手の指の爪《つめ》を全《すべ》て失った。

二月《ふたつき》ほど過ぎたころから、教会に客が訪《おとず》れるようになった。たいてい身なりのいい紳士で、神父と何事か談笑しつつ、ひどく優しい目を向けて、子供達が働くのを眺《なが》めていた。偽りのない慈愛《じあい》に満ちた目をなぜ気持ち悪く思うのか、不思議だった。

食事は一日に二回、いつも干乾《ひから》びたようなパンと具の少ないスープ。しかしたまに別のものが出てくるときもあり、特にホットミルクに蜂蜜《はちみつ》を入れたものがご馳走《ちそう》だった。ある日台所で残りを見つけて一人でこっそり飲んでいたら、神父に見つかりひどく殴られた。甘いミルクが胃液と混じって出た。その後、すまないついカッとなって。そんなに飲みたいのなら仕方《しかた》ない。みんなには秘密だぞ、と優しく神父は笑ってから、台所の床に飛び散っている吐瀉物《としゃぶつ》を指差して言った。さあ、全部残さず啜《すす》りなさい。

エレナ。Eの子。髪を切ってもらったり絵を見てもらったりした友達《ともだち》。ある日彼女はいなくなった。その日窓から見えたのは、来訪者《らいほうしゃ》に手を引かれてその車に乗り込むエレナと、それを笑顔で見送る神父の姿。その後しばらくの食事はかつてなく豪勢《ごうせい》だった。エレナの代わりに新しい孤児が施設から引き取られてきて悟ったのは、ここは教会ではなく牧場だったのだということ。雌《めす》の子豚ばかりが出荷を待っている。

深夜の礼拝堂《れいはいどう》で神父を見る。正面の壁《かべ》に掛けられた、ひどく薄《うす》汚れた大きな十字架を見上げながら――泣いていた。おお神よ、私は罪《つみ》を犯《おか》しています、お赦《ゆる》しください。驚《おどろ》いた。彼にも罪の意識があったのか。人の心があったのか。この世に純粋《じゅんすい》な悪などないのか。

そこで神父は自分が見ていることに気付き、涙に濡《ぬ》れた顔で抱きついてきた。すまないすまないとしばらく繰り返して――そして唐突に、その涙が消えた。

すまないすまない。やっと気付いた。俺にはお前が一番なのだ、アリス。だからずっと売らずに手元に置いているのだ。今まで寂しい思いをさせてすまない。これからはずっと一緒だ。ああ、お前の綺麗《きれい》な髪を愛《め》でさせておくれ。俺の母親を思い出すのだ。愛しているよ。

……神父にとっての懺悔《ざんげ》とは、自分に新たな絶望を与えるという意味なのだと知った。自分を逃がさぬことを決意したらしい年老いた神父が、十字架の下で、十二歳の髪に触れる。エレナがいなくなってから伸ばしていた髪が、神父の鼻に押しつけられ、すんすんと麻薬のように吸《す》われた。

――神様、自分は何か悪いことをしましたか。

遥《はる》か高みにある十字の形をぼんやり眺《なが》めて、醜悪《しゅうあく》な吐息《といき》を髪に感じつつ、思う。

臭い。気持ち悪い。吐《は》き気がする。グロテスクだ。鳥肌が立つ。殺したい。おぞましい。

――神様、これは何の罰ですか。

死にたい。苦しい。舌が髪を舐《な》める感触。虫唾《むしず》が走る。蠢《うごめ》く蛭《ひる》の幻想。

――神様、どうして助けてくれないのですか。

――神様、呪《のろ》っても、いいですか。

†

振動を感じる。心地好《ここちよ》い1/f揺らぎ。

背中にあるのは柔らかな感触だった。椅子――いや、シート。眠気を誘われる。今まで寝ていたのだから当然か。寝ていた？　なぜ寝ていたのだろう。今まで自分は、何を……

そこまで考えたところで。

一気に、覚醒《かくせい》した。

「っ……日村《ひむら》！」

「お目覚めか。ご機嫌《きげん》はいかがかな」

運転席では仮面を脱いだ日村がハンドルを握っていた。その平然とした横顔に殺意を覚える。

「貴様《きさま》、何を――戻れ、なぜ夜知《やち》達《たち》を置いてきた⁉」

「助ける理由がないからだ」

ヘッドライトが闇《やみ》を鋭《するど》く侵蝕《しんしょく》していくのを見つめながら、日村はその口元だけを歪《ゆが》めた。

「そして言うまでもないが、お前にはある。俺のパートナーで、室長殿の妹で、貴重《きちょう》な禍具《ワース》の持ち主であり――俺の愛を受け止めるべき女。どんな窮地《きゅうち》になろうとも、俺が正義のヒーローのように駆けつけてやるのが当たり前だろう？」

「ふざけるな。お前は言ったぞ、ビブオーリオ家族会《ファミリーズ》は狂っていると。そんな女の元に夜知を残せば、何をされるか……っ！」

「言ったな。だが、関係ない。奴がビブオーリオに殺されようが嬲《なぶ》られようが犯《おか》されようが俺には関係がない。心の底からそう思う」

「だからと言って、わざわざ私だけを助けて、あいつを放置して――お前は、お前はっ……心が痛まないのか！」

怒りで酸素が足りない。息が荒くなる。

そうだ。自分だけがこんなところにいる。あいつに、いてくれて助かっていると言っておきながら。自分一人だけが、のうのうと、こんな安全圏にいる――

自己嫌悪《じこけんお》に眩暈《めまい》と吐《は》き気を覚えた。こんなことになると予想できていれば、むざむざ助けられはしなかった。《黒河可憐《くろかわかれん》》を使ってでもあの場所に残っていた。それができなかったのは――一瞬でも。これで助かる、と安堵《あんど》してしまった心の弱さのせいだ。油断を呪う。

「やれやれ、道徳の授業を受けているような気分だな。正直に答えよう、これっぽっちも痛まない。むしろこれが当然だと思う」

「なに……」

「ビブオーリオ家族会《ファミリーズ》。夜知家《やちけ》。箱形の恐禍《フィア・イン・キューブ》。それらが関わって起こる事象自体には興味がある——その観察が俺の仕事だ。さて、その実験牧場に一人、上野《うえの》錐霞《きりか》というVIPが紛《まぎ》れ込んだ。どうする？　VIPの安全を確保するのは当然だ。だがそのとき、既に配置されている実験牧場にまで何か手を伸ばすか？　まさか。良識《りょうしき》ある研究者なら、折角《せっかく》の機会を台無しにはしない。できるだけ牧場自体には関与しないように、実験に紛れ込んだ異物だけを——」

実験。観察。何を考えている。それは、あいつの命が関わっていることなのに！

胸が疼《うず》いた。そこに昔から刺さっていた棘《とげ》が、かつてなく疼いた。

「……全《すべ》ては、研究のため、か」

「その通り。俺達は与えられた研究命題《シーム》だけをこなしていればいいんだよ」

どくん。棘が震《ふる》える。今まで見ないようにしていた棘。ただ自分に都合が悪いから、見て見ぬふりをしていた棘。

「それはっ……それは、ただの道具だ。あの男の」

「当然だ。元から俺達は闇曲《やみまがり》室長の道具のようなものだろう？　別の言い方で言えば、部品であり歯車だ。俺達は、禍具《ワース》についての答えを返してくれる未完成の万能機械——それを形成する一部分でしかない。そんなものは昔から——」

ああ、昔から、わかっていた。

だから思っていたのだ。自分は道具だと。歯車だと。

大事なことに目を塞《ふさ》いで、随分昔に気付いていた棘《とげ》を見て見ぬふりして、それでも歯車として動いていた。歯車の役割は好きではなかったけれど、あえてその動作を止めようとはしなかった。楽だったから。

だが。

「……う、い……」

「ん？」

もはや棘の疼きは隠せない。隠したくない。

心底、嫌になった。そこを誤魔化《ごまか》しているのが。

「もういい……もう、うんざりだ！」

だから叫んで、ダッシュボードに拳《こぶし》を叩《たた》きつける。日村《ひむら》が驚《おどろ》いたように視線を向けてきた。

「おい。何が、うんざりだと？」

錐霞は血が流れ始めた拳を握りつつ、全身全霊《ぜんしんぜんれい》の敵意を込めて日村を睨《にら》んだ。

「全部だ！　この状況にも、お前にも、闇曲拍明にも、研究室長国にも！　全部にうんざりだ！　研究だと、研究室長国だと、はっ！　勝手にやっていればいい、もう私には何の関係もない！」

「錐霞、お前、自分が何を言っているのかわかっているのか!?　冷静になれ、お前がここにいられるのは誰のおかげだ。室長殿だろう。生活費は、学費は、家賃は？　誰がお前を庇護《ひご》している？　そしてなぜ？　それはお前が研究室長国の一員だからだ、室長殿の妹である前に研究員だからで、その肩書きを失えばお前は本当に孤立無援に」

「知ったことか、ああ、知ったことか！　そんな都合で――」

息を吸《す》う。研究室長国の悪辣《あくらつ》さを認めることは、糾弾《きゅうだん》することは、とても快感だった。

そして、誰かの前で初めて、自分の感情を認めてしまうことも。

「そんな都合で、好きな男一人救えないなら！　私は本当に、何のために在るのかもわからない道具のようなものだ！　そんなのは、どうしようもなく――馬鹿《ばか》げている！」

驚愕《きょうがく》の表情で日村《ひむら》が目を見開いている。錐霞《きりか》はその腕に飛びついた。強引にハンドルを掴《つか》み、全体重をかけて回転させる。タイヤが激しい鳴き声を響《ひび》かせながら滑った。

フロントガラスの中央に電柱が映るまでは、僅《わず》か半秒。

時速60kmで移動する鉄塊を止めるために、ブレーキは必要なかった。

ただ衝撃さえあれば済む。

「う……」

煙を上げて大破《たいは》した車から抜け出す。ドアが開かなかったので素手《すで》で窓を割った。

それなりに計算はしていた。周囲に人気《ひとけ》はなく、事故の被害は電柱が倒れただけ。すぐに立ち去れば誰にも見咎《みとが》められることはないだろう。

車の様子を確認する。奇跡的にも油はそれほど漏《も》れていない。引火する危険はなさそうだ。そしてひしゃげた前方座席では、日村がエアバッグに包まれてぐったりと気絶していた。多少血は流れているものの、大きな外傷は見えない……身体《からだ》の中身が多少はどうにかなっているのかもしれなかったが、同情してやる気は微塵《みじん》も起きなかった。

正直、それ以上にどうにかなっているのは自分だった。生温かい血が気持ち悪い。フロントガラスにぶつけた頭が割れている。身体の各部が折れている。なぜかバランスが危《あや》うい。気付いていないだけで、片腕でも捥《も》げ落ちているのかもしれなかった。

だが、歩かなければ。まずは、彼女達《たち》のところに。

痛む足を引き摺《ず》って、進み始める。

傷口の肉が蠢《うごめ》く感覚は、相変わらず忌《い》まわしい。だがその忌まわしさも捨てたものではないなと思った。なぜなら——それのおかげで、自分は《命を賭《か》けて誰かを救う》ということを躊躇《ためら》いなく行えるのだろうから。たとえ失敗したとしても、何度でも。

†

「……事情はこんなところだ。すまない。私だけ……」

「いや、責める気はない。つまりお前は研究室長国とやらを抜けたということか」

「そうなる、な……っ」

横たわっていた居間の座布団《ざぶとん》から、錐霞《きりか》がゆっくりと身を起こす。

「もう大丈夫なんですか？」

「ああ——ほとんど治ったようだ。いつでも行ける」

動作を確かめるように掌《てのひら》を握ったり開いたりしながら、錐霞。いつでも行けるというのはフィアも同じだ。けれど、しようと思っていたことが錐霞の到着で中断されていた。まずはそれを済ませておかねばなるまい。

「じゃあ、早速——」

「待てウシチチ。貴様《きさま》に一つ頼みがある」

眼鏡《めがね》の奥の瞳《ひとみ》が煩《わずら》わしそうにこちらを向いた。ああ、早く動きたいのはわかっている。だがこれを有耶無耶《うやむや》にしていては自分の気が収まらない。

「お前、私を殴れ」

「……は？」

「私は過《あやま》ちを犯《おか》した。クロエを疑《うたが》った。結局はそれが原因になって——今、こうなっているのだ。そのケジメをつけたい」

その眼鏡を貫くように睨《にら》んだフィアが言うと、このはもすっと眼光を鋭くした。

「本気ですか」

「本気だ。だからお前も本気で殴れ。文句《もんく》は言わん」

フィアは、このはがゆっくりと瞬《まばた》きしたのを見る。

「ではお望み通りに。歯を食いしばりなさい」

「っ――」

口に力を入れ、胸を張る。目を逸《そ》らす気はなかった。だがこのはの手が振り上げられ、そして勢いよく振り下ろされると、反射的に目を細めてしまい――

にょーん。

「ふにににに⁉　に、にゃにをひゅるっ⁉　にょろうぞ！」

それは拳《こぶし》でも平手でもなかった。指だ。頬《ほお》が思い切りつねられている。

「ふぅ……残念ですが、わたしにできるおしおきはこれくらいだと思います。これ以上のことは黒絵《くろえ》さん本人がやるべきでしょう。それを奪うわけにはいきません」

「ふ、にゅ、にょっ、みゅっ」

タテタテヨコヨコ、と力任せに頬が引っ張られる。それなりに痛い。そろそろ文句を言おうとしたとき、ようやく指が離れ――呆《あき》れ顔だったこのはが表情を引き締《し》めた。

「わかっていますね。今までのことはどうでもいいんです。問題は、これからのこと」

「……わかっておる。何をすべきかは、何をもっとも優先させるべきかは。使えるものは全《すべ》て使い、あらゆるものを代償に――私は、取り戻すべきものを取り戻す」

「同感だ。ただし一つだけ言わせてくれ。命を代償《だいしょう》にしていいのはそれが無限にある私だけだ。あいつは君達《たち》がいないこの家に帰ることを望まないだろう……だから、君達は命を捨てるな。奴《やつ》に自《みずか》らついていこうとするのも同じことだ」

錐霞《きりか》もそっと歩み寄ってきた。このはその言葉に唇を曲げる。

「わたしだって死にたくはありませんよ。この体育祭前の忙しい時期に、楽しくもない海外旅行をするつもりも」

「無論だ。あの女、アリス——ビブオーリオか。あんな女に負ける気など毛頭ない。そもそも負けることがウシチチのチチが有用である可能性ほどにありえない。決意を言ったまでだ」

「小さい胸が何の役に立つのかが疑問である以外はわりと同感ですね。さて、そろそろどうですか。何か準備が必要なら今のうちにどうぞ」

ふんと鼻を鳴らしつつも、フィアは無用だとばかりに頷《うなず》く。が、錐霞は微《かす》かに眉《まゆ》を寄せていた。顎《あご》に手を当て、何事かを考えている。

「……上野《うえの》さん？　何か気になることでも？」

「いや、気になることというか……そうだな、準備か。やれることは全《すべ》てやっておくべきかな、と思っている。五分だけ時間をくれ」

「それはいいが……何の準備なのだ？」

携帯を片手に居間を出て行く錐霞。その背中にフィアが声をかけると、錐霞は中途《ちゅうと》半端《はんぱ》に首を横に向けた状態で足を止めた。フィアの目に映るのは、曖昧《あいまい》に天井《てんじょう》を見上げるその横顔。

「……夜知《やち》に《力》があるとすれば、それは何だと思う？」

「力と言っても……奴はただの人間だし。呪《のろ》われないことと、ハレンチっぷりか？」

「他には、優しさとかお人好《ひとよ》し力とか。あと料理力？」

「ふふ、どれも外れではない。だが私は一番にこう思う――」

錐霞《きりか》は小さく笑いながら、何かを噛《か》み締《し》めるように言った。

「《夜知春亮《はるあき》の仲間》がいることだよ。私のような、君達のような」

†

早朝の空気はひどく清澄《せいちょう》だった。海風《うみかぜ》の冷たさと潮《しお》の匂《にお》いがその潔白《けっぱく》さを引き立てており、まるでそれを保管することこそが役目だとでも言いたげに、この広大な倉庫区画は無垢《むく》な空気を静謐《せいひつ》に保持し続けていた。

錐霞の案内に従い、錆《さ》びたコンテナ山の間を通り抜けて区画の奥――最《もっと》も海に近い場所へ向かう。目的の倉庫に辿《たど》り着くと、その中を窺《うかが》うまでもなく、

「あらあら、おはようございます。題すれば《朝日色の邂逅《かいこう》》と……そろそろ来る頃《ころ》ではないかと思っておりましたよ。早めに準備をしておいた甲斐《かい》がありました」

倉庫の前で、シスター服の女が焚《た》き火をしていた。のんびりとマグカップを傾《かたむ》けており、傍《そば》には例のハンマー包丁が置かれていた。

「フィア、このは！　いんちょーさんも！」

「春亮《はるあき》！　無事か⁉」

春亮は手錠《てじょう》を嵌《は》められ、その手錠を倉庫入り口の取っ手に鎖《くさり》で縛《しば》り付けられていた。見たところ外傷はない。春亮の殺害が目的ではないと知ってはいたが、フィアは僅《わず》かな安堵《あんど》を覚えた。

「うちもおるんじゃけど」

「黒絵《くろえ》さんも無事のようですね……上野《うえの》さんが言った通り、動けないみたいですが」

その春亮の前には黒絵が寝かされている。こちらも怪我《けが》などはなさそうだ。

「あらあら。よく見ればお逃げになった貴女《あなた》まで……貴女は人間ですよね？　人質は一人でも充分と思いますし、改めて来てもらってもおもてなしはできないのですが、何の御用？」

「逆だ。私がお前をもてなそうとしている。素直に二人を解放すれば軽いもてなしで済むぞ」

錐霞《きりか》が冷たい瞳《ひとみ》で告げ、するすると《黒河可憐《くろかわかれん》》を袖《そで》から伸ばし始める。もはや隠していられる場合ではないということなのだろう。

「あら、禍具《ワース》……なるほど、そうですか」

「キリカの言う通りだ。アリス——いや、ビブオーリオとやらよ。三対一、お前に勝ち目はない。ここで降伏《こうふく》して春亮達を返せば、命までは取らん」

ビブオーリオは手にしていたカップを足下に置き、こくんと首を傾《かし》げた。

「あら？　私、その名前を名乗りましたっけ？　いえ、別に知られてもどうということはないのですが……こんなのんびりした人間が家族会《ファミリーズ》の長だなんて少しイメージダウンかな、とか思っていまして」

そのときだった。

誰にも予想できない唐突さで、このはが春亮《はるあき》の元へ走り出す。そう、何はともあれ人質《ひとじち》を解《かい》放《ほう》してしまえばこちらのもの――

「おっと、いけません」

「っ！」

銃声。春亮の足下に小さな穴が開いたのを見やり、このはが慌てて足を止める。それを為《な》したビブオーリオは、手にした拳銃《けんじゅう》を申し訳なさそうに揺らしつつ、

「それをされると困ってしまいます。景品をいきなり奪いに来るなんて、反則《はんそく》ですよ？　今はわざと外しましたが、下手《へた》な動きをすると次は当ててしまいますのでご注意を」

このはが歯噛《はが》みする。さすがの彼女も銃弾《じゅうだん》より早くは動けない。

フィアは一歩を踏《ふ》み出し、その犬歯《けんし》を剝《む》き出しにした。

「――一つ言っておく。当てればお前の死は決定される。地の果てまでも追って私が殺す。私のありとあらゆる知識と機能を総動員して拷問《ごうもん》し、およそこの地上で人間が考えうるありとあ

らゆる恥辱《ちじょく》を与え、そして骨の一本も残さぬ形で処刑する。よく考えろ」

「まあ怖い。うふふ、当てませんよ？　フィア様が私のところに来てくだされば」

くすくすとビブオーリオが笑う。言葉とは裏腹《うらはら》の態度。そう、怖がるはずはない。こいつらはそういう奴《やつ》らだ。呪《のろ》いの道具のためなら死ぬことも厭《いと》わない、そんな狂信者達。

「景品と言ったな。ならお前も勝負で決めようという腹があるのではないか。単純だ——私が勝てば春亮《はるあき》を返し、お前が勝てば私を連れていけばいい」

「そうですねえ。このままだと平行線な気もいたしますし……最近、運動不足ですしね。遊ぶのもいいでしょう。でもさすがに皆一緒は大変なので、一対一でお願いしますね？　選手交代するのは別に構いませんが」

そして勿論《もちろん》、と拳銃《けんじゅう》を揺らす。

「その間に景品を横取りしようとしてはいけません。戦っている間でも一呼吸《ひとこきゅう》あれば鉛弾《なまりだま》さんを送り出すことはできます……こう見えても結構射撃《しゃげき》は上手《うま》いのですよ」

「——いいだろう。キリカ、ウシチチ、とりあえず私がやる。下がっていろ」

「心情的には納得できないんですがね……」

眉《まゆ》を寄せて睨《にら》んでくるこのはに、フィアは静かに言い返した。

「あのハンマーのようなただの破壊力には、お前の手刀程度では太刀打《たちう》ちできまい。そしてお前が本性で身を預《あず》けられる男は囚《とら》われの身だ。キリカのベルトも真正面から戦うには向いていない。私しかおらんだろう」

「……仕方《しかた》なさそうだ、このはくん」

錐霞《きりか》の声を聞きながら、フィアはポケットからルービックキューブを摑《つか》み取って歩き出す。

「フィアっ……」

「春亮、もう少し我慢していろ……ていうかお前はあほーだな。どうしてそんな囚われのお姫様のようなことになっておるのだか」

「う、うるさいな！　俺だってなりたくてなってるわけじゃねえ！」

緊張を解《ほぐ》すために、いつもの調子で声をかけてみる。彼もいつもの調子で返してきた。だから、大丈夫だ、と思える。不安は何もない。すぐにいつも通りだ。

「……気をつけろよ」

「誰に言っておる？　あんなハンマーだかヤリだかわからんヘンな武器に、この私が負けるはずはない」

視線の先には、十字型のハンマー包丁を無造作《むぞうさ》に持って佇《たたず》むビブオーリオがいる。どこから取り出されたホルスターがいつのまにかその腰に装着《そうちゃく》され、そこに拳銃が収められていた。

「ヘンな武器、ですか……この《食人調理法《カニバルクッカー》》、わりと形は気に入っているのですけど。今回初めて持ってきたものなのでどうかと思っていましたが、それなりに扱いやすくて高評価です」

「食人調理法《カニバルクッカー》……忌まわしい響《ひび》きの名前だ。呪《のろ》いもあのメッセージにあった通りなのだろう。さらに呪われて意志《い》が生まれる前になんとかしてやるのが、そいつのためかもしれん」

「忌まわしいどころか、一部の人達《たち》には垂涎《すいぜん》の一品ですよ？　これが最初に見つかったのは、1900年代前半のアメリカ——一人の猟奇殺人鬼さんの家です。警察には隠匿《いんとく》されていたようなのですが、どうやらこれは彼が人間を調理するためだけに作った道具らしくてですね」

「ふん。人肉をハンマーで叩《たた》き潰《つぶ》し、先端の包丁で切り分ける、ということか」

「そうですね。さらにどういうわけか、これはその後も人の手を渡り歩きました。たとえばウイスコンシン州生まれのニートさんに、たとえばミルウォーキーのお酒好きさんに——そして当然、どんどんと呪われていったのです」

笑顔で語りながら、ビブオーリオが一歩を踏《ふ》み出す。その呪われた食人調理法《カニバルクッカー》をゆっくりと持ち上げながら。

「ですから、とても超越した力がこれには与えられました。素敵です、本当に素敵です。フィア様、わかっていただけませんかね。私は望んでいるのですよ——これがさらにさらに呪われ、さらにさらに超越し、そして私達が愛する人以上の存在になることを！」

「呪いを望むものなど——おるものか！　十四番機構・搔式獣掌態《猫の足》《“cat's paw”》！」

ビブオーリオが食人調理法《カニバルクッカー》を振り被《かぶ》って間合いを詰めてきた。フィアもルービックキューブを握《し》り締め、それを巨大な熊手《くまで》状拷問具《ごうもんぐ》に変形させる。

食人調理法《カニバルクッカー》の先端部、肉厚の人切り包丁が薙刀《なぎなた》のように繰り出された。《猫の足》《"cat's paw"》の鉤爪《かぎづめ》でなんなく受け止める。が、

「――包丁《カニバルクリーヴァ》での調理・〝乱切りにしましょう〟《再現《雑で豪放な食材の断ち方》》！」

ビブオーリオが詠《うた》うように告げた瞬間、異常が起こった。

ほんの一瞬《いっしゅん》――食人調理法《カニバルクッカー》の刃がブレたように見えたのだ。奇妙な残像現象《ざんぞうげんしょう》。

そしてその残像はなぜか実体を持っていた。

「ぬっ……!?」

《猫の足》《"cat's paw"》が弾《はじ》かれる。フィアは目を見開いた。おかしい。

今の一撃は、確かに一撃ではなかった。拷問具《ごうもんぐ》で感じた手応《てごた》えは、四、五回ほども同時に斬《き》りつけられたようなもの。間合いを取ってちらりとその鉤爪を見下ろすと、乱雑《らんざつ》に刃が走ったような跡が実際に数箇所見て取れた。

「どうなっておる……？」

「この人体調理器具はかつて為した行為を記憶しているのです。故に、好きなときにその一連の行為を再生することができます。乱切りと言えば、人の身体《からだ》を乱切りにしたときの動作を忠実に、しかも一度に再演できるのです――料理には手間を省《はぶ》くことも大事ですからね。まあ、パソコンでいうマクロのようなものです」

「ぱそこんなぞ――知らんわっ！　二十番機構・斬式大刀態《凌遅の鉈》《"A hatchet of lingchi"》、禍動《curse / calling》！」

フィアはピッチャーの投球モーションのように全身を捻《ひね》り、長大な鉈《なた》を大上段からビブォーリオに叩《たた》きつける。肉厚の刃と刃、似《に》たようなモノ同士が甲高《かんだか》い音を立てて交錯《こうさく》し、

「〝千切りにしましょう《再現《繊細すぎる長形の作り方》》〟」

瞬間、先刻以上の残像が発生する。食人調理法《カニバルクツカー》の刃がその左右にも無数に並んでいるかのような、直線的な斬撃《ざんげき》の手応え。相手にガードさせたはずが、なぜかこちらの鉈こそが逆にその衝撃でずれていく。致命的な隙《すき》ができる前に引き戻し、今度は横薙《よこな》ぎに鉈を吶喊《とつかん》。

「でぇぇぇぇいいっ!」

「〝微塵切りにしましょう《再現《偏執狂的な砕片の刻み方》》〟!」

今度は縦横無尽《じゅうおうむじん》に、ここには存在しないはずの刃が煌《きらめ》いた。残像、あるいは瞬間的な多重存在。それは刃の出所や接触地点など、無意識に視覚情報から予想していたものとは全く違う手応えを生む。瞬間的に、どこに力を込めればいいのか、どう受け流せばいいのかがわからなくなり——その迷いで、あっさりと鉈が弾き飛ばされた。

「フィアっ!」

焦《あせ》った春亮《はるあき》の声。フィアは立方鎖《りっぽうさ》を手繰《たぐ》って似姿を手元に引き戻す。まずい。まずい。ビブオーリオは既に身を捻り、もう一つの調理法を繰り出す準備に入っている——

「こちらも同様。より単純です。何回もの振り下ろしが一回に纏《まと》められただけ《“Breaking by wheel at Francs”》」

「くっ……八番機構・砕式円環態《フランク王国の車輪刑》!」

辛《から》うじてフィアは鉈を拷問《ごうもん》車輪へと変え、盾《たて》のように自分の身体《からだ》の前へ送り込む。刹那《せつな》、

「――鎚での《カニバルハンマー》調理・〝何度も叩き潰しましょう《再現《ミンチ用のお肉の処理法》》〟！」

それはビブオーリオの説明通りだった。ダンスのように回転しながら、その遠心力で繰り出される食人調理法《カニバルクッカー》のハンマー。何十人もの犠牲者《食材》に向けて繰り出された行為が、その一振りに纏《まと》められて再現される。

それは純然《じゅんぜん》たる破壊力《はかいりょく》の再演。その一撃が何十回も繰り返されたかのような。何十人ものビブオーリオがその攻撃を同時に繰り出したかのような。

拷問車輪を盾《たて》にして直撃は避けたが、それでも凄《すさ》まじい衝撃がフィアの身体を襲《おそ》う。

フィアは思い出していた。これなら確かに廃屋《はいおく》の一軒《いっけん》くらいは容易《たやす》く倒壊させられるだろうな、とかそんなどうでもいいことを――受身も取れないほどの勢いで、軽く数十メートルは吹き飛ばされながら。

「フィアっ……！」

春亮の背筋《せすじ》が凍る。駆け出したくて、拘束されている手首をがしゃがしゃ動かす。だが当然ながら肉と金属が擦《こす》れて痛いだけだ。吹き飛んだ銀髪の少女を歯噛《はが》みして見つめると、ややあって倒れていたその身体が動き始めた。どうやら大事はないらしい、と僅《わず》かにほっとする。

その間に、ビブオーリオの戦う相手はこのはに変わっていた。だが先刻のフィアとの戦闘で

わかった通り、あの食人調理法《カニバルクッカー》とやらは強力だ。手刀や足に刀の切れ味を乗せることができるこのはでも、回避を中心にして慎重に立ち回るしかないようだった。簡単に言えば、どうしようもなく攻めあぐねている。

このはが本性に戻れれば――それを使ってやれれば――そう思うが、

「畜生《ちくしょう》……っ！　なんで捕まってんだよ、俺……！」

無力すぎる。何度も思ったことだ。ただの人間だから、何もできない、何も手伝ってやれない。それがさらに自由を奪われ、人質になっている。足手まといにも程がある。

「うちも捕まっちょる。自分を責めるな」

「黒絵《くろえ》……」

傍《そば》で寝かされている黒絵が、ちらりと目だけを動かして言ってきた。

「しかし時間が経てば少しは動けるかと思ったが、全《まった》く変わらん。一人だけエンドレス昼寝状態で心苦しい……まったく、どういう理屈じゃろ。呪《のろ》われ道具のせいなのはわかるけども」

「アリス――ビブオーリオが何か持ってたの、ちらりと見たぞ。あれをどうにかすればお前も動けるようになる……と思うけど」

「その《どうにかする》ために動きたい状況が今。因果的《いんがてき》にどうにもならん」

無表情に嘆息《たんそく》する黒絵。そこで春亮《はるあき》は気付いた。

「ハル、どした？」

「ああ、そうだ……俺とお前は、違うんだ。状況が」

ただの人間には何もできない。そうかもしれない。だが、今何もできないわけじゃない。

なぜなら。動きを止められた黒絵は、言う通り、因果的にどうにもならない。わけのわからない呪《のろ》われた道具の力で、解決策もわからず動きを封じられている。

では自分は？

ただの手錠《てじょう》で、ただの拘束具で、ただ手首を繋《つな》がれているだけの自分は？

「――おう、わかった、やっとわかったぞ。もっと早く気付いとけばよかった」

「ハル？」

「黒絵、ビブオーリオにバレると困るから静かにしてろな。あと、全部終わって動けるようになったらちょっと頼む」

「……まさか。ちょい待ち」

待てない。いつフィアやこのはや錐霞《きりか》が窮地《きゅうち》に陥《おちい》るかわからないのだ。もしも敗北してしまえば、フィア達《たち》はこの狂った女の手に落ちてしまう。そして二度とここに戻ってくることはないだろう。そう、二度と。彼女達が居場所と決めた家へ、戻ることは。

それは絶対に認められない。だから、やるのだ。一刻も早く、彼女達の足枷《あしかせ》となっていることの無力な人質は、脱出しなければならないのだ。

なんとしてでも。

手首の直径は何センチか考えた。拳《こぶし》の直径は何センチか考えた。

うん、まあなんとかなるだろう。

引っ張る。ただ、手錠《てじょう》の嵌《はま》った手を、引っ、引っ張る引っ、張る引っ、張る！

「……っ……あ——っ！」

「ハル！」

「静かにって、言ったぞ……っ……」

手錠の輪を通らない肉が、捲《めく》れ、削《けず》れていく。風船が割れたかのように、ぬめる液体が一気に噴出《ふんしゅつ》。たった数十グラムの肉だ、死にはしない、と自己暗示《じこあんじ》を繰り返す。それでも、加圧《かあつ》される骨の軋《きし》みはここに在った。暴《あば》かれる神経の脆弱《ぜいじゃく》さはここに在った。全身を伝播《でんぱ》し、心臓を足蹴《あしげ》にし、背筋を躍《おど》り、最後には脳髄《のうずい》に特攻するただ一つの単純信号。自分自身がそれになってしまったかのような被征服感。ああ、そうだ、身体《からだ》は苦痛でできている。

奥歯《おくば》を噛《か》み締《し》めて、喉《のど》が開くのを堪《こら》える。脂汗《あぶらあせ》が多量に垂《た》れてきた。

絶対に悲鳴などあげない。気付かれてはならないし。それに。

親しい人間の悲鳴を聞けば、フィアは動揺する。そんな危険も、侵《おか》したくはない。

ああ、自分にできることはこれしかない。彼女達を助けるためにできることは。

無力な自分でもできるのだ。ただ我慢することはできるのだ。簡単。

そして。

「――っ、が！」

　指まで通れば後は簡単だった。右手が抜ける。手錠の中心に鎖《くさり》がかけられているだけなので、左手に手錠を引っ掛けたままではあるが、これで一応の自由は手に入れた。

「ハル……」

「ふ、ふふ、やったぞ。そんなわけで全部終わったら髪のアレをよろしく。おっと、ハンカチ。こんなの見せたらこのはが卒倒しちまうからな、と……よし」

　目立たないように作業を終える。幸い、ビブオーリオは再びバトルに復帰したフィアと笑顔で刃を打ち合わせていた。動くなら今のうちか。

「……せいっ！」

「おお、お姫様だっこ」

　一気に黒絵《くろえ》を抱え上げ、戦闘に巻き込まれないルートを狙《ねら》って走る。すぐにビブオーリオが気付き、腰のホルスターに手を伸ばそうとしたが、

「――《黒河可憐《くろかわかれん》》！」

　錐霞《きりか》の操《あやつ》るベルトが素早くビブオーリオに向かって伸び、その行動を牽制《けんせい》した。フィアの後ろにいたこのはも全速力で走り込んできて、もし銃弾《じゅうだん》を撃《う》たれても身体《からだ》で受け止められるような位置に滑り込んだ。これで完璧だ。

「春亮《はるあき》くんっ！　どうして……その手!?」

「ちょっと頑張ってみた。血はあんま見えてないだろ――つーかこれで形勢逆転《けいせいぎゃくてん》だ。卑怯《ひきょう》な気もするが、全員であいつをボコにできる」

「まだ卑怯さを考えているところがお前らしいよ。だがその通りだ」

錐霞《きりか》がそう肩を竦《すく》めながら言い、

「私は、一人でも、なんとかなるのだがっ……まあ、手伝うというのならその心意気を酌《く》んでやらんでもない、仕方《しかた》ないからな！　は、早く来いっ！」

少し離れたところでビブオーリオと打ち合っていたフィアが、面倒臭くもそんな台詞《せりふ》で助力を請《こ》う。するとビブオーリオはくすりと笑って、フィアから大きく飛び離れた。

「あらあら、景品が奪われてしまいました……困りましたね」

「ふん、後はクロエだ。何をしたのかは知らんが、今すぐ動けるようにしろ。そうすれば、これから多少は手加減して仕置きをしてやる。もうお前に勝ち目はないぞ、諦《あきら》めろ」

「勝ち目はない？　あらあら、どうしてでしょう」

ビブオーリオの微笑は消えない。狂った女の微笑は消えない。

そのあまりの余裕に、春亮達《はるあきたち》は彼女がまだ奥の手を隠し持っていることを知る。

「次は集団戦ということですよね。ええ、それでも結構です」

「……ハッタリだ。家族会《ファミリーズ》の仲間はそう多くないだろう。近場にいた仲間も、あの狂った所業《しょぎょう》で死んでおるはず」

「ふふ。それは確かですが、それを可能にするものをわざわざ輸送してもらっていたのですよ……大事なものなので、いつもは家に置いているのですけれどね。それがこれです。黒絵《くろえ》様の動きを止めたときに見られてしまったかもしれませんが」

そしてビブオーリオが懐《ふところ》から取り出したのは、古めかしい作りをした鏡だった。彼女はそれを胸の前で抱え、嬉しそうに説明を始める。私の子供はこんなに凄《すご》いのですよ、というように。

「この《麗しの自害鏡《SBR》》も実に超越的禍具《ワース》です。忌能《きのう》は主に三つ。一つは基本能力、所有者を美しくする。世の女性なら誰もが欲しがるような力ですが、私は元が元なのであまり美しくはなれていませんよね、ごめんなさい。二つ目は《鏡裡が意味する白黒世界《ウエルカム・トゥ・アザーサイド》》——黒絵様に使っている通り、誰かの動きを止めます。鏡の世界に閉じ込めるというニュアンスでしょうか。そして一番凄いのは、やはり三つ目。これは実演しましょう」

そこでビブオーリオは、片手で抱えたその鏡を覗《のぞ》き込み——囁《ささや》いた。

「《鏡像が意味する二重顕在《ハロー・トゥ・アナザーワン》》」

次の瞬間《しゅんかん》。

ビブオーリオの隣に、もう一人のビブオーリオの姿が現れる。

「うふふ。そう――鏡に映ったものの複製《ふくせい》を作る、ということです」

「姿が左右対称になってしまうこと以外は全てが同じです。ものを喋《しゃべ》って考えて。時間制限があって、十分を過ぎれば消えてしまいますが、装備《そうび》とかも大丈夫なのですよ。だからほら、この食人調理法《カニバルクッカー》も。さすがにこの麗しの自害鏡《SBR》自体は複製できませんけれどね」

そんなことを、二人のビブオーリオが――《右目に片眼鏡を嵌めた彼女》と、《左目に片眼鏡を嵌めた彼女》が言った。

「なっ――!!」

春亮《はるあき》は絶句していた。今までのことを思い出しながら。

片眼鏡《モノクル》の位置――廃屋《はいおく》で気付いた違和感。最初に見失ったあのとき、既に入れ替わっていたのか。その前、男達に渡していた札束《さつたば》も複製だったのかもしれない。十分の時間制限と、掻《か》き消えた彼女。離れの窓に現れ、そして逃げていった左片眼鏡《モノクル》の女。いつのまにか中にいて黒絵の動きを奪った右片眼鏡《モノクル》の女。

頭の奥に引っ掛かっていた、幾《いく》つかの不自然な謎――それが答えで満たされていく。ひたすらに遅すぎる、答え合わせの時間。

そして彼女は腕の時計をじゃらりと肘《ひじ》のほうに滑らせ、別の手で食人調理法《カニバルクッカー》を持ち上げつつ、

「ドッペルゲンガー、というものでしょうか。お互い自意識はありますが、結局のところ複製も私なので、複製であることを自覚しつつ自分のために——んっ」

ひどく何気《なにげ》なく、その刃で自分の腕をぎこぎこと切り始めた。春亮《はるあき》は見る。時計で隠されていた腕に、おそらくそれと同じ行為でついたであろう無数の傷跡《きずあと》が走っているのを。

「お、お前、なにを……」

「あら？　まあまあ、お気になさらず。麗しの自害鏡《SBR》の名の通り、これの呪《のろ》いはたまにこうしたくなってしまうことなのです。元々、美しくなれないことを呪った女の子が鏡を見ながら手首を切ったのが始まりですから。しかし私はもう慣《な》れていますし、当然、呪いの欲求には全て応えてあげるのが家族会《ファミリーズ》の務め。この子におっぱいをあげているようなものですよ」

「その通りですね、私。止血してあげましょう」

「あらあらありがとうです、私」

左片眼鏡《モノクル》のビブオーリオが包帯を取り出し、右片眼鏡《モノクル》のビブオーリオの腕に手早く巻く。そこに滲《にじ》み出す赤に、このはが吐き気を堪《こら》えるように息を呑《の》んだ。

「気持ち悪い奴だ。だが一人が二人になったところでこちらは四人。数の優位は変わら——」

「そうでしょうか？　失礼ですが、早急な結論と言わざるを得ないですね。だって」

フィアの言葉を遮り、右片眼鏡《モノクル》のビブオーリオが麗しの自害鏡《SBR》を掲げて笑った。

「作れるのが一度に一人きりだとは誰も言っていませんよ？」

《鏡像が意味する二重顕在《ハロー・トゥ・アナザーワン》》。

そのビブオーリオの囁《ささや》きに応じて、現れる。

三人目のビブオーリオが。

「こんにちは、私。十分だけですが、よろしく」「こちらこそよろしく」

ふかぶかー、とお互いに頭を下げて、さらに囁き。四人。五人。六人。さらにさらにさらに——

「嘘《うそ》……だろ？」

「これは、非常識すぎる。馬鹿《ばか》げている……！」

今や春亮達《たち》の眼前には、もはや数えるのも馬鹿らしい——

二十人以上のビブオーリオが同じ微笑《ほほえ》みを浮かべるようになっていた。右片眼鏡《モノクル》で鏡を持った彼女が一人、それ以外は左片眼鏡《モノクル》の彼女達。その誰もが食人調理法《カニバルクッカー》を持っている。

「こんなところでしょうか。さあ、チーム戦を始めましょう。どこからでもどうぞ」

「くっ……偽者は偽者、複製は複製であろうが！　鏡を持っておるお前以外はきっと幻覚のようなものだ、そうに決まっておる！　どうせその鏡を破《は》壊《かい》すれば消えるのだ！」

春亮が止める間もなく、《人体穿孔機《“Man-Perforator”》》——螺旋槍《ドリル》を構えたフィアがビブオーリオ達に向けて突進。本体のビブオーリオが持っている麗しの自害鏡《SBR》に向けてその凶器を突き出すが、

「偽者ですが、本物です——っん！」

「なっ……！」

一体の複製がその前に立ち塞《ふさ》がり、食人調理法《カニバルクッカー》ではなく、自《みずか》らの身体《からだ》でフィアのドリルを受け止める。それは自分から刺さりにいったようにも見えた。

「あ……あ……」

「ほら、本物でしょう？」

「ほら、あったかい血が元気に出ているのが見えるでしょう？」

「ほら、お肉が玩具《おもちゃ》のように動いているのがわかるでしょう？」

「ほら、内臓が歌うみたいに蠢《うごめ》いているのが伝わるでしょう？」

刺された本人が言うのに続き、周囲のビブオーリオも面白《おもしろ》そうに言葉を紡《つむ》ぐ。

人体に潜《もぐ》り込んだ螺旋槍《ドリル》を、迸《ほとばし》る鮮血《せんけつ》を、フィアは恐怖を浮かべた顔で慄然《りつぜん》と見つめていた。

その手ががたがた震《ふる》えているのがわかる。

「違う……わた、私は……こんなつもりでは、手加減、して……」

しかし一方、身体《からだ》を貫《つらぬ》かれたビブオーリオは微笑《ほほえ》んだまま、そっとドリルに手を触《ふ》れる。けぽりと血塊《けっかい》を吐《は》き出してから、

「もっとお感じになってください。久しぶりなのではないですか？」

さらにその螺旋《らせん》を、ずぷりずぷりと自らの身体の中に押し込んだ。

「あ……や、め……ろ」

「遠慮《えんりょ》はいりません。さあどうぞ、これが私の死です。もっとお楽しみになってください。さあ、ほら、さあ、もっと深く、もっと乱暴に、もっと奥まで――っ、あ……！」

そしてドリルはそのビブオーリオの身体を貫通《かんつう》した。させられた。

フィアの身体の震えがさらに大きくなる。微笑のまま死んだビブオーリオの身体が倒れると、その腹から抜けた螺旋槍《ドリル》を取り落としてフィアもその場にへたり込んだ。

「お見苦しくてすみません。でも完全な複製《ふくせい》なので仕方ないのです。十分経てば消えますが、それまで死体は残りますのでご容赦《ようしゃ》を」

「ぐう、あ、あ……死体、死体、死体？　違う、これは、偽者、私は、わたしはっ――思い出すな、嫌《いや》だ、違う、これは違うから、違う！　私は、誰も、殺してなどっ……ころした、ころした感触、忘れていたのに――っ！」

「我慢などしなくてよいのです。貴女《あなた》は元々そういうものなのですから。複製という認識があるので今は中途半端かもしれませんが、望まれるのなら今すぐにでも本当のお相手を、貴女が楽しく拷問《ごうもん》して楽しく殺せるような人間をご用意いたしますよ。どんな人間がお好みですか？子供？　女？　悪党？　貴人？　お知り合い？」

フィアは自分の肩を抱き、がたがたと震えている。いつか、雨の屋上《おくじょう》で、過去の自分に呑《の》み込まれてしまったときのように。

「フィア！　落ち着け、いいか、落ち着け！　耳を貸すな！」

「いやだ、いやだ、私は、私は、もう戻らん……決めたのだ、そう決めたのだっ……！」

頭を抱え、子供のようにいやいやと頭を振る。フィアは衝動に耐えるので精一杯だ。そしてこのはも、

「っ……う、えぇぇ。こ、こんなこと、でっ……！」

青い顔で口元を押さえ、ふらふらと身体《からだ》を揺らしていた。まずい。あの血は圧倒的だ。むしろまだ卒倒《そっとう》していないことが奇跡に思える。

「ちっ――」

そのとき錐霞《きりか》が動いた。何もしなければ状況は悪くなるだけだと考えたのか。《黒河可憐《くろかわかれん》》を、ビブオーリオ本体が持っている鏡へと伸ばす。だが横手にいたビブオーリオが食人調理法《カニバルクッカー》の包丁を一閃《いっせん》、その先端を切り落とした。構わず錐霞はさらに革ベルトを伸長させるが、別のビブオーリオにそれを掴《つか》まれる。さらに別のビブオーリオが力任せにそれを引っ張った。たたらを踏《ふ》むようにして錐霞がビブオーリオ群《ぐん》に引き寄せられ、

「ぐあっ――⁉」

いつかの再現のように、その身体に食人調理法《カニバルクッカー》の包丁が振り下ろされた。縦に裂かれた腹から血が飛び散る。切られた制服がずるりと滑り、その中にあるものを見たビブオーリオが不思議そうに小首を傾《かし》げた。それから別のビブオーリオが錐霞の後ろに回り、彼女の手を万歳《ばんざい》させるように引き上げる。

「あらあら——おかしなものを着ていますね。そしてさらにおかしなことに、傷がどんどん治っていきます。ふしぎふしぎ」

吊《つ》り上げられた錐霞の腕から、《黒河可憐》が伸びる。だが再び包丁に切断される。

「興味が湧《わ》きました。これも禍具《ワース》ですね？　ああ素晴らしい超越です、超越です。少し確かめさせてもらってもいいですか？」

「ぐ、あ、ああ、ああああああっ!?　ん、ぎ、いひぁっ！」

一人のビブオーリオが、錐霞の奥底に手を差し入れる。湿った音を立てて肉の亀裂《きれつ》を掻《か》き回す。のたうつ錐霞。目が見開かれ、涎《よだれ》が垂《た》れる。別のビブオーリオが錐霞の太股《ふともも》に包丁を捻《ね》じ込む。興味深そうにその先端を捻《ひね》り回す。悲鳴、悲鳴、悲鳴、くすくす声、悲鳴。

「いんちょーさんっ——‼　ああ畜生《ちくしょう》、このは、このは、刀に戻れるか⁉」

「かは、げぇっ……戻れは、しますが。こんなんじゃ、わたし、あんまり力にはっ……春亮《はるあき》くんが、危険になる、だけで。駄目《だめ》です、逃げて、春亮くん、逃げて——」

「逃げられるか！　頼むよ、このは、頼む！」

数瞬《すうしゅん》、嘔吐《おうと》のせいで涙に濡《ぬ》れた瞳《ひとみ》が春亮に向けられ。そして諦《あきら》めたかのように、このはの衣服が中身を失って落ちた。春亮はその中から黒鞘《くろさや》の刀を掴み取り、とりあえず最も辱《はずかし》めを受けている錐霞を助けるべく走る。普段は身体の動きをこのはが手伝ってくれるのだが、今はその助勢はあまりにも微力。だが、全《まった》くないよりはマシだ——

そんなことを考えながら無我夢中《むがむちゅう》で飛びかかり。

当然のようにハンマーの一振りで吹き飛ばされた。先刻のフィアのように地面に転がり、舗装路《ほそうろ》の冷たさを頬《ほお》で感じる。手にしているのがこのはでなければ、本当にミンチになっていたかもしれない。しかも肉が削《そ》げ落ちた手にその衝撃が猛烈《もうれつ》に響《ひび》き、剥《む》き出しの神経線維で綾取《あやと》りをされているかのような痛みが背筋《せすじ》を駆け回り始める。

「あの、申し訳ないのですが、この場で唯一興味がないのが貴方《あなた》なのです。邪魔しないでいただけますか?」

「冗談……言うな。はは、今の状況が冗談みたいなもんだけどな……!」

引き攣《つ》れる筋肉を総動員し、脂汗《あぶらあせ》を流しながら立ち上がる。

刀は沈黙している。一人のビブオーリオがその耳元で悪魔の囁《ささや》きを発している。フィアは頭を抱えて自分の衝動に耐えている。あるいは既に気絶しているのか。錐霞《きりか》は数人のビブオーリオに玩具《おもちゃ》にされ、くぐもった悲鳴をあげている。黒絵《くろえ》は未《いま》だ自由を奪われたままだ。

残り数十人のビブオーリオに相対するのは、春亮《はるあき》だけ。何の力もない、一人の人間。

ああ、本当に。冗談のように――絶望的だ。

「邪魔するのならば、仕方《しかた》ありません。貴方を料理にさせていただきますね」

ビブオーリオの一人が近付いてくる。春亮はかつてなく重く感じられる刀を構える。

「は、春亮ぃっ……う、ふ、ふううううっ……」

こちらの状況に気付いたフィアが、よろよろと立ち上がろうとしている。だが遅い。何をするのも、きっと間に合わない。

では自分が何かをしなければならないのだ。どうすればいい、どうすればいい？　手はないか。考えろ、考えろ、考えろ——何か手は、手は——

ない。

その結論に至った脳が、勝手に身体《からだ》を震《ふる》わせ始める。このはを放り出して命乞《いのちご》いをしろと求めてくる。だが春亮は唇を噛《か》み、自分の惰弱《だじゃく》な脳を握《にぎ》り潰《つぶ》す代わりに、震える手にさらに力を込めて刀を握った。嫌《いや》だ。何があろうとも、そんなのは嫌だ。もうそれだけしかわからない。

「あらあら、泣いてしまいそう。大丈夫ですよ、目を閉じていればすぐです」

そして、くすりと笑うビブオーリオがさらなる一歩を踏《ふ》み出したとき。

確かに、絶体絶命の状況なのに。打開策はないとしか春亮には思えないのに。

最も窮《きゅう》地《ち》、最も絶望的な状況で拘束され身体を弄《なぶ》られ死にかけている錐霞が。

ぼんやりと顔を上げて、何か救われたように呟《つぶや》いた。

「ああ——来てくれたか」

そこで、新たに現れた人物の声が聞こえる。

「くだらない茶番だわ。さっさと終わらせましょう」

目の覚めるような美少女が、一同とは少し離れたところで長い髪を風に流していた。

「そこの細胞分裂した貴女達《あなたたち》に伝えるべきは、ただ一言――愚《おろ》かね、と。今この瞬間に私を殺していない甘さは致命的誤謬《ちめいてきごびゅう》としか判じられない。なぜなら私が動けば貴女如《ごと》きには決して止められないから。未来が読めるなら先に泣き叫んでおきなさい愚物《ぐぶつ》。読めなくてもとりあえず泣き叫んでおきなさい愚者。その行為の不足はあっても余剰《よじょう》はあり得ないのだもの、無駄《むだ》にはならないわ」

それはあまりに超然とした態度だった。腕組みをして、胸を張り、まるで自《みずか》らがこの世の理を支配しているかのような不遜《ふそん》さで発せられる言葉。そこから伝わる自信は、全《すべ》てのビブオーリオの注目を集めるのには充分すぎるものだ。

「さあ、愚かは死ねば愚かでなくなる。その理をここで体現しなさい貴女、貴女、貴女。始まりの文字はこの腕から始まるでしょう、そして終わるでしょう――感嘆と恍惚《こうこつ》で彩ればいいわ、自身の歌う断末魔《だんまつま》を！」

少女は手を掲《かか》げる。聖者のように、魔術師のように。

それは――ひどく美しく、また威圧的だった。

†

彼女がただの人間でしかないことを知っている春亮ですら、そこから何かの超常的な力が発されるのではないかと一瞬思ってしまったほど。

ビブオーリオ達が食人調理法《カニバルクッカー》を構え。

腕を掲げた姿勢を維持したまま、少女——白穂《しらほ》は微《かす》かに眉《まゆ》を寄せて呟《つぶや》く。

「……早くしてくれないかしら。いい加減、恥ずかしいんだけど」

それにやや遅れ、近くに積まれていた廃棄コンテナの上に一つの影がよっこらしょと立つ。

「え、ええと、ええと……正義のメイド仮面、参上ぉー！　イジメはダメ、ゼッタイ！」

場にそぐわない声と服装。コンテナの上でメイド服をはためかせているのは、勿論《もちろん》のことサヴェレンティだ。ちなみに仮面など被《かぶ》っていなかった。

「な、なんであいつらが……」

「……彼女達も《夜知《やち》春亮《はるあき》の仲間》かと思ってね。来てくれるかどうかはわからなかったが、一応、電話しておいたのさ……」

死にかけの錐霞《きりか》がこちらを見やり、そんなことを小さく呟いた。しかしあいつらが来てどうなるという状況でも——と考えたとき、それが過《あやま》ちであることに気付く。

メイドはその位置から何かを見下ろしたまま、大きく息を吸《す》い、そして叫《さけ》んだ。

「王権にて告げる《“I have sovereignty for every doll”》。摸された全の形代は我が群臣《Like a vissal upon/listen/“show proof to worship”》——従せよ《Obey》！」

王権を果たす完全人形《サヴェレンティ・パーフェクション・ドール》の能力。与えられた王権の発露。

そう、彼女は、人型をしているモノを強引に動かすことができる——!!

瞬間、今まで誰の意識にも入っていなかった存在が動いた。もう戦力にならないものだとして忘れられていた存在が動いた。自分の意志での動きは封じられていたが、外側から力を加えられれば身体《からだ》を動かせた誰かが動いた。

黒絵だ。

「友よ——あの鏡を！」

「りょーかーい！」

サヴェレンティに操《あやつ》られた、黒絵《くろえ》の矮軀《わいく》が跳躍。それは普通なら簡単に叩《たた》き落されてしかるべき攻撃だっただろう。だが今は状況が違った。白穂《しらほ》の演技によるハッタリ。おかしなメイド女の突然の出現。その二重の陽動が、幸いにもビブオーリオの反応を一瞬だけ遅らせていた。

落下の勢いでその鏡に飛び蹴《げ》りを叩き込むには、一瞬で充分だ。甲高《かんだか》い破砕音《はさいおん》が響《ひび》き、

「しまっ……!?」

黒絵の蹴りの余波《よは》で地面に転がった聖母の声に、初めて焦《あせ》りが混じる。しかし鏡を完全に破《は》壊《かい》しても、その能力——《鏡像が意味する二重顕在《ハロー・トゥ・アナザーワン》》が解除されるにはまだタイムラグがあるようだった。あるいは元々の時間制限が過ぎるまでは存在を続けるのか。フィアの傍《そば》にいたものも錐霞《きりか》を拘束していたものも、無数のビブオーリオが黒絵に殺到する。

けれど。

もう一つの鏡の効果、《鏡裡が意味する白黒世界《ウエルカム・トゥ・アザーサイド》》は破壊と同時に解除されていたらしい。

「ストレスが溜《た》まっちょる、手加減なしにて御免《ごめん》――モード《キリングマシン将門《まさかど》》!!」

黒絵《くろえ》の髪が瞬間的に伸びた。それは鋼線《ワイヤー》じみた強度の捕縛縄《ほばくなわ》となり、一瞬でビブオーリオ達《たち》の身体《からだ》に絡《から》みつく。至近距離《しきんきょり》、しかも全方位へ向けての爆発的な拡大は、ビブオーリオ達に回避を許さなかった。逃れたのはただ一人――最初から地面に転がっていた、複製達《ふくせいたち》の大元《おおもと》である本物のビブオーリオだけ。彼女はさらに転がって黒絵から間合いを取り、食人調理法《カニバルクッカー》片手に立ち上がる。

「ハル。この偽者達はこうして捕まえておけばいずれ消えよう。本体は任せた」

「おお――フィア、大丈夫か、起きろ！」

「わかっておる……平気だ」

フィアはドリルを支えにしてゆっくりと身を起こす。ようやく落ち着いたらしい。

彼女はそれから、僅《わず》かな恐怖を湛《たた》えた、どこか今にも泣き出しそうな目である二点を見つめた。一つは、ハンカチで傷を隠した春亮《はるあき》の右手。一つは、複製ビブオーリオの死体。しかしフィアは最終的に、その恐怖を怒気で意識的に塗《ぬ》り潰《つぶ》したようだった。

「ビブオーリオ……っ！　よくもやってくれおったな！」

ドリルを拷問《ごうもん》車輪に変え、フィアは聖母に打ちかかる。食人調理法《カニバルクッカー》と再びの激突。

「春亮、お前はひとまずキリカを見ていろ！　まだウシチチも起きていないのだろう⁉」

フィアを援護したいのは確かだったが、言うことは正しい。春亮は錐霞《きりか》の元に駆け寄った。

「いんちょーさん――」

「く、あ、はぁ……くそ、好き勝手に人の身体を弄《いじ》り回してくれたな。勿論《もちろん》死にはしないが、治すのに時間がかかる。すまないが」

「ああ、休んでろよ。あいつら呼んでくれたのはもう最高の仕事だ」

腹を押さえて横たわる錐霞に言ってから、春亮は唐突に現れた白穂達《しらほたち》のほうに視線を向ける。サヴェレンティは「うわわ、危な。あれ、何かに引っ掛かって、めくれ……しかもどんどん脱げていくーっ⁉」とか相変わらず場の空気にそぐわないことをやりながらコンテナをなんとか降《お》り、安全圏に立つ白穂に駆け寄っていた。

「やったね白穂、作戦成功！　ボク達、頑張った！」

「私は恥ずかしかったわ」

「またまたー、ノリノリに見えたのに。あ、春亮くん。ええと、次のお手伝いは――」とこちらに来ようとしたサヴェレンティの襟首《えりくび》を、白穂が後ろからがっしと摑《つか》む。

「そこまでしてやる義理はないわ。首を突っ込んで怪我するのも馬鹿《ばか》らしい。帰るわよ」

「え。でも……」

白穂の冷たい目がちらりと春亮を向き、

「この人間達には借りがあった。今のはそれを返しただけ。過払《かばら》いする気はないわ」

「えーと、あの、その……ああ、引っ張らないで白穂《しらほ》っ。い、いいのかな？」

白穂の言い分はビジネスライクだが、ピンポイントでどうしても欲しかった助けを与えてくれたのだ。これ以上を望めばバチが当たるだろう——あまり戦闘力もなさそうな二人を危険に巻き込むわけにもいかないし。

「いいよ。あとは俺達でなんとかする！」

声を大きくして言うと、サヴェレンティは後ろめたそうに肩を縮《ちぢ》めて「気をつけてね」と手を振った。そしてそのまま白穂に引き摺《ず》られていく。まったく、いつも通りに気が抜けるノリの二人だった。

……だが、気を抜いてはいけない。状況は好転したが、まだ大事な仕事が残っている——

春亮《はるあき》はフィアとビブオーリオの戦闘に視線を戻す。彼女達《たち》は真正面からぶつけあっていた。

その武器を。そして——その、意志を。


「おや。っく、さっきよりも速いし、力強いです、ね？」

「当然だ！　私は——怒っている！」

「どうしてでしょう？　私はこんなにも貴女《あなた》を愛しているのに、家族として受け入れたいと思っているのに」

「一つ！　お前は春亮を傷つけた、お前のせいで春亮は傷ついた！　二つ！　お前は——私に、お前を殺させた！　忘れていたあの感触を、忘れたかったあの感触を思い出させた！」

　フィアが叩《たた》きつけた拷問《ごうもん》車輪を、食人調理法《カニバルクッカー》の《千切り》が受け止めて滑らせる。フィアは車輪を無理に押し込むことはせず、それを引き戻すと今度は投擲《とうてき》した。

「そんなに簡単に思い出せるということは、忘れなくていいものだったのでは？」

「違う！　ああ認めよう、あの感覚は私の中に刻《きざ》み込まれている。突起が肉穴を生む感覚、刃が肌に亀裂《きれつ》を作る感覚、人間のいのちが震《ふる》えて惑《まど》って暴《あば》れて消える感覚！　だからこそだ！　だからこそ、私はあれを忌避《きひ》する！」

　投擲された車輪をビブオーリオが《乱切り》で弾《はじ》く。フィアが立方鎖《りっぽうさ》を手繰《たぐ》る間に踏《ふ》み込み、

「そうするために生まれてきたものなのに、ですか？」

「そうだ！　私は、過去の私の役割を殺すために――ここにいる！　貴様《きさま》が呪《のろ》いを肯定するということは、過去の私を肯定するということではない。その今の私を否定するということだ！　それだけは、絶対に――認めん！」

　シスター服の聖女が、十字型の殺人調理具を振るうために身を捻《ひね》る。同時、立方鎖に引かれた拷問車輪がフィアの手中に戻ってきた。そして、
　ビブオーリオが、数十撃分の破壊力《はかいりょく》が込められた一撃を繰り出すのと。

　フィアが自らの似姿を、食人調理法《カニバルクッカー》にも劣らぬ超質量の処刑具へと変えたのは、同時。

「〃何度も叩き潰しましょう〃《再現《ミンチ用のお肉の処理法》》！」

「二十二番機構・潰式針球態《星棍》《"Morgenstern"》、禍動《curse / calling》！」

鎚《つち》状武器の先端同士が激突する。向かい合う打者のように、鏡写しのように——

刹那《せつな》、どちらの動きも止まったように見えて。

常識外の破壊力が二者の間で拮抗《きっこう》し、鬩《せめ》ぎ合った。

「なぜ、今に拘《こだわ》るのでしょう、ね！　今の貴女《あなた》の正しさを何が担保《たんぽ》するというのです⁉」

「ぐうううううっ！　担保、など、知らんっ。だって——」

フィアの《星棍》《"Morgenstern"》が僅《わず》かに後退。それに新たな力を込めるかのように、フィアは叫び、

「だって、春亮は——私が人間になれると言ってくれたのだ！　私は、それが、嬉しくて！

それを、信じたいと、思ったから……だから！　今の私が否定されるのは、私を信じるあいつ
が否定されるのと同じで、それは、それは何か——何か、嫌《いや》なのだ！　ただそれだけだ！」

「あらあら、わけがわかりませんね！」

「——いや。わかるけどな、俺には！」

「春亮《はるあき》っ……⁉」

春亮は日本刀を振り被《かぶ》って飛び込んでいた。フィアの真横、フィアが右打席にいるとすれば
左打席の位置に。そして、速さも精密性《せいみっせい》も捨て、ただ純然たる力だけが最大限伝わればいいと
ばかりに、その身を大きく捻《ひね》って——

「このは、頼む——いっけえぇぇぇぇぇ！」

食人調理法《カニバルクッカー》と拮抗《きっこう》する《星　棍》《“Morgenstern”》の背中側に、その黒鞘《くろさや》を叩《たた》きつけた。

それは僅かな、しかし確かに破壊力の平衡《へいこう》状態を崩す衝撃。

刹那《せつな》、援護を得た《星　棍》《“Morgenstern”》がその均衡を打ち破り、凌駕《りょうが》を示して前へ進んだ。

「な……！」

ビブオーリオの腕を捥《も》ぎ取らんばかりの勢いで、食人調理法《カニバルクッカー》が後方に弾《はじ》かれる。耳をつんざく激突音に加え、ぴしりと鉄が砕《くだ》ける音も聞こえた。衝撃で罅《ひび》が入ったのだ。

「は――狂った母《ぼ》君《くん》とやらよ、こちらにも母はおるぞ！　だが貴様《きさま》のように押し付けがましい愛を語りはしない！　見習うがいい！」

好機と見たフィアが間髪《かんぱつ》入れず《星　棍》《“Morgenstern”》を変形させた。それは。

「二十九番機構・抱式聖像態《鋼鉄の聖母マリア》《“The Blessed Virgin Mary embraces you”》、禍　動《curse / calling》！」

その名の通り、鉄製の聖母像だ。その顔にはビブオーリオにも負けない慈愛《じあい》に満ちた微笑を浮かべ、両腕は開かれた形で誰かの懺悔《ざんげ》を促《うなが》している。だが、その胸をはじめとした身体《からだ》の前面部に輝《かがや》くのは――無数の棘《とげ》だ。もしそれがベールなどで隠されていれば、拷問《ごうもん》者に促された何も知らない人間は、最後の救いを神に求めるべくマリア像に縋《すが》り付いてしまうだろう。そのマリア像こそが彼に最期を与えるものだとは思いもせず。

しかし今、ビブオーリオは棘の生えたマリア像に告解《こっかい》などしない。だからマリア像のほうこそが動いた。立方鎖《りっぽうさ》で伝えられるフィアの意志に従《したが》い、体勢を崩したビブオーリオに突進。

「くっ……」

ビブオーリオにできたのは、罅《ひび》の入った食人調理法《カニバルクッカー》を身代わりのように押し出すことだけだった。それをマリア像が受け止め、再びの拮抗《きっこう》――だがそれは既に崩壊の予感を孕《はら》んでいる。

ビブオーリオの表情は、ここに来て微笑を失っていた。焦り、そして疑問と不理解。

「どうしてそこまで必死になって、私達《たち》を拒絶なさるのです⁉　何度も言いましたが、貴女《あなた》は人以上の超越者。だから我々は貴女をお慕《した》い申し上げますし、家族のような愛を差し上げたいと思いますし、家族のように貴女に愛して呪《ほ》ってほしいと願っているのです！」

「違う。私は人以上の超越者などではない。そんな肩書きは望まない。私は人でいいのだ。人になりたいのだ！」

「人は惰弱《だじゃく》です。愚《おろ》かです。貴女のような力の欠片《かけら》もない、無力な、普通の存在なのに！」

そうかもしれない。人は弱い。

けれど――だから。一人で完結している道具とは違って、皆で笑い合える。

フィアは思い出していた。

黒絵《くろえ》の店で見た、あの眩《まぶ》しすぎる光景を。

「ああ……普通だな。普通だった。魚屋の親父、八百屋《やおや》の親父、クリーニング屋の親父――奴《やつ》らは惰弱《だじゃく》で愚かで何の力もない。認めよう。だが」

それと、黒絵。

その中に溶け込んでいた、未来の自分なのかもしれない姿。

「だが、笑っていた！ とても幸せそうだった。私もあんなふうになりたい、その中に入って幸せになりたい——そう思って何が悪い。だって私は今までずっと一人だった。笑えなどしなかった。だから私にできないことができる人間達こそが、私にとっての超越者だ！」

「な……」

ビブオーリオが愕然《がくぜん》と目を見開く。それを小気味《こきみ》良く感じながら、

「憧《あこが》れて、笑い合いたくて、家族のようになりたい存在。そして私の目指す、優しく弱い在《あ》り方。それこそが人間だ。それがわからぬお前とは——永遠に道が交わることはあるまい！」

フィアは自分の似《に》姿《すがた》たる聖母に新たな意志を伝えた。マリア像が、内部に仕込まれた発条と歯車の機構を稼動《かどう》させ、広げていた腕をぎしぎしと閉じる。掻《か》き抱いた告解者《こっかいしゃ》を、脱出不可能なほどの力で、自《みずか》らの身体《からだ》に生えた棘《とげ》に押し付ける動き——

「そんな……そんな、ことは……！ だって——だってあのとき、人間は私を助けてなどくれなかった！ 私を助けてくれたのは、助けてくれたのは……ああ、だから、人間こそが超越者なんて、ことっ——ありえるはずが——!!」

混乱したようなビブオーリオの言葉に構わず、さらに鋼鉄が軋《きし》む。

聖母に抱かれるのは、もう一人の聖母《ビブオーリオ》と、食人調理法《カニバルクッカー》。

そして、強く強くその二者に押し付けられた鋭《するど》い棘は。何十人もの人間達を調理してきた道

具を——その罪に咽《むせ》び泣くような甲高《かんだか》い断末魔《だんまつま》と共に、四散させた。
無論、それを盾《たて》にしていた聖母の身体《からだ》にも、幾《いく》つかの紅《あか》い穴を開けながら。

†

——覚えている。あの日のことを。

毎晩通わされた、深夜の礼拝堂《れいはいどう》。その瞳《ひとみ》に母親の姿を映した神父が自分の髪を嗅《か》ぐ。拒否はできない。一度拒否したときは死を感じるほど顔を殴られた。頬骨《ほおぼね》が折れ、熱を出し、以来、殴られた片目はあまり見えなくなっていた。

耳にはすうひひうっと息の音。首筋《くびすじ》を這《は》い回るのはおぞましい温度。礼拝堂の空気はひどく冷たく、自分を抱き締《し》める神父の重みを際立たせる。醜悪《しゅうあく》で厭《いと》わしい支配者。吐《は》き気のする行為ばかりを行う悪魔のような聖職者。

自分はぼんやりと見ていた。そう、礼拝堂の正面、壁の遥か高みに掛けられた——ただの交差した二直線であり、聖性の象徴であり、この薄汚い場所で拝される唯一の神であるあの形を見上げて——呪《のろ》っていた。

けれど、その日唐突に、神を呪うのにも飽きた。何もかも無意味なのだと悟った。

だからどうしようもなく馬鹿《ばか》らしくなり、笑う。神父が怪訝《けげん》に眉《まゆ》を顰《ひそ》める。さらに可笑《おか》しくなって笑う。くすくすきゃはあはと笑う。神父が怒鳴る。頬を殴られる。それでも笑う。口を塞《ふさ》がれた。噛《か》んでやった。血の味。首を絞《し》められた。息ができない。それでもよかった。ああ面白《おもしろ》い。——、——、——。声にならない笑い。苛立《いらだ》ったように手に力が込められる。頭がぼうっとしていく。動悸《どうき》が激しくなっていく。ああ、自分は死ぬのだ。死ぬのだ。死ぬのだ。

冷静にそう悟ったとき。

あと何秒笑っていればいいのかな早くしてくれないかなと思っていたとき——

びくん、と神父の身体が震《ふる》えた。

そのとき、自分は見る。

至近にあるあの形を。頭上から、今まで見ていた場所から、音もなく落下してきたあの形を。その下にあった神父の身体を、その重みで縦に押し潰していた——あの形を。

そして。ああ、そして——

知った。神父のこれは、この教会の悪夢は、全《すべ》て必要な苦難《くなん》だったのだ。人を超越した神のようなモノと出会うことは、救済されることは、きっと簡単には許されない。苦難があったからこそ救済される。そう、救済のために、苦難はなくてはならないものなのだ——だから——

「苦難なく、救済あらんや……これも……乗り越えるべき、苦難……？」

荒い息で呟《つぶや》きながら、ビブオーリオがゆっくりと身を起こす。二度も黒絵《くろえ》に切られ、しかしそれでも長いことには変わりのない髪が、その表情を覆《おお》い隠している。黒い法衣《ほうい》はそれ以上に赤黒い何かで汚されていくばかりだ。

拳《こぶし》を握り締《し》めながら、フィアはその様子を見ていた。

「動くな。手加減《てかげん》はした。手当てすれば死ぬことはあるまいが、下手《へた》な動きをすれば知らんぞ」

「ああ……そろそろ、来る頃《ころ》、ですかね……」

「聞いておるのか！　いいか、もう二度と来ないと約束して降伏《こうふく》しろ！　そうすれば手当てしてやる、クロエは傷を治せるのだ！　さもなくば、お前、本当に死——」

その言葉を聞いている様子もなく、ビブオーリオが立ち上がる。相変わらず表情は見えず、フィアは唇を噛《か》んだ。頼む。わかれ。殺したくないのだ。もう来ないと言え……！

そのとき黒絵《くろえ》が「——あ。消えた」と軽く呟《つぶや》いた。ちらりと見ると、もうそこに捕獲《ほかく》していたビブオーリオ達《たち》の姿はない。黒絵はふうと汗を拭《ぬぐ》いながら髪を元に戻している。複製達《たち》も脱出しようともがき続けていたので、それを押し留めるのに苦労していたのだろう。

その黒絵がてこてこと近付いてきてから、なぜか首を傾《かし》げる。背後の春亮《はるあき》も小さく呟いた。

「……フィア。何か聞こえないか」

耳を澄《す》ます。確かに何かが遠くから聞こえる。一定のリズムで、低く早く繰り返される、どこどこという鼓動《こどう》——いや、エンジン音——？

瞬間、ビブオーリオは身を翻《ひるがえ》して走り出した。フィア達が塞《ふさ》ぐ内陸方向ではなく、倉庫の中でもなく、ただ海が広がる方向目掛《めが》けて。その行動に反応した錐霞《きりか》が《黒河可憐《くろかわかれん》》を伸ばそうとするが、ふらついて片膝《かたひざ》をつく。まだ傷が治っていないのだ。

「キリカ、無理するな！　くそ――」

慌てて追うが、出遅れた。護岸《ごがん》にフェンスはなく、フィア達の視線の先で、ビブオーリオは何の躊躇《ちゅうちょ》もなく海に身を躍《おど》らせる。しかし着水音は聞こえない。

数秒遅れてフィア達が岸に立つと、聞こえていたエンジン音の正体が明確になる。小さめのクルーザーだ。それに着地していたビブオーリオは、クルーザーを運転していた人物――がっしりした体格をスーツに包んだ中年男性に微笑《ほほえ》みかける。血の気の失せた顔で。

「……ありがとう。助かったわ、あなた」

「遅くなってすまん。なかなか別件が片付かなくてな……大丈夫か。俺の身代わりを持って来ていたのではなかったか」

精悍《せいかん》な顔つきと濃い髭《ひげ》が印象的な男が言うと、

「壊れちゃった。麗しの自害鏡《SBR》も……ごめんなさい、私、見苦しくなった？」

「何を言うのだ。君の美しさはいかほども揺るがないよ。あの鏡がどれほど有用であろうと、所有者を美しくするという本来の役割は実際のところ無意味だ。君が使う限りは」

「嬉しいわ」

ビブオーリオは男と唇を合わせた。フィアがそれを黙《だま》って見ている理由はない。

「五番機構・刺式佇立態《ヴラド・ツェペシュの杭》《“A skewer loved by Vlad Tepes”》、禍動《curse / calling》！」

「モード《キリングマシン将門《まさかど》》！」

処刑杭《くい》を船に向けて投擲《とうてき》。黒絵《くろえ》の鋼鉄髪もその後を追って船上の二人に伸びる。だが、次の瞬間――杭は弾《はじ》かれて海に落ち、髪は強引に薙《な》ぎ払われていた。

ビブオーリオが振り向きざまに強振した、巨大な十字架で。

「ああ、あなた、あなた、アビス。愛しき父君《ふくん》。やはり食人調理法《カニバルクッカー》などでは代わりの十字にはなれないわ。馴染《なじ》み方が全然違うもの……」

「ああ、君、君、アリス。愛しき母君《ぼくん》。勿論《もちろん》だとも。一時とはいえ別の十字に君の身体《からだ》を預《あず》けた不明を恥じよう」

声は、その十字架から。当然のように、今まで船上にいた男の姿はどこにもなかった。

「仲間――しかも、呪《のろ》われた道具か！」

「ええ、その通り……仲間というよりは《家族》ですけれど、ね……」

沖合に向かって徐行するクルーザーの上、十字架を愛しげに抱えたシスター服の女がふらりと身体をよろめかせる。そのまま倒れた。

「大丈夫か、アリス」

十字架が男に戻り、彼女に顔を寄せる。ビブオーリオはぼそぼそと男の耳に何かを呟《つぶや》き、それきり目を閉じた。胸が微《かす》かに上下しているところを見るに、死んだわけではあるまい。

船はもはや手の届かない場所にある。このまま逃げられてしまうのか、とフィアが歯嚙《はが》みしたとき――

「……待て。一つ言っておくことがある、そこの男、私の話を聞け」

「キリカ？」

「いんちょーさん、もう身体は大丈夫……」

ようやく身体が治ったのか、錐霞《きりか》が追いついてきた。手を翳《かざ》してフィアと春亮《はるあき》の言葉を止め、しかし船上の男からは視線を外さない。

「私は闇曲拍明の妹だ。ビブオーリオ家族会《ファミリーズ》ならば聞き覚えがある名だろう――そして見ての通り、私はこいつらと行動を共にしている。意味がわかるか？　次にこいつらや私に手を出せば、それは研究室長国そのものへの対立行動となると思え」

「なるほど、それは問題だ……覚えておこう」

筋肉質の裸体《らたい》を隠そうともせず、男は短く答えた。その目がフィアに向けられ、

「お前が《箱形の恐禍》《フィア・イン・キューブ》か。今預《あず》かった言伝《ことづて》だ――食人調理法《カニバルクッカー》と麗しの自害鏡《SBR》の残骸《ざんがい》は好きに使うように、とな。元々あれは蒐集《しゅうしゅう》戦線騎士《せんせんきし》領《りょう》から鹵獲《ろかく》したものだ。俺達には邪道で無用なものとしか思えぬ装置《そうち》がついていた」

「むっ。まさかそれは、免罪符機構《インダルジエンス・ディスク》か？」

「そんな名前だったか。ともあれ、これはお前が必要としているのなら渡そう、というだけのアリスの厚意だ。彼女は真にお前に愛を向けている。受け取っておくがいい」

「免罪符機構《インダルジエンス・ディスク》は貰《もら》う。だがその愛とやらは受け取り拒否だ——私は家族会《ファミリーズ》とは相容《あいい》れない。命が惜しくばもう二度と私達の前に姿を現さないことだ」

「それは俺が決めることではない——が、それも覚えておくことにしよう」

男は肩を竦《すく》め、舵《かじ》を握った。速度が上昇し、船が海の彼方《かなた》へと走り去っていく。

奴《やつ》らに二度と会いたくはない。それは本音だ。だが——まだ、あの男には問いただしたいことがあった。糾弾《きゅうだん》したいことがあった。その機会が失われた今、フィアはただ自《みずか》らの心の中で問い掛ける。

(お前は、呪《のろ》いを肯定されて。何も、思わないのか……間違っていると、思わないのか……?)

フィアはいつまでも、その拳《こぶし》に込めた力を緩《ゆる》めないまま、小さくなる船影《せんえい》を睨《にら》み続けていた。

やがてエンジン音が完全に聞こえなくなり、クルーザーが作った白い泡の波も消えた。静穏《せいおん》を取り戻した海を見つめながら、錐霞《きりか》が呟《つぶや》く。

「やれやれだ。これでフィアくん達《たち》を狙《ねら》うことを考え直してくれればいいがな……ビブオーリオが負傷した状況になった今、研究室長国と全面戦争になることはいくらなんでも避《さ》けようとするはずだが」

「いんちょーさん。その、なんか、いいのか？」

「ああ。最後のイヤガラセのようなものだ。それが家族会《ファミリーズ》への抑止力《よくしりょく》にもなるのなら、言わない理由はないだろう」

「最後って……？」

　錐霞は微《かす》かに頬《ほお》を緩めて、

「——私は研究室長国を抜けたよ。あれから奴を怖ろしい目に遭《あ》わせてやった」

「奴って、あの鉄仮面の……ま、まずくないのか？　それって、いんちょーさんが怒られたり恨まれたりっていうか!?」

「いいんだよ。もう決めたことだ。どうなるのかは知らないが、まあ、どうにかなるさ」

　どこかサバサバした表情で言って、錐霞は再び海に視線を戻した。

「今までは道具だった。これからは人になりたいと願っている——ふふ、そうだな。私は、フィアくん達と同じなんだ。実に対等だ、馬鹿《ばか》げてはいない」

　……正直、よくわからない。それが顔に出ていたのか、錐霞が笑う。

「前から言っている通りのことだよ。私は誰かに与えられた《研究室長国の人間》なんて肩書きはいらなかった。だから捨てた。代わりに——《夜知春亮《やちはるあき》の仲間》という肩書きを自分で選んだ、という単純なことさ。気にするな」

「気にするな、と言えば……思い出した。ハル、手を出して」

黒絵《くろえ》がぼんやり眼《まなこ》で見上げてくる。言われた途端《とたん》、忘れていた痛みがぶり返してきた。手が今まさに獣《けもの》に食い千切《ちぎ》られているかのような感覚。

「お、おお……そ、そうだな。頼む」

とりあえずまだ卒倒《そっとう》したままのこのはをその場に置いてしゃがみ込み、手に巻いていたハンカチを取る。黒絵と錐霞《きりか》が眉《まゆ》を顰《しか》め、海を見つめていたフィアが顔色を変えて寄ってきた。

「あ……春亮《はるあき》……」

しゅんとした表情だ。フィアは春亮の血だらけの手を見つめながら、肩を縮《ちぢ》こまらせて銀髪を震《ふる》わせていた。

「そんな顔するなって。大丈夫だからさ」

「しかし……でも……痛そうだ。とても、痛そうだ……」

「だから大丈夫だって」

「ぐるぐる、と――やるよ。モード《サティスファイド頼盛《よりもり》》」

黒絵の髪が何重にも巻かれた手が、ぼんやりと温かくなる。痛みもそれで多少は緩和《かんわ》されたような気がした。それから黒絵は髪の上からハンカチを丁寧に巻き直していく。

「……すまん」

それを見つめていたフィアが、ぽつりと呟《つぶや》いて頭を下げた。二度。黒絵と、春亮に対して。

「私の、せいだ……ビブオーリオのせいなどと言う前に、原因は私にある。私がクロエを疑《うたが》ったから、おかしな状況になって、あいつが方向性を変えて、お前達が捕まって──それで、お前の手が、こんなことに。謝って済むことではないのかもしれないが、すまん。すまん……」

「──うちは気にしとらんよ。うちが疑わしい状況にあったのは事実」

「そ、それにだな、やっぱり拉致《らち》されたのは俺がマヌケで、あいつがヒキョーだったっていうただそれだけのことだろ。お前がそんなに落ち込むことはないって」

フォローしたが、フィアの表情は変わらない。自己嫌悪《じこけんお》に満ちた目を、血の染《し》み込んだハンカチに向け続けている。

「でも、こんなに……やっぱり私の、せいだ。どうしよう、どうしよう、治らなかったら……」

「なに大袈裟《おおげさ》なこと言ってんだ。いんちょーさんみたいに腹に大穴が開いたわけでもなし」

言うと、フィアはばっと顔を上げた。泣きそうに顔をくしゃくしゃにして、

「だ、だってこんな！　こんな、肉が抉《えぐ》れて、血がいっぱい出て！　ああ、どうするのだ、あほ春亮……これで手が動かなくなったら、私は、どうやって償《つぐな》ったら……」

「なんでそんなに悪いほうへ悪いほうへ考えるんだよ。大丈夫だって、家帰ったらまたちゃんと消毒とかするし」

「でも、私、私は知っているのだ、人間の身体《からだ》の脆《もろ》さを！　切り傷一つで足を腐《くさ》らせるものが

いた、棘《とげ》一本で心臓を止めるものもいた！　お前がそうならんとは、誰もっ……」

一人で負のスパイラルに入っている。困った奴《やつ》だな、と春亮《はるあき》は頭を掻《か》いた。

「だから治るって。ほら、黒絵《くろえ》もちゃんとやってくれたし……な？　心配せんでもぎゅんぎゅん回復エネルギーは来てる。そうだ、気になるんなら、帰ってから包帯を巻く役をお前に頼もうかな。巻き方、教えてやるから」

とりあえず自己嫌悪をどうにかして忘れさせるか、と役割を与えてやったのが正解だった。フィアは何回か瞬《まばた》きをしてから、こくこくと激しく頷《うなず》く。

「ああ、うん、勿論《もちろん》だ……他には、なにか私にできることはないか……？」

「ええと、他に……？　何かあるっけな」

「あ——そうだ。確か、前に言っていたな。温めれば治りが早くなると。なら」

フィアが腕を伸ばし、春亮の傷ついた手をそっと両手で包み込んだ。

「どうだ……？」

「お、おお。まあその、ありがとう」

「ん……あまり治りが早くなった気配はないな。もっと温めないと駄目《だめ》なのか……もっと、温め……あったかい、ところ……」

「いや、あとは懐炉《かいろ》とか使うしかないんじゃないかな。四六時中手を握られてるのもなんだか落ち着かないし、とりあえずこれくらいでっておいっ⁉」

「んっ……」

春亮の手が、もっと温かいところに押し込まれた。

それは、フィアの、胸の中。

「どうだ……？　手で握るよりも、あったかい、だろ……？」

座り込んでいる春亮。膝立《ひざだ》ちにしゃがみ込んだフィア。

フィアは春亮の手を自らの胸に押し付け、両腕でぎゅっと抱くようにしている。ないない言ってておきながらも全《まった》くないわけではない。だからある。服越しでも触ればはっきりとわかる、その膨《ふく》らみに挟まれた領域がある。温かいのは間違いない。温かすぎる。

「おお、おおおおいフィア⁉」

「んっ、んっ、どうだ……痛く、ないか。治りそうか……？」

フィアの腕が優しく圧力を強め、さらなる柔らかさと温かさを与えてくる。こないだこのはもこんなことしてたなって違うそんなことを思い出している場合ではない。あれはこのはも寝《ね》惚《ぼ》けていたのだ、ということにして記憶から消した。だが今は――フィアは起きていて、温かい吐息《といき》が聞こえて、睫毛《まつげ》が震《ふる》えて。ああ、まずすぎる。どうして服の擦《こす》れる音がこんなに大きく聞こえるのか。どうしてフィアの髪の匂《にお》いを甘く感じるのか。

「あらま、ふぃっちーもなかなか大胆《だいたん》」

「夜知《やち》。いつまで・そうしている・つもりだ……？」

「ちょ、助けてくれよ、抜けないんだよ⁉」

「抜くなよ……私は、いいのだ。ごめんな、小さくて。でも頑張るから、温かくするから、だから、な、もっと、このまま、な……？」

まずい。フィアは潤《うる》んだ目でこちらを見つめたままだし、黒絵《くろえ》はぼんやりと面白《おもしろ》そうに見ているだけだし、錐霞《きりか》はそろそろ革ベルトでこちらの首を絞《し》めてきそうだ。誰か、誰か助けは──と思ったとき、

「な、な、な、なあっっ⁉　な、なにをやってるんですかあなたーっ⁉」

脇に置いていた日本刀から素《す》っ頓狂《とんきょう》な叫びが上がった。かたかたと震える刀を、フィアがちらりと見下ろす。

「ち、うるさい奴《やつ》が起きたか。眠っておればいいものを」

「これが寝ていられますかっ！」

ぽん、とこのはが人間体に戻り、血相《けっそう》を変えてフィアに詰め寄った。

「ふん、お前は今回、ずっと寝ておったようなものではないか……役立たずめ。それは前からわかっておったからいいが、動き回る役立たずほど邪魔なものはない。寝ていろ」

「な、そ、それは……その……反論のしようもない、ですが……それとこれとは関係ないです！　春亮《はるあき》くんが嫌《いや》がっているでしょう、そんなふしだらなことは止めなさい！」

「なにがふしだらか。これは単なる治療《ちりょう》行為だ」

「よくもぬけぬけと……！　とにかく中止です、中止！」

がっし、とこのはが春亮《はるあき》の腕を掴《つか》み、強制的にフィアの胸元から引き出そうとする。だがフィアもさらに強く春亮の手を引き込んでそれに抵抗。下手《へた》に動けない春亮はカチコチに腕を固まらせているしかなかった。

「ぬ、ええい、離せ！」「そっちこそ！」

「あの、二人とも……あたた、ちょっと痛いんだけどっ⁉」

「ほら、痛がってるであろうが！　私が治すのだ、ウシチチは引っ込んでおれ！」

「理屈はわかりますが、そんなふしだらな治療法は認めません……！　どうしてもというならわたしがやります！　わたしのほうが、その——歴然とした保温力の差が！」

「なにおう⁉　貴様《きさま》、この期に及《およ》んで自慢か！　お前のはきっと大きいだけで中身スカスカの詐欺《さぎ》乳で、針で突いたらぱーんと割れるようなもので、だから全然無意味で！」

などとなおも二人が言い合っていたとき、ふと、黒絵《くろえ》がこのはの肩をつんつんとつついた。

「あのね、このさん」

「何です、か？　わたし、今、忙しいん、ですけどっ……！」

「わかってないみたいだから言っちょくけど。今のこのさんがふぃっちーと同じ治療法をやると、それはもう大変なことになるような。や、自覚してやるなら止めはせんけども」

「どちらがふしだらかという話だな……このはくんもたまにこんなことになるから頭が痛い」

こめかみを押さえつつ、錐霞《きりか》。その通りですよ、と春亮も全身全霊《ぜんしんぜんれい》で同意の念《ねん》を発した。あらん限りの力で首を回し、二人のバトルを一切視界に入れないようにしながら。

「どういうことです？　って、春亮くん、さっきからなんでこちらを見な——っっっ⁉」

このはがそれに気付くのを待っていたかのようなタイミングで、黒絵がぼんやりと言った。

「うん。このさん、まっぱ」

ひどく疲労した気分で、春亮は瞼《まぶた》を閉じた。それからは音だけが聞こえる。

超音波《ちょうおんぱ》的な悲鳴。陸上世界記録ペース間違いなしでの疾走《しっそう》音——あるいは逃亡音。

ないすばでー、との黒絵の無感情な呟《つぶや》き。

これ見よがしにぼゆぼゆ揺らしおって、嫌味か⁉　とのフィアの憤懣《ふんまん》。

最後に錐霞が、いつものように。

馬鹿《ばか》げている、と微苦笑を漏《も》らした。

エピローグ

その日、夜知家《やちけ》の庭はいつも以上に騒《さわ》がしかった。

「いち、に……で、ここで右にジャンプ！　——どわっ⁉」

「きゃあっ？」

「うぬぬ、邪魔だウシチチ！　貴様《きさま》の体積問題は日に日に地球を住み辛くしていく！」

「あ、あなたからぶつかってきたんでしょう！　ていうか普通の人は助走なしに三メートルも跳《と》べません、もっとちゃんと加減《かげん》してください。本番でそんなことやったら大変ですよ⁉」

「む……そう言えばやりすぎたような気もするな。ふん、少し頑張りすぎてしまっただけではないか。意識してリミッターをかけていれば大丈夫だ、ぎゃあぎゃあ言うな」

「ああ、本番がますます心配に……うっかり世界記録とか出さなければいいんですが」

「このはくん、そんなに気にするな。フィアくんは体育のときはちゃんと力を抑《おさ》えてやっているぞ。まあ、それでもクラス一の運動上手という扱いだが」

「くっ。わたしは最初に手加減しすぎて、ちょっとどんくさい側のコって扱いになってるのに

「……な、なんだか悔《くや》しいっ……」

　そんなこのはに対して笑いかけてから、錐霞《きりか》が軽く首を回した。

「さて、もう一回最初からいこう。夜知、頼む」

「うーい。再生、と……」

　春亮《はるあき》は縁側で茶を啜《すす》りつつ、傍《かたわ》らに置いたCDラジカセのスイッチを押す。本番でも使われる軽快なダンスナンバーが流れ始めた。それに合わせて、庭に三人並んだフィアとこのは、錐霞が踊り始める。錐霞は基本的にフィアのほうを向き、逐一《ちくいち》動きに指導を与えていた。

「本当に、いつ覚えたんだろ……ま、いんちょーさんだからな。横目で見ただけであれくらい覚えられる、とか言っても不思議じゃないけど」

　今日の休日は特訓デーだ。このはは元より、なぜかダンス班でもないのに振り付けをマスターしているという錐霞もフィアに指導をしてくれている。本番までもうあまり日がないから、委員長として捨て置けないということなのだろう。一方、今までの練習の成果か、フィアのほうもそれなりに踊れるようにはなっていた。もう両手を別々に動かすのもお手の物だ。

　熱いお茶をもう一度啜って、春亮は青い空をのんびりと見上げる。秋にふさわしくないぽかぽか陽気だ。やっぱりこういう平和が一番だなあ、お茶も美味《おい》しいしなあ、と泰造《たいぞう》や渦奈《かな》が聞けばまた全力でからかってきそうな枯《か》れた感想を頭に浮かべた。

　一応の平和が訪れてから——つまりはビブオーリオを撃退《げきたい》してから、既に数日が経っている。

錐霞《きりか》のブラフ《はったり》が功を奏《そう》したのか、今のところ家族会《ファミリーズ》に新たな動きはない。その間に起きた変化としては、まず、フィアの《鋼鉄の聖母マリア》《"The Blessed Virgin Mary embraces you"》と《猫の足》《"cat's paw"》が免罪符機構《インダルジエンス・ディスク》の挿入で封じられたこと。あの十字架男の言《げん》から考えれば、家族会《ファミリーズ》は騎士領《きしりょう》と矛《ほこ》を交えたこともあったのだろう。考えれば方や呪《のろ》い道具を肯定する組織、片《かた》や呪い道具を破壊しようとする組織だ。対立するのも不思議ではない。

ともあれ、以前に聞いた引き合う運命のようなものを感じつつ、春亮《はるあき》はフィアの密《ひそ》やかなスリットにそれを嵌《は》めようとしたわけだが……

「ん、んん、ふぅんっ……い、痛い、痛いぞ春亮！　もっと優しくしろ！」

「んなこと言ったって、きついんだからしょうがないだろ。我慢しろ。ほら、ゆっくり入れるから……って、何かさっきから気配《けはい》がするな――うわあ!?」

そこで見つけたのは、障子《しょうじ》の隙間《すきま》から無表情にビデオカメラを向けている黒絵《くろえ》だった。

「ちっ。二人のイケナイ秘密を録画しておこうと思ったのに……何か違う。でも折角《せっかく》だから撮《と》っちょこうかな。声だけにすれば使えそうだし。ああ二人とも、気にせず続けて」

などとそんな感じで、帰ってきた同居人のエキセントリックさを再確認したりもした。

さらに、あの日から生まれた変化と言えば。

「いち、に、さん――よし。なかなか良くなったぞ、フィアくん」

錐霞はどことなく表情が明るくなったように思える。事件の直前があまりに暗かった――体調を崩していた錐霞があまりにも印象深かったから、余計にそう思えるのかもしれないが。

「ぬう。しかしな、三番目の動きがまだ納得いかんのだ」

「そうか。では次はそこを中心にやってみよう。コツは手足の先端を意識することで」

などとやっていた錐霞が、ふと空を見上げる。額《ひたい》の汗を拭《ぬぐ》いながら息を吐《は》いた。

「……今日は暑いな」

「天気がいいですからねー。あと上野《うえの》さん、ジャージですし」

そうだな、とこのはに答えた錐霞の視線がちらりと春亮を向く。それから少しの間があって、

「まあ……いいか。この家、塀《へい》が高いからな」というおかしな呟《つぶや》きが春亮の耳に届いた。

そして、錐霞は。

もぞもぞとジャージを脱《ぬ》ぎ始める。

「!?」

ズボンから足を抜く。錐霞はその下に丈の短いショートパンツを履《は》いていた。そこから伸びる白い太股《ふともも》がやけに新鮮に映る。次は上のジャージ。薄地《うすじ》の白Tシャツは今までの運動の汗でしとどに濡《ぬ》れており、その下にある黒い革をうっすらと浮かび上がらせていた。

錐霞は脱いだジャージを持って縁側に近付いてきた。几帳面にそれを畳《たた》んで置きつつ、

「……じろじろ見るな」

「え？　う、わ、ご、ごめんっ！」

慌てて春亮《はるあき》は顔を背《そむ》ける。そこでふうと呆《あき》れたような息が聞こえた。

「いや――まあ、まったく見るなというわけでもない。その、見えてしまうのは仕方《しかた》ないというか……ここだから、お前だから、いいことにしておくというか……」

「へ?」

「どうしてだろうな。今まではこれを見られるたびに、自分が《死なないという役割を与えられた道具》である気がして不快《ふかい》だった。でも今は、なんとなく――そういう気分は薄《うす》れている。ふふ、居場所を、果たすべき役割を自分で決めたからかな。ああそうだ、こんなものを着ていようがいまいが、私は人間だ。見られたことで私の何が規定《きてい》されるというわけでもない」

「いんちょーさん……」

顔を戻す。ジャージを畳《たた》み終えた錐霞《きりか》がすぐそこにいる。盛り上がった胸の黒革が、白い布地にぺっとりと張り付いてその存在を主張していた。そこで錐霞は顔を赤くして、

「だ、だからじろじろ見るなと言っているだろう! これが下着のようなもので恥ずかしいのは変わらないし、体育などでは当然隠すし、お前にだって好き好《この》んで見られたくはないが、今は暑いからだ、見えてしまっても仕方ないからだ!」

「うおう!? もう何が何やらわからんけど、とにかくごめん!」

ふん、と鼻を鳴らした錐霞はシャツを引っ張ってその張りつき具合を緩和させてから、またフィア達《たち》の元に戻っていった。三人が再び踊り始める。じろじろ見るなと言われても、普通に

前を向いているだけで視界に入ってしまう――シャツに透《す》ける単色と、それが形作る曲線。

これはもう前を見るなということだろうか、と春亮はぐったりと後ろに倒れ込んだ。縁側の板の感覚を背中に感じて、そして目を開いて見えたモノは、
黒絵《くろえ》のスカートの中だった。妙にヒラヒラとしてフワフワとした、大人びた白の――

「どわぁ！　ああもう、今日はどうなってんだ⁉」

「ハル、えっち」

羞恥《しゅうち》のカケラも見えない、ぼんやりした寝惚《ねぼ》け眼《まなこ》。気配《けはい》を殺して背後に立つなと言いたい。

「どうしたんだよ。店は？」

「ちょっと休憩《きゅうけい》。用事を思い出して、今やっとかないと忘れそうだったから。あと皆で集まって楽しいことしてるんなら、少しはうちもその気分を味わいたいかなと」

「適当すぎる経営者だ……頼むぞ本当に」

「頑張るときはちゃんと頑張る」

それから黒絵はちょいちょいと手招きしてフィア達を呼び寄せ、

「忘れちょったけど、開店のときのバイト代。ビラ配りとか、ありがとお」

と封筒をフィアとこのはに渡す。おお、と感嘆《かんたん》の声をあげてそれを受け取るフィアだったが、

「待てウシチチ、貴様《きさま》のを貸してみろ」

「何するんですかっ、返しなさい！」

「お。おおっ！　フフフ、私のほうが重い、明らかに重い――勝った！　私の働きぶりのほうがお前よりも評価《ひょうか》されたということだな、これは！」

「一応、中を確かめちょって」

との言葉で二人が封筒を開ける。このはが「あらこんなに」と呟《つぶや》くと同時、フィアが「お
お！　なんと豪華《ごうか》な金ピカ！　春亮《はるあき》、これは凄《すご》い金額ではないか⁉」と見せてきたのは――

「……五百円玉だな、それは」

「ほほぅ。ではウシチチのチンケな紙切れは」

「五千円だ。つまりお前の十倍」

「……クロエーっ！」

「冗談。ふぃっちーにも、これね。その五百円も同居お祝いということでとっちょいて」

結局、フィアが貰《もら》ったのは五千五百円になった。このはより一応は上になったので、フィアの自尊心《じそんしん》は満足されたらしい。初めて得た自分のお金を嬉しそうに掻《か》き抱《いだ》いていたフィアだったが、あ、とふと何かに気付いたような顔になる。それからしばらくもじもじして、

「キリカ」

「ん、どうした？」

「……もし、アレだったらだ。なんというか……つまりだな。その――やる」

錐霞《きりか》に差し出したのは、今受け取ったばかりの封筒。目を丸くする彼女に、

「その、春亮が捕まったから、お前は研究室長国を抜けることになって、で、貰えるはずのものが貰えなくなって。カネとか、苦しくなるのだろ……？　春亮が捕まったのは私にも責任の一端があるから、つまりキリカのことにも責任があるから、だから」

フィアはぼそぼそと言葉を続ける。驚《おどろ》いた顔をしていた錐霞が、優しく頬《ほお》を緩《ゆる》めた。

「貰えないよ。あれは私が自分の意志でしたことだし、誰に何の責任があるというわけでもない。それに、私は今まで結構《けっこう》貯金していてね。しばらくは普通に暮《く》らしていけるさ――家も、もっと安いアパートを探しているところだ」

「で、でも……」

「やろうと思えばアルバイトもできるしな。その場合、黒絵《くろえ》くんやこのはくんが商店街の人にいろいろ聞いてみてくれるそうだ……助力はそれで充分すぎるよ。フィアくん、頼むから、そのお金は自分の好きなことに使ってくれ」

「ん……そうか。そこまで言うなら仕方《しかた》ない、が……何かあったら、言うのだぞ」

「いんちょーさん。あのパートナーの奴《やつ》は？　組織とは今どんな状況なんだ？」

錐霞は軽く目を細めて、しかしなんでもない口調で言った。

「どうもなっていない。パートナーも死んではいない。ただ私が一方的に連絡を断っているだけだ……何が起こるにしろ、全《すべ》てはこれからだろう。まあなんとかなるさ」

「なんとかなるって……」

不安すぎる。だがそこで錐霞《きりか》は明後日《あさって》の方向に視線を逸《そ》らし、まるで独《ひと》り言のように、

「何かあったら——助けてくれるか?」

「勿論《もちろん》じゃねえか。何今更言ってんだよ、水臭《みずくさ》いな」

「そうだぞ、キリカ。カネは拒否させても助けは拒否させんからな」

「上野《うえの》さんには色々借りが溜《た》まっていますからね。返させてください」

「そうそう、身体《からだ》で払うよ。とりあえず……脱ごうか?」

それを聞いた錐霞は、目を細めて笑っていた。

聞くまでもない質問をした自分を恥じるように。


折角黒絵《せっかくくろえ》が来たことだし、そこで少し休憩《きゅうけい》することになった。春亮《はるあき》とこのははお茶の用意をするために台所へ向かい、錐霞はタオルを濡《ぬ》らしたいということで洗面所に入っていった。

黒絵は縁側にぼんやりと座り、短い足をぶらぶらさせていた。フィアもその隣《となり》に腰掛ける。

話してみたいことがあったのだ。

「なあ、お前……どんな気分なのだ」

「とりあえず今はほこほこしちょる。ねむい」

「そういうことではない。真面目《まじめ》な話だ」

黒絵の黒髪が揺れ、いつも以上に眠そうな寝惚《ねぼ》け眼《まなこ》がこちらに向けられた。

「私は、あいつらを——人を道具のように使うビブオーリオを、自分が道具であるかのように命を投げ出す家族会《ファミリーズ》の人間を見て、また少しわからなくなった。道具のような人間がいれば、人間のような道具もいる。その差異は何だろうな、と思うのだ」

「……人間と道具の定義が気になる、ということかな」

「そう。だから、どんな気分か聞きたい。私には、想像がつかないから。お前は呪《のろ》いが解《と》けて、人間のようになっている。だが道具であったときの力は持ったままでいる。お前は自分をどちらだと思っているのだ。道具だった人間か、人間になった道具か？」

ただの言葉遊びだと、どちらも同じことだと他の誰かは言うかもしれない。けれど、黒絵には伝わるだろうと思った。そして事実、伝わった。

返答は、予想もしない言葉だったが。

「どちらだと思えばいいのか、うちもずっと考え続けちょるよ」

「な——」

愕然《がくぜん》とする。自分は道の途中だからわからないのだと思っていた。けれど黒絵はゴールに辿《たど》り着いている。なのに、まだ、わからない？

「ふぃっちーと、同じなの。呪いが解けても、今になっても、同じ」

ゆったりとした口調で言い、黒絵はもう一度フィアを眺《なが》めた。

「聞いたことはないけど、このさんも同じ感じじゃろうね。これはうちらのようなものだけが考えること。他の誰かは、なぜそんなことに拘《こだわ》るのか、と言うのかもしれない。たとえばビブオーリオ家族会《ファミリーズ》は、お前達は道具も人も関係なくなるほど超越した存在だから、そんなのはどうでもいい、と――狂信と崇拝《すうはい》の愛で。たとえばハルは、今ここにいるうちらがうちらなんだから、道具とか人とかに拘る必要はない、と――在るがままを受け入れてくれる優しさで」

「でも……我々は、拘ってしまうのだ。仕方《しかた》ないだろう」

「そう。だから最近は、こう思うようにしている」

一瞬《いっしゅん》、涼やかな風が吹いた。黒絵《くろえ》の髪が舞い上がる。自分の銀髪も舞い上がる。手を取り合うように、共に踊るように、二つの色がさらさらと触れ合った。

そのコントラストの中。黒絵の瞳《ひとみ》は、とてもとても優しげで。

「自分が道具か人間かなんてことに、ただの道具は拘ったりしないんじゃないかな、とか」

「あ……」

それこそ、言葉遊びのようだ。騙《だま》されているかのようだ。

けれど、不思議と――その台詞《せりふ》の裏《うら》にある意味は、心地《ここち》好い。

くすりとフィアは笑った。くすりと黒絵も笑った。奇妙な共犯感覚。

そうかもしれない。騙されておけばいいのかもしれない。時間は、ある。これからも。

そんなとき、居間にチャイムの音が響《ひび》く。

「こーんにーちはーっ。特訓の応援に来たよーっ！」

「……連れて来られたわ。せいぜい高級な茶でも出してもてなしなさい、人間」

「おう、お前ら……そっか、こないだ立ち話したときに特訓するって教えたっけ」

玄関から聞こえるのは、そんな声。黒絵は頬《ほお》を微《かす》かに緩《ゆる》めたまま、囁《ささや》くように言った。

「……この家も、随分《ずいぶん》賑《にぎ》やかになった。帰ってきたときには思いもしちょらんかったけど」

「静かなよりはよいだろ？」

言いながら、思い出していた。自分は、しておくべきことを未《いま》だにしていない――そう、この家での時間は、これからも続くのに。

だから今、誰も見ていないうちに、やっておくことにする。

「……なんというか。お前は、ウシチチよりは遥かにマシだ。淑乳同盟《しゅくにゅうどうめい》の仲間でもあるし」

ぶっきらぼうに、手を差し出す。

「今更言うのも何だが……その。これからも、よろしく頼む」

黒絵は一瞬きょとんとしたあと、苦笑するような鼻息を小さく漏《も》らして。

その手をそっと握り返した。

「よろしく、ふぃっちー。歓迎する。新しい友人として――そして、新しい、家族として」

あとがき

爽《さわ》やかな春の風を纏《まと》ってこんにちは。水瀬《みなせ》です。緑萌《も》ゆる季節ですが黒だったり白だったり銀だったりするC^{3}―シーキューブ―IIIをお届けします。おお、なんか緑に対して「萌」という漢字を使うことに逆に新鮮《しんせん》さを感じてきたぞ……!?、

さて、今巻では二重の意味でシスター乳な新キャラに加え、一巻から名前だけ出ていた黒絵《くろえ》がついに登場です。「黒絵ってどんな奴じゃー」と気になっていた方、こんな奴です。淑乳《しゅくにゅう》です。それから担当さんとの電話で話題になったので書いときますと、一応私の中では「黒絵」の読みは頭にアクセントがある感じです。「ガイル」や「ザンギ」と同じね……うん、わからん人にはまったくわからん例だなコレ。

あと豆情報を追加すると、作中で黒絵がちらっとプレイしてたゲームはカタンというボードゲームです。何年か前に甲田《こうだ》学人《がくと》さんにルールとか教えてもらって存在を知ったのですが、ゲームはデジタルだけじゃねぇということを思い出させてくれるような面白《おもしろ》さですよ。そして甲田さんは常にクールにて激強ぇー。

そういやこの三巻ではいんちょーさんの出番が少し多めです。アレなシーンとかコレなシーンとか錐霞《きりか》ファンの皆様はお楽しみくださいというか楽しんでいただけましたかというか。そんな営業トークをしつつ謝辞に入ります。担当川本《かわもと》様、この巻もいろいろご迷惑をおかけしてすみませんでした。今後も頑張ります。イラストのさそりがため様。毎回素晴らしく萌え死にそうなイラスト、本当にありがとうございます。なんかもうイメージラフの時点で悶《もだ》えまくりですよ⁉　フィアのあの姿が実際の本でどうなってるのか見るのが楽しみであります。今後ともよろしくお願いしますー！

さらにこの本の出版に関《かか》わってくださった全《すべ》ての人々、そしてこの作品を読んでくださる読者の皆様へ大感謝を！　貴方達《あなたたち》の愛が私のライフラインですよ……？　いやマジでマジで。

忘れてましたが少し告知を。この本と同月発売の電撃文庫ＭＡＧＡＺＩＮＥにC³の短編が（何事もなければ）載ってるハズです。本編の白成分を抽出したような感じですので、よろしかったらどうぞー。書籍扱いの電撃ｈｐと違って雑誌になった（後で注文できない）ということから、この機会を逃がすと二度と読めない可能性アリですよ。

それでは、今回はこんなところで。次はC³Ⅳ巻でお会いできそうな気がします。

水瀬《みなせ》葉月《はづき》

巻末特別企画

ラフイラスト集

フィア

《箱形の恐禍》《フィア・イン・キューブ》

本性は一辺が一メートルほどの黒い立方体をした〈禍具〉。異端審問期に開発された汎用拷問処刑器具で、箱の中では無数の鉄片が複雑に絡み合っており、三十二の拷問器具へ変形が可能。所有者は「狂い、箱を使用して人を害さずにはいられない」という呪いを受けるようになる。

ある城主に所有され、数多くの人間を殺害したことによって呪われ、その呪いの蓄積で人としての意識と身体を手に入れることになった。

呪いを受け続けてきた本性を嫌い、自分の本性と性質の近いルービックキューブを介して拷問器具を操る。

▶フィアの本性である《箱形の恐禍》。うすい継ぎ目の入った金属製の立方体で、相当な重量がある。

▲初期ラフ。立方体の髪飾りを付ける案が検討された。

▲確定ラフ。自分用のジャスト制服着用バージョン。

▲大秋高校の制服設定。

▼今回使用されたチャイナコスプレ設定ラフ。実は背中が大きく開いている!!

▶1巻カバーイラストの未使用ラフ案。私服ワンピースバージョンと、立方体を手にした構図。

村正このは
《妖刀村正》

本性は呪われた日本刀。人化しても本性の性質を操ることができ、手刀に刃物の性質を乗せることも可能。すでに長いこと夜知家に滞在しており、呪いはほぼ解けかけている。そのため、妖刀として得た血を好む性質がなくなり、逆に血を見ると気分が悪くなって卒倒してしまう。戦闘中に日本刀の本性となった時は、血を見ないように黒い鞘刃を纏う。日本刀としてのこのはの使用者は、主に「呪いを受け付けない」性質を持つ春亮。

　食事となると、こと肉を好み、このはが作った料理はほぼすべてを肉が埋め尽くしている。

▲2巻用に描きおこされたこのはのパジャマ姿。サヴェレンティに恋心を奪われて床に伏せるこのはのイメージ画も……。

▲ぐりぐり眼鏡とおさげ、フィアの呼ぶ「ウシチチ」の渾名の通りの豊満な肢体が特徴的な少女。体型が違うと制服のデザインも変わって見える……？

▲3巻用に描きおこされた、このはとサヴェレンティのメイド姿。サヴェレンティならきっちり収まるはずの布も、このはとなるとなかなかにキツイようで……??

ミイラ屋《マミーメーカー》

蒐集戦線騎士領の後方支援員。体中に負った火傷を隠すため、全身を包帯で覆っている。得物は《激痛を伴う吸血のかわりに、いかなる致命的な傷も止血する禍具・怪物繃帯（チュパカブラン・バンデージ）》。

▲十代半ばの少女。髪は白く、包帯を巻いたうえにマントを上から被っている。あまり表情を表には出さないが、大切なものを守るためには強い意志も見せる。

▶豪奢なドレスを身に纏いながら煙草を吸い、丁寧な言葉づかいの中で下品な言葉を吐き散らす妖艶な女性。手甲の下には傷だらけの腕が。

ピーヴィー・バロヲイ
《ゆらゆら人形》《バランシングトーイ》

蒐集戦線騎士領からフィアを追ってやってきた。階級は一級清廉騎士。過去のトラウマから禍具を忌み嫌い、禍具を破壊することに喜びを見いだす。無骨な手甲のため、ゆらゆら人形と渾名される。

クラスメイトたち

よく春亮と一緒に昼食を食べているクラスメイト。ともに明るく脳天気な元気キャラで、凄惨な事件に巻き込まれがちな春亮たちの心のオアシスでもある。揃ってボケのため、ツッコミの錐霞や春亮がいないととんでもないことに……？

実耶麻渦奈

▲私立大秋高校水泳部所属の十六歳。日焼けした健康的な肌と顎のラインで切りそろえた髪が活発な印象を与える少女。所々にオヤジ発言も……？

伯途泰造

▼私立大秋高校野球部所属の十六歳。短髪にひきしまった体のスポーツマンらしい少年。このはに恋心を抱いている。

私立大秋高校 理事長&秘書

春亮の父・崩夏とも交友があり、夜知家が抱える「呪い道具の預かり場所」としての顔も知る理事長と、理事長に付き従う秘書。

北条漸音

▶理事長秘書を務める、無表情なクールビューティー。実はカワイイもの好き。しかしカワイイものは自分には似合わないと知っているため、その情熱は主に「カワイイ女の子をカワイくする」ことに注がれる。

世界橋ガブリエル

▲上品で優雅な空気を纏う、ガスマスク着用の怪しい男。その実態は私立大秋高校理事長。呪い道具に大変興味があり、積極的に春亮を含む夜知家の援助をしている。

◉水瀬葉月著作リスト

「結界師のフーガ」（電撃文庫）
「結界師のフーガ2　龍骸の楽園」（同）
「結界師のフーガ3　見えない棘の家族」（同）
「ぼくと魔女式アポカリプス」（同）
「ぼくと魔女式アポカリプス2　Cradle Elves Type」（同）
「ぼくと魔女式アポカリプス3　Nightmare Crimson Form」（同）
「C^3 -シーキューブ-」（同）
「C^3 -シーキューブ-Ⅲ」（同）

本書に対するご意見、ご感想をお寄せください。

■

あて先
〒102-8584 東京都千代田区富士見1-8-19
アスキー・メディアワークス電撃文庫編集部
「水瀬葉月先生」係
「さそりがため先生」係

■

電撃文庫

C³ -シーキューブ- Ⅲ

水瀬葉月《みなせはづき》

発行　二〇〇八年四月十日　初版発行
　　　二〇一一年九月九日　十五版発行

発行者　髙野 潔

発行所　株式会社アスキー・メディアワークス
〒一〇二-八五八四 東京都千代田区富士見一-八-十九
電話〇三-五二一六-八三九九（編集）
http://asciimw.jp/

発売元　株式会社角川グループパブリッシング
〒一〇二-八一七七 東京都千代田区富士見二-十三-三
電話〇三-三二三八-八六〇五（営業）

装丁者　荻窪裕司（META＋MANIERA）

印刷　株式会社暁印刷

製本　株式会社ビルディング・ブックセンター

ISBN978-4-04-867023-4 C0193

電撃文庫創刊に際して

文庫は、我が国にとどまらず、世界の書籍の流れのなかで〝小さな巨人〟としての地位を築いてきた。古今東西の名著を、廉価で手に入りやすい形で提供してきたからこそ、人は文庫を自分の師として、また青春の想い出として、語りついできたのである。

その源を、文化的にはドイツのレクラム文庫に求めるにせよ、規模の上でイギリスのペンギンブックスに求めるにせよ、いま文庫は知識人の層の多様化に従って、ますますその意義を大きくしていると言ってよい。

文庫出版の意味するものは、激動の現代のみならず将来にわたって、大きくなることはあっても、小さくなることはないだろう。

「電撃文庫」は、そのように多様化した対象に応え、歴史に耐えうる作品を収録するのはもちろん、新しい世紀を迎えるにあたって、既成の枠をこえる新鮮で強烈なアイ・オープナーたりたい。

その特異さ故に、この存在は、かつて文庫がはじめて出版世界に登場したときと、同じ戸惑いを読書人に与えるかもしれない。

しかし、〈Changing Time, Changing Publishing〉時代は変わって、出版も変わる。時を重ねるなかで、精神の糧として、心の一隅を占めるものとして、次なる文化の担い手の若者たちに確かな評価を得られると信じて、ここに「電撃文庫」を出版する。

1993年6月10日
角川歴彦